신화와 역사의 건널목

헐리우드 키드의 20세기 영화 그리고 문학과 역사

신화와 역사의 건널목 ⓒ 안정효 2002

초판 1쇄 발행일 | 2002년 6월 20일

지 은 이 | 안정효
펴 낸 이 | 이정원

펴 낸 곳 | 도서출판 들녘
등록일자 | 1987년 12월 12일 | 등록번호 10-156
주   소 | 서울시 마포구 합정동 366-2 삼주빌딩 3층
전   화 | 편집 (02) 323-7366 / 마케팅 (02) 323-7849 / 팩스 (02) 338-9640
홈페이지 | www.ddd21.co.kr

ISBN 89-7527-317-2(03810)

(헐리우드 키드의 20세기 영화)
그리고 문학과 역사

신화와 역사의
건널목

안정효 지음

신화와 역사의
건널목

"나일강의 뱀" 클레오파트라의 코가 정말로 역사의 흐름을 바꿔 놓았을까?
신화 또는 전설이 역사와 만나는 건널목은
로드 설링(Rod Serling)의 "환상지대"에서 제시하는 현실과의 경계선과 같다.
사진은 1917년의 무성영화 「나일강의 뱀(The Serpent of the Nile)」에서
클레오파트라 역을 맡은 바라(Theda Bara)가 요염하게 카이사르를 유혹하는 장면이다.

신화와 역사의 건널목

　"전설의 시대"에서 살펴보았듯이 헐리우드와 한국뿐 아니라 세계의 여러 나라에서는 야담과 전설 등 입에서 입으로 전해 내려오던 여러 설화 자원을 영화에서 활발하게 '원작'으로 사용했고, 앞으로 살펴보겠듯이 초기 문학의 형태로 정착한 정설과 이설 역사 또한 지난백 년 동안 영상 예술을 위해 훌륭한 자료 노릇을 했다.

　역사와 전설(설화)과 문학은 초창기에 서로 밀접한 관계를 유지했으며, 그리스 비극의 경우처럼 신화까지도 합세하여 제신들의 설화와 인간의 역사 그리고 문학 예술은 그 경계가 대단히 모호했었다. 따라서 "신화와 역사의 건널목"에서 우리는 우선 신화에서 역사로 넘어가는 건널목에 서서, 설화와 역사가 중첩된 시대를 잠시 정리한 다음, 문학과 역사가 만나서 이루어진 '역사소설'을 원작으로 삼은 영화로서는 어떤 작품들이 있는지를 알아보겠다.

　여기에서는 국내외에서 흔히 '사극'의 고유분야(genre)에 포함시키는 시대 '의상극(costumer)'과, 나아가서는 라파엘 사바티니(Rafael

Sabatini) 같은 작가의 고전으로부터 만들어진 모험활극을 소개한다. 한때 서부극의 전성기에 헐리우드 영화에서 꽤 큰 비중을 차지했던 해양활극 또한 여기에 포함된다. 그러나 로마의 역사와 자주 연결되는 그리스도 이야기나 기독교 박해 주제는 나중에 종교영화 부문에서 따로 취급한다.

로마의 칼리굴라 황제에서 아르키메데스에 이르기까지, 역사적으로 중요한 위치를 차지하는 인물의 전기 또한 역사의 한 부분을 담기 때문에 틈틈이 전기영화도 다루겠지만, 음악이나 미술 등 예술 분야에서 두드러진 활동을 했던 사람들의 전기는 나중에 독립된 몇 권의 책으로 취급하게 될 터여서 "건널목"에서는 제외된다.

우리나라 영화에서는 사극이 워낙 많기 때문에, 중국이나 일본의 사극과 더불어 한국 사극도 역시 다른 책("영화 삼국지")에서 따로 다루기로 한다.

「불을 찾아서」에서는 영국 소설가 앤토니 버지스
가 '발명'한 동굴인의 원시 언어가 등장한다.

역사 이전에

설화(전설)는 확인이 어려울 만큼 오래된 역사의 내용을 각색하거나 보완한 형태가 많으며, 문학은 역사를 사실적으로 전하는 기능을 아예 우선적 특성으로 삼지를 않고, 그래서 이미 영화로 만들기에 좋게끔 어느 정도 '각색'된 모양을 갖춘다. 그렇기 때문에 영화사의 초기에는 영화인들이 문학과 설화에 많이 의존하기는 했다. 그러나 영화 인구가 늘어나고 경쟁이 심해지면서 자료가 고갈되기에 이르자, 영화를 만드는 사람들은 역사가 기록되기 이전에 대한 자료까지 찾아나섰다.

프랑스와 캐나다의 합작이요, 케냐와 스코틀랜드와 아이슬란드 등지에서 촬영했으니까 가히 다국적 영화다 싶은 「불을 찾아서」는 제목부터가 퍽 원시적이다. 장-자끄 아노 감독이 만든 이 뛰어난 영화는 8만 년 전이 시간적인 무대이고, 호모 사피엔스는 유인원과 늑대로부터 끊임없이 공격을 받다가 네안데르탈인에게 소중한 불을 빼앗기고 만다는 상황으로부터 줄거리가 펼쳐진다. 한 번 꺼진 불은 다시 피울

줄 몰랐던 호모 사피엔스 세 명은 불씨를 되찾기 위해 고난의 길을 떠나는데, 원시적 폭력과 섹스도 구경거리이지만, 웃음을 자극하는 장치도 잃지 않는다. 그리고 이 영화에 사용된 원시인들의 '언어'를 만들어낸 사람은 스탠리 큐브릭 감독이 영화로 만든 『시계장치 오렌지(A Clockwork Orange)』의 원작자인 영국의 소설가 앤토니 버지스(John Anthony Burgess Wilson)이다.

「불을 찾아서」에서 악역을 맡았던 네안데르탈인이 「네안데르탈인」에서는 으뜸 주인공으로 등장하지만, 작품 자체는 1950년대가 배경이다. 「동굴인」은 기원전 1조억 년이 시대적인 배경이며, 비틀스의 링고 스타와 텔레비전 시트콤 「치어스(Cheers)」로 유명한 셸리 롱이 주연이라는 사실로 미루어 쉽게 짐작이 가겠지만, 다른 여러 동굴에서 쫓겨난 쓸모없는 인간들을 모아 새로운 부족을 만들어 대장이 된 동굴인을 주인공으로 삼은 희극영화이고, 불을 찾는 원시인들이 무서워하던 호랑이 대신에 여기에서는 진화를 역행하여 공룡이 악역으

포스터만 봐도 쉽게 알겠지만, 「네안데르탈인」의 주인공은 현대 여성을 애인으로 삼으려고 시대착오적인 노력을 계속한다.

로 등장한다.

공룡이 지구를 지배하던 시대를 배경으로 삼은 영국판「공룡시대」
는 속도감이 퍽 현대적일 뿐 아니라, 저마다 자기네 부족으로부터 배
척을 받는 두 연인을 주인공으로 내세워 선사시대의 로미오와 줄리
에트 주제를 담은 활극을 선보인다. 시대의 재현과 특수효과가 훌륭
하다는 평을 들었으며, 주연 여배우 빅토리아 비트리는 〈플레이보이〉
잡지의 1968년 선정 모델(Playmate of the Year, 당시 이름은 Angela
Dorian)이어서, 관음증적인 눈요기를 푸짐하게 제공한다.

영국 해머사(Hammer Films)의 괴기영화로 분류되는「원시인 백만
년」은 석기시대 혈거부족의 아가씨가 형제들과 주도권 쟁탈전을 벌
인다는 내용이지만, 많은 원시영화가 그렇듯이, 옷을 별로 몸에 걸치
지 않은 여자를 가장 중요한 구경거리로 제공한다.

「네안데르탈 여인」은 사회의 이단자인 여주인공이 네안데르탈인
유목 집단에 합류하면서 상황이 시작되기 때문에 인류 역사상 최초
의 동굴족 여권주의 영화라고 해도 과언이 아니겠다. 본격적인 여성
해방 운동이 1960년대에 시작되었다는 사실을 감안한다면, 몽둥이를
들고 머리채를 휘어잡은 채 여자를 끌고 가는 만화의 동굴인이 보여
주던 눈에 익은 모습과 비교할 때, 네안데르탈 여인은 아무래도 시대
를 좀 앞선 느낌이다. "전설의 시대"에 이미 살펴보았듯이, 여자를
'보쌈'하는 장면은 서부영화「돌아오지 않는 강」의 마무리로 동원되
기도 했었다.

「선사시대의 여인」에 등장하는 '고독한 동굴녀(洞窟女, lonely
cavewoman)'는 한 술 더 떠서, 화장을 한 얼굴과 퍼머넌트를 한 머리
로 성적 매력을 과시한다. 원시시대의 미용실에서는 어떤 도구를 사
용했을지가 퍽 궁금해지는 대목이다.

영국판「선사시대의 여인」은 검은머리 여자들이 노랑머리 여자들

을 노예로 삼았던 잃어버린 아마존 문명의 세계를 찾아낸 다음 벌어지는 모험담을 다루는데, 아마존의 전통에 따라 물론 여성이 지도자로 등장한다. 제3권이 될 "정복의 길"에서는 검은머리(동양인)를 지배하는 노랑머리(서양인)의 제국주의 시각이 가장 큰 주제인데, 선사시대에는 머리 빛깔의 서열이 중세하고는 달랐던 모양이다.

원시시대에는 인간의 평균 수명이 30 살쯤 되었다고 한다. 그렇다면 젊은 층 인구가 지금보다 훨씬 많았겠고, 당연히 「10대의 동굴인」을 대변하는 사춘기 원시인 영화도 나와야 마땅했겠다. 로버트 본이 일찌감치 바람기를 보이는 어린 동굴인 역을 맡았고, 연출은 그 유명한 쓰레기 영화 홍행의 마술사인 로저 콜만(Roger Corman)이니, 작품의 수준은 대충 짐작이 간다.

제목만으로 봐서 가장 '역사적'인 영화를 찾아본다면 「세계사 제1

「10대의 동굴인」은 로저 콜만이 만든 영화이며, 멜 브룩스 혼자서 마음대로 관찰하고 설명하는 「세계사 제1부」도 정통성 파괴에 있어서는 막상막하이다.

부」가 되겠지만, 멜 브룩스 감독에 멜 브룩스, 그레고리 하인스, 돔 딜루이스, 하비 코먼, 시드 씨저 같은 희극 전문 배우들, 그리고 여러 다른 단골 깜짝출연 얼굴들을 망라했으니, 정말로 힘들지 않고 별로 도움도 되지 않는 역사 공부가 되리라고 쉽게 짐작이 간다. 석기시대에서 시작하여 로마 제국과 프랑스 혁명에 이르기까지의 인류 역사를 멜 브룩스의 사시(斜視)적 시각으로 보는 재미가 묘미이다. 시드 씨저는 동굴인으로 출연하여 시선을 끄는데, 로마 제국의 황제 역을 맡겼더라면 이름이 훨씬 멜 브룩스적으로 잘 어울렸으리라는 생각도 든다.

서부극의 명장 앤토니 맨이 이채롭게 연출을 맡았으며, 「애증(Broken Lance, 1954)」이나 「고원의 결투(Johnny Guitar, 1954)」처럼 역시 서부극으로 유명한 필리프 요르단(Philip Yordan)의 뛰어난 극본으로 만들어진 「로마 제국의 멸망」은 화려한 배역진이 제 몫을 하는 제대로 된 '세계사' 영화이다. 특히 흥미를 끄는 내용은 알렉 기네스가 맡은 마르쿠스 아우렐리우스라는 인물이다. 우리나라에서도 십여 차례나 새로 번역되었고, 교과서에 실렸던 "페이터의 산문"으로도 널리 알려진 철학자이며 황제인 마르쿠스 아우렐리우스가 마치 로마 제국을 멸망하게 만든 가장 중요한 원인 가운데 하나였다는 듯한 문인배척(文人排斥) 해석이 퍽 재미있다.

그렇다면 「아메리카 제국의 멸망」은 누구의 탓이었을까? 캐나다에서 만든 이 영화는 별미 요리를 준비하는 남자들과 체육관에서 운동을 하는 여자들의 만남을 통해 남녀가 서로 어떤 감정을 느끼고, 쾌락과 행복의 추구를 위해 서로 어떻게 상대방을 이용하는지 우리가 살아가는 현대사의 한 단면을 절묘하게 파헤친다.

'역사 영화'가 무엇인지 정의를 내리기는 쉽겠지만, 어떤 시각에서 보면 상영 시간이 거의 16시간이나 되는 엄청난 독일 영화 「고향」 또

「로마 제국의 멸망」은 철학자 황제인 마르쿠스 아우렐리우스(원 안)가 로마 제국을 서서히 무너뜨린 주범이라고 지목한다.

한 나름대로의 특이한 역사영화이겠다. 이 서사시적인 작품은 1919
년부터 1982년까지 독일의 어느 시골 마을의 역사를 담았는데, 참으
로 시적이고도 야심적인 시도였다.

길이와 내용은 다르지만 「고향」과 같은 유형의 영화로는 「세계를
갖지 못한 사람」을 살펴볼 만하다. "소련 무성영화 시대의 문제 작
가" 예프게니 안띠노프(Yevgeny Antinov)가 만든 '이디시 마을 영화
(Yiddish shtetl film)'를 수십 년 만에 발굴하여 소개하는 형식을 취한
특이하고도 매혹적인 이 작품은 어느 유대 마을(shtetl)에서 전래하는
민간 설화를 담았다. 젊은 처녀와 시인의 사랑을 주제로 한 이 영화
에서 보여 주는 나체와 노골적인 성의 묘사는 무성영화 시대의 진짜
이디시 시대극과는 상당히 거리가 멀다.

인류의 정신사(精神史)적 측면에 관심을 둔 사람이라면 노르웨이에

서 최근에 만든 「소피의 세계」가 볼 만하겠다. 1991년 첫 출판 당시부터 우리나라에서도 번역판이 선풍적인 인기를 끌었던 요슈타인 가아더(Jostein Gaarder)의 소설이 원작인 이 영화는 UN 평화유지군으로 레바논에 주둔하는 크녹스 소령이 딸 힐데의 15번째 생일을 위해 집필하는 소설의 주인공으로서, 힐데와 똑같이 생기고 나이와 생일도 같은 소피 아문젠에게 "나는 누구인가?"라거나 "우주는 어떻게 생겨났는가?" 같은 철학적인 질문이 담긴 익명의 편지가 집으로 배달되면서 시작된다.

작가와 작중인물이 교차하고, 현실과 환상의 세계가 이어지는 속에서, 소피는 과거와 현재를 넘나들면서 텔레비전 중계처럼 역사를 전해 주는 알베르또의 안내를 받아 신화의 기원과 성격을 공부하고, 로빈 후드와 삼총사와 조로(Zorro)와 타잔과 알라딘의 지니와 피노끼오와 빨강 모자 아이(Little Red Ridinghood)와 말괄량이 삐삐와 성냥팔이 소녀 같은 문학 속의 온갖 등장인물이 여기저기 뛰노는 안개 낀

「소피의 세계」는 한 소녀가 유럽 정신문명의 세계를 찾아가는 견문록이다.

숲을 지나 호수의 오두막으로 찾아가서 과거의 유명한 인물을 차례로 만난다.

해리 포터 소설처럼 상상력이 자유분방한 얘기가 펼쳐지면서 소피는 그리스의 아크로폴리스를 탐방하여 소크라테스의 강연과 죽음을 지켜보고, 플라톤의 '이데아' 사상과 동굴 비유를 배우고, 시리베엔에 가서는 예술과 철학의 관계를 알게 된다. 오두막에서 거울의 세계를 탐험하여 헬레니즘과 견유학파, 디오게네스와 알렉산드로스 대왕을 먼발치서 지켜보다가 급기야는 숲 속의 고성(古城)에서 스스로 과거로 시간 여행을 가서 "오후 4시"인 중세에 도착하여 페스트가 창궐하는 유럽의 거리를 돌아다니며 성 토마스 아퀴나스, 그레고리안 성가를 만든 '힐데'(Hildegard von Bingen)를 만나고, 고대 그리스의 사상이 재탄생하는 르네상스의 영광을 체험하기도 한다.

소피는 이어서 윌리엄 셰익스피어도 만나고, 궁중 광대 요리크의 해골을 들고 독백하는 햄리트도 만나고, 니콜라스 코페르니쿠스와 레오나르도 다 빈치와 바스코 다 가마도 만나고, 요한 구텐베르크가 인쇄술을 발명하는 현장을 목격하고, 최초의 은행(Banca Popolare)이 설립되는 순간도 방문한다.

과거를 찾아다니며 이런 환상 속에 있는 자신에 대해 정말로 "나는 존재하는가" 회의를 느끼게 된 소피는 임마누엘 칸트가 색안경을 통해서 본 세계를 배우고, 무엇이 영혼과 육체를 이어 주는지 고뇌하는 데까르트를 통해 철학과 신앙의 관계도 공부한다. 프랑스 혁명과 로베스삐에르의 공포정치(la Terreur)를 거친 그녀는 기존의 가치관을 부정하는 프리드리히 니체에 이어 죄엔 키르케고르로부터 실존에 대한 설명을 듣는다.

예술의 천재성을 고귀하게 생각했던 낭만주의시대를 거치며 괴테와 헤겔을 만난 다음 소피는 지그문트 프로이트로부터 무의식의 세계에 대한 설명을 듣고는 거울 속으로 들어가 힐데의 집에 도착하지만, 소설의 주인공은 어느 누구도 현실에서는 존재하지 못한다는 진리를 체험으로 터득한다. 그러나 자신이 '이데아'이기 때문에 현존하는 힐데나 소령보다 더 오래 존재하리라는 환회를 발견한다는 대단히 절묘하고도 치밀한 얘기이다.

외설문학과 멍청영화가 판치는 시대에도 이런 유익하고 보기 드문 문학과 영화가 사람들의 관심을 끈다는 사실은 대단히 고무적이다. 역시 인간은 빵만으로는 살지 못하고, 지적인 갈증도 가끔은 해소시켜야 하는 모양이다.

참고로, 주인공 소피의 이름(sophia)은 '지혜'를 뜻해서, '철학(philosophy)'이라는 단어의 한 부분을 이룬다. 마릴린 몬로가 무명 시절에 찍은 나체 사진이 공개되어 시끄럽던 무렵 이탈리아에서도 소피아 로렌이 역시 무명 시절에 찍었던 나체 사진이 공개되었는데, 그때 엄청나게 큰 소피아의 앞가슴을 보고 헐리우드 키드는 '소피아'

프랑스 영화 「마담(Madame, 1961)」에 나오는 이런 장면을 보면 "소피아(지혜)"라는 이름이 정말로 무색해진다.

가 참으로 안 어울리는 이름이라고 생각했었다. 이제 소피 아문젠에
와서야 이름이 제 주인을 찾은 듯한 기분이다.

찾아보기 ●--

▌「불을 찾아서(Quest for Fire, 1981, 프랑스-캐나다, 97분)」, 감/Jean-Jacques
  Annaud, 출/Everett McGill, Rae Dawn Chong, Ron Perlman, Nameer El Kadi

▌「네안데르탈인(The Neanderthal Man, 1953, 미국, 78분)」, 감/E. A. Dupont, 출
  /Robert Shayne, Richard Crane, Robert Lonfg, Doris Merrick

▌「동굴인(Caveman, 1981, 미국, 92분)」, 감/Carl Gottlieb, 출/Ringo Starr, Barbara
  Bach, John Matuszak, Shelley Long, Dennis Quaid, Avery Schreiber

▌「공룡시대(When Dinosaurs Ruled the Earth, 1970, 영국, 96분)」, 감/Val Guest,
  출/Victoria Vetri, Robin Hawdon, Patrick Allen

▌「원시인 백만년(Creatures the World Forgot, 1971, 영국, 94분)」, 감/Don
  Chaffey, 출/Julie Ege, Tonny Bonner, Robert John, Sue Wilson, Rosalie
  Crutchley

▌「네안데르탈 여인(The Clan of the Cave Bear, 1986, 미국, 98분)」, 감/Michael
  Chapman, 출/Daryl Hannah, Pamela Reed, James Remar

▌「선사시대의 여인(Prehistoric Women, 1950, 미국, 74분)」, 감/Gregg Tallas, 출
  /Laurette Luez, Allan Nixon, Judy Landon

▌「선사시대의 여인(Prehistoric Women, 다른 제목 Slave Girls, 1967, 영국, 91분)」,
  감/Michael Carreras, 출/Michael Latimer, Martine Beswick

▌「10대의 동굴인(Teenage Caveman, 1958, 미국, 66분)」, 감/Roger Corman, 출
  /Robert Vaughn, Darrah Marshall

▌「세계사 제1부(History of the World—Part I, 1981, 미국, 92분)」, 감/Mel Brooks,
  출/Mel Brooks, Gregory Hines, Dom DeLuise, Madeline Kahn, Harvey
  Corman, Cloris Leachman, Sid Caesar, Barry Levinson, 해설/Orson Welles

▌「로마 제국의 멸망(The Fall of the Roman Empire, 1964, 미국, 153분)」, 감
  /Anthony Mann, 출/Sophia Loren, Stephen Boyd, Alec Guinness, James
  Mason, Christopher Plummer, Anthony Quayle, John Ireland, Omar Sharif,
  Mel Ferrer

▌「아메리카 제국의 멸망(The Decline of the American Empire, 1986, 캐나다, 101분)」, 감/Denys Arcand, 출/Dominique Michel, Dorothée Berryman, Louise Portal, Geneviève Rioux

▌「고향(Heimat, 1984, 독일, 940분)」, 감/Edgar Reitz, 출/Marita Breuer, Dieter Schaad, Rudiger Weigang, Karin Rasenack, Willi Burger, Gertrude Bredel

▌「소피의 세계(Sofies Verden, 1999, 노르웨이, 180분)」, 감/Erik Gustavson, 출/Tomas von Bromssen, Silje Storstein

꼬메디 프랑쎄즈 극단 소속의 배우들이 1908년 에 예술영화 「오뒷세우스의 귀향」을 촬영 중이 다. 서사시라면 호메로스의 오뒷세우스 방랑기 와 트로이아 전쟁 얘기가 으뜸이다.

트로이아 전쟁

초기 역사는 정복과 전쟁의 기록이고, 문학에서는 정복자의 전설이 영웅 서사시와 영웅소설의 틀을 마련하고 갖춘다. "전설의 시대"에서 우리는 4세기경 민족 대이동(migration) 시대의 영웅을 중심으로 한 전설이 음유시인에 의해 전승되고 전유럽에 퍼져 영웅 서사시로 정착된 작품인 『니벨룽겐의 노래』를 이미 살펴보았는데, 설화와 역사 그리고 때로는 신화까지 뒤엉킨 이러한 문학 전통은 영웅의 사적(事蹟)을 읊었던 기나긴 24 장 구조의 서사시(敘事詩)는 물론이요, 캠벨(Cambell)의 짧은 영웅시(heroic poetry, 독어로는 Hedeng dicht) 「발트 해의 전투(Battle of the Baltic)」, 그리고 『잔 다르끄(Jeanne d'Arc)』, 『르 씨드(Le Cid)』, 『장 크리스또프(Jean Christophe)』와 같은 영웅소설로 이어진다. 따라서 초기 역사 노릇을 하는 서사 문학에서부터 역사 영화를 살펴야 하는데, '서사시(epic, épopée, Epos)'라면 누가 뭐라고 해도 그리스의 호메로스(Homēros)이다.

19세기 중반까지 서양에서는 그리스 문학이 모든 문학의 모범 답

1909년 이탈리아에서 제작한 무성영화 「호메로스의 오뒷세이아」를 수입한 미국의 모노폴 영화사(Monopol Film Co.)에서 특별히 제작한 포스터인데, 외눈박이 괴물을 오뒷세우스와 그의 부하 선원들이 공격하는 장면을 보여준다.

안 노릇을 했다. 고전이라면 형식에서 예외없이 그리스 문학을 본땄고, 특히 희곡에서는, 헐리우드의 현대 음악극(musical)에 이르기까지, 지금도 그리스의 영향이 후광(halo)처럼 남아서 빛난다.

그리스의 문학적 유산으로서는 무궁무진한 상상력을 자극하는 제신(諸神)들의 이야기(신화)와 서사시뿐 아니라 희곡을 손꼽아야 한다. 우선 시를 볼 것 같으면, 고대 그리스의 시문학은 혼자서 읽으며 즐기는 예술이 아니라 우리나라의 판소리처럼 사람들을 모아놓고 신화라든가 영웅호걸의 일대기를 전해 주는 형태의 집단오락적 성격이 강했다. 이런 전통은 중세로 내려와 봉건 영주의 식객 노릇을 하거나 여기저기 방랑하며 각설이 품바처럼 얘기노래를 불러 주던 음유시인으로 이어진다.

그리스 서사시의 대표작인 『일리아스』와 『오뒷세이아』 역시 방랑시인들을 통해 입에서 입으로 전해지던 영웅 전설을 호메로스가 수집 정리하여 24 장으로 이루어진 형식으로 엮어놓은 것이다.(모든 서사시는 24 장으로 구성되었으며 대부분의 경우 민족 규모의 대이동이 기둥 줄거리를 이룬다.) 셰익스피어나 마찬가지로 호메로스도 실존했던 한 사람이냐 아니면 여러 명이었느냐 하는 논란이 오고가기는 하지만, 어쨌든 『일리아스(Ilias)』는 "일리온(트로이아의 그리스 이름)의 노래"라는 뜻으로 아가멤논, 아킬레우스, 오뒷세우스 같은 장군들이 등장하여 파란만장한 얘기를 엮어내고, 특히 오뒷세우스의 목마 작전은 더없이 좋은 영화거리이다.

『일리아스』를 소재로 삼은 대표적인 영화로는 1955년 로버트 와이즈 감독이 50년대 사극 제작의 중심지였던 이탈리아의 치네치타로 원정을 가서 촬영한 「트로이의 헬렌」이 되겠다.('트로이'와 '헬렌'은 각각 '트로이아'와 '헬레네'의 영어식 표기이다.) 트로이아 프리아모스 왕의 아들 파리스가 세계 최고의 미녀로 알려진 유부녀 헬레네와 사랑에 빠지고, 바람난 헬레네가 남편 메넬라오스와 조국을 버리고는 파리스와 함께 도망쳐 버리자 아카이아 연합군이 트로이아를 공격해서 벌어진 전쟁이 『일리아스』의 기둥줄거리를 이룬다. 오랜 전쟁에 지친 연합군이 후퇴하는 체하며 바닷가에 남겨 놓은 거대한 목마(木馬)를 트로이아 사람들이 전리품 삼아 성 안으로 끌어들이고, 목마 속에 숨은 오뒷세우스와 그의 부하들이 트로이아를 함락시키는 대목이 전설의 핵심이다.

아무리 희대의 미인이라고는 하지만 헬레네라는 여자 하나 때문에 참으로 엄청난 전쟁이 벌어졌다니까 얼핏 들으면 무척 낭만적이라는 생각도 들기는 하겠지만, 역사가 C. 노드코트 파킨슨(Northcote Parkinson)이 쓴 『동양과 서양(East and West)』을 읽어 보면 트로이아 전쟁은 도자기 수출 문제를 둘러싼 지중해 지역의 패권다툼, 그

트로이아 전쟁은 파리스와 헬레네의 사랑 때문이 아니라 지중해의 도자기 무역을 둘러싼 주도권 싸움이었다고 파킨슨은 그의 역사서 『동양과 서양』에서 주장한다.

러니까 무역 전쟁이었다고 한다. 도자기가 미녀로 둔갑하는 결과를 가져 온 「트로이의 헬렌」 얘기에서도 우리는 전설이 역사를 어떻게 변형시키는지를 경험하게 된다.

「트로이아의 목마」는 『일리아스』를 1962년에 죠르지오 페로니가 스티브 리브스를 주연시켜 만든 이탈리아 영화인데, 미국 배우 존 드루 배리모어가 오뒷세우스로 맹활약을 한다. 스티브 리브스는 다음 해 비슷한 주제를 담은 「트로이아 전쟁」에도 출연했는데, 이탈리아 사극의 전성기에 신화와 역사가 얼마나 많이 화면으로 옮아갔는지 쉽게 짐작이 가게 만드는 사실이다. 아마도 1950~60년대의 관객이라면 이탈리아 사극이 어찌나 많이 서울의 여러 극장에 내걸렸었는지 지금은 제목과 내용이 너무 헷갈려 잘 기억이 나지도 않으리라는 짐작이고, 그래서 장-뤽 고다르의 「경멸」 도입부에서 폐허처럼 쓸쓸한 이탈리아 영화사 치네치타의 텅 빈 마당에 서서 헐리우드의 영화 제작자(잭 팰런스)가 "어제만 해도 이곳에는 왕들이 왔다갔다 했었는데(Only yesterday there were kings here)"라고 조소(嘲笑)하는 장면이 사양길에 접어든 당시 유럽 영화의 현장을 꼬집는 듯 통렬하다.

'영화의 도시'라는 뜻인 치네치타(Cinecittà, Cinema City)는 정권 홍보를 위한 가장 훌륭한 무기가 영화라고 생각한 베니또 무쏠리니가 1932년 베네치아 영화제를 설립하고 3년 후 영화학교(Centro Speimentale di Cinematografia)의 문을 연 다음 착수한 주요 문화 사업이었다. 475일간의 공사 과정을 거쳐 1937년 4월 28일 문을 연 치네치타에서는 2년 사이에 60편의 영화가 제작되었고, 40년대 초에는 해마다 무려 1백 편 가량의 작품이 쏟아져 나왔다. 그러나 1944년, 연합군이 이곳을 폭격하여 파괴함으로써 헐리우드는 독일과 더불어 이탈리아의 영화 산업을 진압하기에 이른다. 그리고 이탈리아에서는 길거리로 나가 영화를 촬영하면서 신사실주의 시대를 시작한다.

무쏠리니는 정권 홍보를 위해서 영화의 도시 치네치타를 건설했다. 벽에 적힌 구호는 "가장 강력한 무기는 영화"라는 뜻이다.

　우리나라에서 전쟁이 일어나던 당시 치네치타는 부활에 성공하지만 미국의 자본에 잠식당하고, 1950년부터 65년까지 「왕자의 검(Prince of Foxes)」, 「쿠오 바디스」, 「클레오파트라」, 「벤허」, 「무기여 잘있거라」, 「로마의 휴일」, 「로마 제국의 멸망」, 「전쟁과 평화」 등 27편의 헐리우드 영화가 이곳에서 촬영되었다. 그리고 「경멸」이 제작되던 1960년대 후반기에, 텔레비전과 경쟁하기 위해 영화의 제작 규모를 대형화하던 헐리우드 자본이 물러가자 치네치타는 부채에 시달리며 암흑기를 맞았고, 1980년대에 와서야 「마지막 황제」나 「장미의 이름」과 같은 영화의 작업이 이루어지면서 다시금 재기하지만, 지금은 영화가 아니라 텔레비전 제작 현장으로 명맥을 이어가는 실정이다.

　치네치타가 이렇게 파란만장한 역사를 이어나가는 동안, 1953년에 이탈리아에서 만든 「세 여인의 사랑」은 본디 세 시간짜리 영화로서, 인류 역사상 가장 위대한 사랑을 했다고 믿어지는 세 여자(Genevieve of Brabant, Empress Josephine, Helen of Troy)를 주인공으로 내세웠는데, 트로이아의 헬레네 역은 몇 년 전 「삼손과 들릴라(Samson and Delilah, 1949)」에서 들릴라 역을 맡았던 헤디 라마르에게로 돌아갔다.

트로이아의 유적지를 발굴한 하인리히 슐리만은 「두 사람의 늙은 탐험가」에서 주인공으로 등장하기도 한다.

'들릴라'는 일본식 표기 '데릴라'를 성경의 표기로 바꿔놓은 것인데, 자신의 노래가 없이도 가수로 왕성한 활동을 해 온 조영남이 불렀던 서양 노래에 나오는 이름 '딜라일라'는 '들릴라'를 영어식으로 발음한 것이다. 「삼손과 들릴라」는 제2차 세계대전이 끝난 몇 년 후에 제작되었는데, 들릴라 역을 맡았던 헤디 라마르는 뛰어나게 아름다운 인상과는 달리 무기 개발(weaponry)에도 관심이 많았던 여배우로서, 전쟁중에 유도 어뢰(誘導魚雷, radio-guided torpedo)를 고안하여 특허까지 받은 적이 있다.

1972년에 마이클 카코얀니스 감독이 미국과 그리스 합작으로 만든 「트로이아의 여인들(The Trojan Women)」에 대해서는 에우리피데스의 희곡에서 따로 다루겠다.

호메로스의 서사시 내용이 사실에 근거했다는 신념 하나만 가지고 터키의 히사를리크(Hissarlik) 부근에서 트로이아의 유적을 발굴하는 데 성공한 세계적인 독일의 고고학자 하인리히 슐리만(Heinrich Schliemann, 1822~1890)이, 비록 이름만이나마 등장하는 영화도 나왔다. 「두 사람의 늙은 탐험가」에서는 주인공들이 아프리카를 탐험한 스탠리와 슐리만이라고 스스로 상상하고는 한 주일에 한 번씩 만나 그동안 그들이 신비한 나라에서 벌인 온갖 모험에 관한 얘기를 주고 받는다.

기원전 1세기 이탈리아의 조각에서는 마녀 치르
체에게 사랑의 포로가 되어 세월을 망각한 오뒷
세우스의 모습이 발견된다.

오뒷세우스의 항해

　영화 「시네마 천국(Cinema Paradiso)」의 후반부에서 청년 영화 기사가 된 또또가 엘레나와의 첫사랑을 괴로워하던 무렵, 극장에 들어오지 못한 동네 사람들을 위해 영사기를 옆으로 돌려 알프레도에게 배운 솜씨로 창 밖 운하 옆 건물의 벽에다 영화를 상영해 주는 장면이 나온다. 그때 보여 주는 영화 장면이 호메로스의 『오뒷세이아』를 1955년 이탈리아 영화계에서 쌍벽을 이루었던 두 거물 까를로 뿐띠(Carlo Ponti)와 디노 데 라우렌띠스(Dino De Laurentiis)가 공동 제작한 「율리시즈」이다. '율리시즈'는 물론 '오뒷세우스'의 로마식 표기이다.

　이만하면 「율리시즈」가 이탈리아 사람들에게 얼마나 중요한 의미를 지닌 영화였는지 짐작이 가리라고 생각한다.

　『오뒷세이아』는 목마 속에 숨어서 트로이아로 잠입해 들어가 10년 동안이나 질질 끌던 전쟁을 끝낸 영웅 오뒷세우스가 해신(海神) 포세이돈의 신전을 파괴하여 카산드라의 저주를 받고 또다시 10년

「율리시즈」에서 실바나 망가노는 오뒷세우스의 아내 페넬로페와 마녀 치르체의 "선과 악"을 함께 연기한다.

이 넘도록 바다에서 온갖 고난을 치르며 고향 이타카로 돌아가기 위해서 헤매는 얘기인데, 아직 어린 나이여서 미처 신화를 읽은 적이 없었던 헐리우드 키드에게는 영화 「율리시즈」가 신화라는 새로운 신비의 세계로 들어가는 문을 열어 주었다.

융단을 다 짜고 나면 구혼자들 가운데 한 남자를 골라 재혼하겠다는 약속을 지키지 않으려고 낮에 짠 융단을 밤이면 풀어 버리며 오뒷세우스가 돌아오기를 기다리는 아내 페넬로페(실바나 망가노), 분노한 바다의 신 포세이돈의 아들이며 고기가 질겨 맛이 없다면서도 사람을 열심히 잡아먹는 외눈박이 거인 폴뤼페모스의 눈을 찔러 장님을 만드는 오뒷세우스의 대담성, 어사가 된 이몽룡이 그랬듯이 오뒷세우스가 거지로 변장하고 고향으로 돌아갔을 때 아내와 아들 텔레마코스는 알아보지 못했어도 주인을 혼자 알아본 충견 아르고스, 페넬로페의 모습을 한 마녀 치르체(역시 실바나 망가노)와 한나절 사랑을 즐기는 사이에 지나간 여섯 달의 세월, 거궁(巨弓)을 휘어 시위를 걸고는 열두 개의 도끼 구멍을 통과해서 과녁을 맞힌 다음 오뒷세우스가 벌이는 통쾌한 복수극, 이듬해 「트로이의 헬렌」에서는 주인공 헬레네의 역을 맡게 되지만 여기에서는 조연으로 나우시카 공주 역을 맡았던 그리스 조각품처럼 아름다운 롯사나 (포동포동한) 포데스타라는 이탈리아 여배우의 모습은 하나하나가 대단한 기쁨이었다.

그러나 「율리시즈」의 가장 큰 매력은 주인공 오뒷세우스 자신이다. 모험심이 강하고 용감한 그는 올림포스의 신으로 만들어 주겠다는 치르체의 유혹을 물리치며 신이 되기보다는 인간으로 태어나고 살다가 죽어야 하는 운명을 선택하겠다며, 연약한 인간의 몸으로 신과 맞서 싸우며 결코 굴복하지 않겠다는 자부심을 보인다. 오뒷세우스는 이렇듯 신에 도전하는 인간으로서 미지의 세계를 탐험하고 방랑하려는 낭만적 욕구를 형상화한다.

신에 도전하는 인간, 그 주제는 그리스의 시인이며 소설가인 니코스 카잔차키(Nikos Kazantzakis, 1883~1957)가 「희랍인 조르바(Zorba the Greek, 1964, Michael Cacoyannis 감독에 Anthony Quinn과 Alan Bates, Irene Papas 주연으로 역시 영화로 만들어짐)」에서도 다루었으며, 1925년에 집필을 시작하여 13년 후인 1938년에 완성한 서사시 『오뒷세이아(Odysseia)』로 다시 이어진다.

크레타 출신의 작가 카잔차키는 자신을 오뒷세우스에 비유한 적도 있으며, 그의 자서전에는, 특히 아토스 산에서의 고행 과정을 보면, 인간의 한계를 넘어 신의 경지로 오르려는 영혼의 갈등이 역력히 드러난다. 카잔차키가 재해석한 서사시 『오뒷세이아』는 영화 「율리시즈」의 마지막 장면을 구성하며 호메로스의 『오뒷세이아』에서 제22장에 해당되는 귀향과 복수, 그러니까 페넬로페를 괴롭히던 구혼자들을 모두 죽이는 종결 부분에서 시작하여, 권태에 빠진 오뒷세우스가 다시 모험의 길에 나서서 이타카, 스파르타, 크레타, 아프리카를 거쳐 남극에 이르러 죽는다는 줄거리이다.

「길」의 앤토니 퀸과 「달콤한 인생」의 아니타 에크버그를 비롯하여 수많은 헐리우드 배우들을 불러들여 힘을 키우던 이탈리아는 역시 미국에서 불러온 클린트 이스트우드를 동원하여, 미국의 역사극을 뒤집어 '스파게티 웨스턴'을 만들어서 헐리우드의 서부극을 무색하게 만들기에 이른다.

「시네마 천국」에서 또또가 담벼락에다 영사하는 「율리시즈」의 장면에서는 외눈박이 퀴클롭스의 동굴에서 탈출하여 배로 돌아간 오뒷세우스가 포세이돈의 아들 폴뤼페모스를 한참 놀려댄다. 영어로 덧녹음된 영화에서는 "My name is Nobody(나는 아무도안이다)"라고 했던 커크 더글라스가, 「시네마 천국」에 삽입된 같은 장면에서는 "내 이름은 울리쎄(오뒷세우스의 이탈리아 이름)" 어쩌고 하면서 이탈리아 말로 약을 올린다.

이탈리아 말을 하는 커크 더글라스는 참으로 상징적이다. 이탈리아 영화에서는 이미 헐리우드의 유명 여배우 헤디 라마르에게 트로이아의 헬레네 역을 맡겼었고, 훗날 「트로이아의 목마」에서도 미국 배우 존 드루 배리모어에게 오뒷세우스 역을 맡김으로써 '국산' 영화의 국제화와 해외 진출을 꾀한다. 그리고 커크 더글라스의 「율리시즈」에서 조연으로 동원된 앤토니 퀸은 같은 해인 1954년 페데리코 펠리니의 「길(La Strada)」에서 잠빠노 역으로 대뜸 세계적인 배우가 되었다. 「길」에는 역시 헐리우드 배우인 리처드 베이스하트(Richard Basehart, 「백경」에서 이슈마엘 역을 했음)도 출연했고, 페데리고 펠리니는 「달콤한 인생(La Dolce Vita, 1960)」에서 스웨덴 출신의 헐리우드 여배우 아니타 에크버그(Anita Ekberg)를 수입해서 쓴다. 프랑스에서는 장 꼭또의 영화에 율 브리너가 나타나고 독일의 빔 벤더스 영화에서는 "형사 콜럼보" 피터 포크가 신화의 일부를 이루기도 하고, 하다못해 우리

나라의 텔레비전에도 토니 커티스가
하와이의 농장주로 나타나는 등 헐
리우드 배우의 해외 출장이 잦은 일
이기는 하지만, 훗날 스파게티 웨스
턴과 클린트 이스트우드를 헐리우드
로 역수출하게 되는 이탈리아 영화
의 저력은 이미 「율리시즈」 시절에
준비가 싹튼 셈이다.

오뒷세우스(커트 더글라스)는 플뤼페모스를 유혹하기 위해 포
도주의 맛이 어떤지를 시범으로 보여준다.

　이탈리아 영화의 국제화 시도는
헐리우드 배우를 출연시키는 데서 끝나지를 않았다. 마리오 까메리
니 감독의 야심작 「율리시즈」에서는 무려 일곱 명의 작가를 각색에
동원했는데, 그들 가운데 두 명은 이탈리아 사극 특유의 '뻣뻣함'을
벗어나기 위해 영입한 미국인이었다. 그들 미국 작가는 언론인, 소설
가, 극작가이며 『특종기사(The Front Page)』라는 희곡 작품으로 유명
한 벤 헥트(Ben Hecht, 1893~1964)와 이미 7년 전에 『젊은 사자들』
을 발표하여 세계적인 명성을 얻어 놓은 어윈 쇼(Irwin Shaw)였다.

　사극과 의상극에서 검술 장면이 어색하고 뻣뻣하다는 인상을 주었
던 이탈리아 영화가 세계 최고의 수준에 오르려던 노력은 참으로 역
력했다. 그리고 그들이 가장 애를 먹은 부분이 폭력의 미학화였다고
믿어진다.

　유럽(독일) 출신인 프리츠 랑 감독의 변신에서 우리는 아메리카 폭
력 미학의 영향력이 얼마나 막강한지에 대한 가시적인 증거를 접한
다. 그가 헐리우드에서 만든 갱스터 영화를 보면 유럽의 같은 고유분
야 영화와는 전혀 양상이 다르다. 장-뤽 고다르가 「네멋대로 해라」에
서 헐리우드 갱스터 영화를 뒤집어 보려던 시도는 결국 어딘가 어색
했고, 같은 영어권이면서도 우리는 영국 영화가 주먹질에서 얼마나

서투른지를 늘 목격한다. 「현금에 손대지 마라(Touchez pas au grisbi, 1953)」를 비롯한 장 가뱅(Jean Gabin)의 프랑스 갱스터 영화에서도 예술성과 인간성에 대한 관심이 폭력 미학을 이울게 하는 현상을 접한다.

'마피아(mafia)'라는 단어 자체가 이탈리아어이고, 시칠리아가 마피아의 생산지나 마찬가지인데, 그럼에도 불구하고 사극과 신화극을 보면 역시 이탈리아는 폭력의 상업화에서는 아직 멀었구나 하는 생각이 들고는 했었다. 그러다가 이탈리아의 영화 폭력이 헐리우드와 맞먹게 된 계기는, 홍콩 쿵푸 영화의 등장과 더불어, 헐리우드 서부극의 극적인 과장(한껏 멋을 부린 몸짓과 대사)을 뒷받침하던 여러 연출 공식을 추려서 아름다운 폭력을 강조하기 위해 활용한 스파게티 웨스턴의 등장에서부터였다.

헐리우드와 유럽 영화의 이런 미묘한 역학 관계를 부분적으로나마, 그리고 노골적으로 다룬 「경멸(Le mépris)」은 비또리아 데 시카 감독의 영화 「두 여인(La Ciociara, Two Women, 1960)」과 지나 롤로브리지다가 주연한 「로마의 여성(Woman of Rome, 1954)」의 원작자이기도 한 이탈리아 작가 알베르또 모라비아(Alberto Moravia)의 작품을 프랑스의 장-뤽 고다르가 영화로 만들었으며, 미국 배우 커크 더글라스가 주연한 「율리시즈」를 제작한 이탈리아의 까를로 뽄띠가 역시 제작에 참여했고, 이탈리아에서 촬영한 로버트 와이즈의 미국 영화 「트로이의 헬렌」에서 이탈리아 여배우 롯사나 포데스타의 그늘에서 단역으로 출연했던 프랑스 여배우 브리지뜨 바르도가 주연을 맡았으며, "괴벨스가 독일 영화를 이끌어 달라고 하자 그날로 독일을 떠나" 미국으로 건너간 프릿츠 랑 감독이 미국의 영화 감독으로 출연하고, 영화의 내용을 보면 『오뒷세이아』를 새롭게 해석해서 영화로 만들려는 돈 많은 미국인 제작자와 가난하지만 예술적인 유럽인의 문화적인 충돌과 경멸 선언이 골자를 이룬다.

정말로 다국적적(多國籍的) 영화라고 하겠다.

앞에서 잠깐씩 두 차례에 걸쳐 언급했던 「경멸」은 프랑스 '새물결의 정신적인 아버지'이며 〈까이에 뒤 씨네마(Cahiers du Cinéma, 영화 잡지)〉를 창간했던 앙드레 바쟁(André Bazin, 1918~1958)의 이름을 빌어 영화에 관한 영화임을 천명하고, 장 꼭또의 영화 「오르페의 유언」을 연상시키는 조각들의 대화를 통해 프로메테우스와 오뒷세우스의 싸움이라는 주제를 제시하고, "영화를 만들려면 꿈만으로는 안 돼요"라는 여비서의 대사로 영화 예술의 종말을 선언한다.

유럽 영화 「경멸」은 그리스의 고전 서사시를 영화로 만들기 위해 찾아온 야만적인 헐리우드 제작자를 경멸하고, 그 이외에도 온갖 경멸이 여러 차원에서 대단히 복잡하게 작용한다.

프랑스어, 이탈리아어, 영어가 마구 뒤섞인 총천연색 시네마스코프 영화 「경멸」은 "시네마스코프란 사람을 찍기에는 안 어울려. 뱀이나 장례식이라면 몰라도"라고 '최신 영화 기술'을 경멸하는 프릿츠 랑의 입을 빌어 "신이 인간을 창조하지 않고 인간이 신을 창조했다"는 호메로스의 역설로 신화를 조롱하고, 몰락한 작가는 "내일 아침에 먹어야 할 빵을 벌기 위해 나는 거짓을 파는 장터로 간다"는 베르톨트 브레히트의 말로 자신을 경멸한다.

오뒷세우스가 트로이아의 전쟁터를 찾아간 까닭은 페넬로페와의 결혼 생활이 행복하지 않아 도망치고 싶었기 때문이며, 이타카로 귀국하는 길이 10 년이나 걸린 까닭은 고향으로 돌아가기가 싫었기 때문이고, 페넬로페는 오뒷세우스를 경멸했다는 식으로 현대적 해석을 해가면서 그들이 카프리로 가서 촬영하는 부분은 하필이면 「시네마 천국」에서 또또가 담벼락에다 영사하던 「율리시즈」 장면이다. 커크 더글라스가 퀴클롭스를 이탈리아어로 야유하는 바로 그 장면 말이다.

그리고 만사는 돈으로 해결된다며 안하무인 방자하고, 발길질을 일삼고, 주변의 모든 사람으로부터 혐오감을 사면서 경멸의 대상이 되는 미국인 제작자 역을 맡은 헐리우드 연기자가 이탈리아 영화에서 아틸라와 징기스칸의 아들로 두 번이나 '동양의 용' 노릇을 했던 잭 팰런스였다는 사실 또한 대단히 암시적이다.

「경멸」에서는 『오뒷세이아』가 '누벨 바그'의 선전을 위한 도구 노릇을 하고, 까메리니의 「율리시즈」에서는 인간 주인공을 부각시키기 위해 제신들의 역할이 축소된 반면, 프란시스 포드 코폴라가 기획하고 안드레이 콘찰로프스키가 감독한 「오뒷세이」는 영화만 보고도 호메로스의 서사시를 읽은 체해도 발각이 되지 않을 정도로 원작에 충실한 작품이다.

잉그리드 버그만의 딸 이사벨라 롯셀리니는 코폴라의 오뒷세우스에게 늘 훈수를 하는 아테나 여신 노릇을 하고, 헤르메스가 피터 팬처럼 장난치고 날아다니며 제우스의 지시를 전해 주는 사이에, 아킬레스와 헥토르의 결전은 원작에서만큼이나 박진감이 넘치고, 두 영웅의 죽음 못지않게 비극적으로 오뒷세우스의 어머니(아이린 파파스)는 "어미와 왕국을 버리고 안 돌아오기로 한 아들"을 원망하며 바다로 걸어 들어가 스스로 죽음을 맞는다.

치르체의 섬에서 5년을 지낸 다음 바다 속 회오리에 배와 선원을 모두 잃고 단신 여인들의 백도(白島)에 표류하여 칼립소를 위한 욕정의 포로가 되어 다시 몇 년을 보내고, 늙지도 않고 죽지도 않게 해 준다는 유혹을 뿌리치고 뗏목을 만들어 뱃길에 오른 오뒷세우스는 불

타는 하데스로 내려가기도 한다. 특히 후반부로
가면 동굴 속의 괴물 따위 악몽의 장치를 위한
컴퓨터의 특수효과가 현대적인 감각까지 한껏
살린다.

　그 이외에도 오뒷세우스가 등장하는 영화를
찾아보면「오뒷세우스와 헤라클레스의 대결」과
「삼호걸」이 있지만, 둘 다 시각적으로는 요란하
면서도 머리에 남는 내용이 전혀 없는 멍청영화
의 제1 세대에 해당하는 이탈리아의 사극/신화
극 분야에 속한다.

　미국의 조세프 스트릭트(Joseph Strict, 1923
~) 감독이 만든 작품「율리시즈」는 호메로
스의 서사시가 아니라 난해하기로 이름이
나서 읽기조차 힘들다는 소리를 듣던 제임

20세기 최고의 문학 작품이라고 알려진 제임스 조
이스의「율리시즈」는 오뒷세우스 주제를 현대의
도시로 끌고 들어온다.

스 조이스의 소설을 영화로 만든 것이다. '어려운 소설'『율리시즈』가
'드디어' 우리나라 말로 번역이 되었을 때는 언론이 대단히 큼직하게
보도하는가 하면 영문학계에서 큰 화제가 되기도 했는데, 1967년에
그 작품이 드디어 영화로 제작되었을 무렵에도 과연 어떻게 그런 소
설을 화면으로 옮기기가 가능한지 세계의 많은 사람들이 궁금하게
생각했었다. 그러나 조세프 스트릭트는 워낙 문예물을 영상화하는데
이력이 났기로 유명한 감독이어서, 2 년 후 헨리 밀러(Henry Miller,
1891~1980)의 첫 장편소설『북회귀선(Tropic of Cancer, 1969)』뿐 아
니라 다시 10 년이 지난 다음 조이스의 또 다른 대표작『젊은 예술가
의 초상(A Portrait of the Artist as a Young Man, 1979)』도 영화로 만들
어 성공한다.

　조이스(James Joyce, 1882~1941)는 소설가 헨리 제임스의 형이며

심리학자요 철학자인 윌리엄 제임스(William James, 1842~1910)가 『심리학의 원론(Principles of Psychology, 1890)』에서 소개한 "의식의 흐름(stream of consciousness)"이라는 '내면의 독백(interior monologue)' 기법을 가장 훌륭하게 구사한 사람으로 알려졌다. 의식의 흐름은 프랑스의 초기 상징파 작가 뒤자르댕(Edouard Dujardin, 1861~1949)이 『월계수는 잘렸도다(Les Lauriers sont coupés, 1888)』에서 처음 사용했으며, 영국에서는 버지니아 울프 그리고 미국에서는 윌리엄 포크너가 즐겨 썼다.

조이스가 더블린을 무대로 삼은 소설들을 쓴 에이레의 작가였으면서도 의식의 흐름 문학에서 최고 걸작으로 꼽히는 『율리시즈(1922)』가 빠리에서 처음 출판되었고, 미국에서는 1933년까지 출판이 금지되었던 까닭은 당시의 사회에서 쉽게 받아들이기가 어려울 만큼 혁신적이고 특이한 소설이기 때문이었다. 지금은 영어로 쓴 소설 가운데 20세기의 최고 걸작으로 인정을 받지만, 처음 출판되었을 때는 버지니아 울프, 윌리엄 버틀러 예이츠, 에즈라 파운드까지도 이해를 못했다고 하며, T. S. 엘리어트만이 "우리 시대의 문명을 파괴하는 위대한 작품"이라는 극찬을 아끼지 않았다.

인간 사회의 붕괴와 소외감을 주제로 한 이 소설은 1904년 6월 16일 하루 동안 세 사람의 주인공이 더블린에서 방황하며 정신적인 '여행'을 한다는 줄거리 속에 가톨릭 교회의 신학, 이단의 역사, 에이레 전설, 신화, 천문학에 관한 사념들을 엮어넣고 히브리어, 라틴어, 게일어(Gaelic)에 집시 속어까지 뒤엉켜 들어가는데, 줄거리는 호메로스의 『오뒷세이아』를 바탕에 깔아서, 「청년 예술가」 스티븐 디달러스(Stephen Dedalus)는 텔레마코스, 몰리 블룸(Molly Bloom) 부인은 페넬로페의 모습을 갖춘다. 그러나 여기에서는 오뒷세우스뿐 아니라 페넬로페와 텔레마코스까지도 역시 가족과 나라, 그리고 종교로부터 추방된 방랑자로 그려진다.

　방랑영화(road movie)가 마치 최근에 생겨난 고유분야(genre)처럼 얘기하는 사람들이 많지만, 따지고 보면 서부영화에서도 큰 몫을 차지하는 주제였고, 호메로스의『오뒷세이아』는 어떻게 보면 그 원조격이 되겠으며, 정신적 방랑기(放浪記)인 제임스 조이스의『율리시즈』 또한 같은 계열로 분류해야 하지 않을까 모르겠다. 서사시는 구성상의 특징말고도, 특히 영웅 서사시에서처럼, 대이동(migration)을 기둥 줄거리로 삼는다는 사실을 고려한다면 말이다.

　조이스의『율리시즈』와 더불어 대표적인 '의식의 흐름(방황과 방랑)' 소설로 꼽히는 버지니아 울프(〔Adeline〕 Virginia Woolf, 1882~1941)의『댈러웨이 부인(Mrs. Dalloway, 1925)』과 윌리엄 포크너(William Faulkner, 1897~1962)의 대표작『음향과 분노(The Sound and the Fury, 1929)』역시 영화로 만들어졌다.

　특히『댈러웨이 부인』은 조이스의『율리시즈』와 전개나 기법이 비

「댈러웨이 부인」은 의식의 흐름을 타고 과거의
선택을 되새김질하며 인생을 반추한다.

슷해서, 중년의 영국 사교계 여인이 저녁에 열 파티를 준비하며 하루
동안에 그녀의 삶과 가족, 그리고 친구들에 대한 회상을 하는 형식을
취한다. 인생과 사랑을 낭비했다고 생각하는 클라릿사 댈러웨이는
안정된 미래를 위해 진정으로 사랑했던 남자를 거부하고 '장래성'과
결혼했던 젊은날의 판단을 되새김질하며 인도에서 돌아온 옛사랑을
만나게 될 저녁 시간을 기다린다.

지적인 수준이 평균치를 넘지 못하는 당시 영화 관객의 시선을 끌
기 위해서였는지 「몸부림치는 젊은이들」이라는 필사적인 제목을 붙
여 수입했던 「음향과 분노」는 의식의 흐름 기법이 매우 뛰어난 윌리
엄 포크너의 소설이 원작으로서, 퇴락해 가는 미국 남부 '귀족' 집안
의 구성원들 얘기를 고독한 무력감이 가득한 마틴 릿트 감독 특유의
분위기로 그려나간다.

찾아보기 ●---

- 「율리시즈(Ulysses, 1954, 이탈리아, 104분)」, 감/Mario Camerini, 출/Kirk
  Douglas, Silvana Mangano, Rossana Podesta
- 「경멸(Le mépris, 영어 제목 Contempt, 1963, 프랑스-이탈리아, 103분)」, 감
  /Jean-Luc Godard, 출/Brigitte Bardot, Jack Palance, Michel Piccoli, Giorgia
  Moll, Fritz Lang, (Jean-Luc Godard)
- 「오딧세이(The Odyssey, 1997, 미국, 178분)」, 감/Andrei Konchalovsky, 출
  /Armand Assante, Greta Scacchi, Geraldine Chaplin, Jeroen Krabbe,
  Christopher Lee, Irene Papas, Bernadette Peters, Eric Roberts, Isabella
  Rossellini, Vanessa Williams
- 「오딧세우스와 헤라클레스의 대결(Ulysses Against Hercules, 1961, 이탈리아, 99
  분)」, 감/Mario Caiano, 출/Georges Marchal, Michael Lane, Alessandro
  Parano
- 「삼호걸(Hercules, Samson & Ulysses, 1965, 이탈리아, 85분)」, 감/Pietro
  Francisci, 출/Kirk Morris, Richard Lloyd

▌「율리시즈(Ulysses, 1967, 미국, 140분)」, 감/Joseph Strict, 출/Barbara Jefford, Milo O'Shea, Maurice Roeves, T. P. McKenna

▌「댈러웨이 부인(Mrs. Dalloway, 1998, 영국-네덜란드, 97분)」, 감/Marleen Gorris, 출/Vanessa Redgrave, Natascha McElhone, Rupert Graves

▌「음향과 분노(또는 "몸부림치는 젊은이들", The Sound and the Fury, 1959, 미국, 115분)」, 감/Martin Ritt, 출/Yul Brynner, Joanne Woodward, Margaret Leighton, Stuart Whitman, Ethel Waters, Jack Warden

위쪽은 소포클레스의 비극에 나오는 한 장면을 독일
화가가 그림으로 그렸다. 눈이 먼 오이디푸스가 딸
안티고네에게 지금 우리가 어디까지 왔는지를 묻는
다. 오른쪽은 미국의 대학에서 공연한 에우리피데스
의 「메데아」 가운데 한 장면이다. 그리스의 문학에
서는 서사시와 더불어 희곡이 큰 맥을 이루었다.

신화가 담긴 그리스의 희곡

서사시와 더불어 그리스 문학의 또 다른 맥을 이루었던 희곡은 종교 의식에서, 특히 디오뉘소스를 섬기는 예식에서 연유한 것으로 믿어진다. 연극에서 자주 사용되는 가면은 인간이 신의 행세를 한다거나 마술사가 자신이 지니지 못한 힘을 지녔다는 시늉을 하기 위해 동원되었다.

영어로는 박커스(Bacchus)라고 표기하며 로마 신화에서 박카이라는 이름으로 알려진 디오뉘소스는 포도를 위시한 식물과 소와 염소 같은 동물들의 성장에서 나타나는 자연의 힘을 상징했으며, 「에우리피데스의 박카이(Bacchae)」에서 잘 묘사되었듯이, 숭배자의 혼을 빼앗아 미쳐 버리게 만들기도 한다. 우리나라 무당에게 신이 내리는 과정과 같은 상황이지만, 더 쉽게 표현하면 술에 취하는 현상을 의미한다. 항상 멀리서 고고한 자세를 취하는 다른 신들과는 달리 디오뉘소스는 이렇게 인간과 한몸이 되어서 가난하고 핍박받는 사람들이 잠시나마 삶의 괴로움을 잊게 해주었다. 그러니까 쉽게 상상이 가겠지만,

이렇게 흉측한 인상의 박카이가 그리스 연극의 발전에 결정적인 역할을 했다.

디오뉘소스를 모시는 예식은 시끄럽고 요란할 수밖에 없었다. 따라서 그리스 도시인들은 오랫동안 디오뉘소스 예식을 좋아하지 않았고, 그래서인지 호메로스의 서사시에서는 디오뉘소스에 대한 언급이 많지 않다.

그리스 비극이 전성기에 이른 것은 아테네에서 열리던 디오뉘소스 대축제에서였다. 축제에서는 50명의 코러스가 춤을 곁들여 디오뉘소스 송가(dithyramb)에 이어서 비극이 공연되었고, 디오뉘소스를 섬기고 술과 여자를 몹시 좋아하는 반인반수(半人半獸) 목신(牧神) 사튀로스를 위한 목신극, 그런 다음에는 희극이 차례로 공연되었다. 그러니까 디오뉘소스 대축제는 일종의 연극 경연 대회 같은 성격을 띠었었다.

그리스 희곡을 소재로 삼은 영화들 가운데 헐리우드 키드 세대의 기억에 가장 생생하게 남은 작품이라면 아마도 「죽어도 좋아」일 것이다. 1962년 미국, 프랑스, 그리스 합작으로, 줄스 닷신 감독이 그의 아내 멜리나 메르꾸리를 주연시켜 만든 이 영화는 에우리피데스의 비극 『히폴뤼투스(Hippolytus)』를 마르가리타 리베라키(Margarita Liberaki)가 현대식으로 신화를 풀이하여 각색한 것이며, 같은 해 야엘 로탄(Yael Lotan)이 영화 소설로 발표했고, 우리나라에서도 1981년에 번역되었다.

히폴뤼투스는 포세이돈의 자식이며 아테네의 왕인 테세우스와 아마존 여인인 히폴뤼타의 아들이고, 페드라는 그의 계모이다. 히폴뤼투스와 페드라는 아프로디테(로마명 베누스, 영어명 비너스)의 계략에 빠져 근친상간이라는 불륜 관계의 굴레를 쓰고 비극을 맞는다. 페드라는 히폴뤼투스에 대해서 욕정을 품지만 차마 말을 못해서 벙어리

냉가슴을 앓고, 그런데 테세우스가 없는 사이에 그녀의 유모 오이노네가 히폴뤼투스에게 페드라의 속마음을 전한다. 히폴뤼투스는 심히 역겹다는 반응을 보이고, 벌써부터 자살을 염두에 두었던 페드라는 자신의 훌륭한 이름을 더럽히고 자식들의 장래를 망쳐놓을까봐 두려워서 히폴뤼투스가 그녀를 강간하려 했다는 편지를 남기고 목을 매 자살한다.

궁궐로 돌아온 테세우스는 결백하다는 아들의 주장을 믿지 않고, 바다에서 황소가 솟아올라 히폴뤼투스가 타고 가던 말이 놀라는 바람에 낙마해서 죽으리라고 저주를 내린다. 아르테미스가 뒤늦게 진실을 밝히지만, 이미 때는 늦어버렸고, 부자는 죽음을 앞두고 겨우 화해가 이루어진다.

영화 「죽어도 좋아」에서는 테세우스가 바다의 신 포세이돈의 아들이 아니라 아리스토텔레스 오나시스와 같은 그리스의 선박왕 타노스(라프 발로네)로서, 소유욕에 사로잡힌 전형적 '재벌 총수'이다. 그의 아내 페드라(멜리나 메르꾸리)는 호화로운 국제 사교계의 여왕으로서 자유분방하고 정열에 솔직하며, 남편의 부탁으로 영국에서

「죽어도 좋아」는 에우리피데스의 비극을 현대로 옮겨와 재해석한 근친상간적 신화의 주제를 다룬다. 왼쪽은 우리말로 번역된 소설의 표지

유학중인 의붓아들 알렉시스(앤토니 퍼킨스)를 찾아가 만나고, 알렉시스에게 첫눈에 반한 그녀는 그를 죽어도 좋을 정도로 맹렬히 사랑한다.

아름다움을 볼 줄 아는 예술가의 감각을 지닌 반항아 알렉시스는 '유한 마담' 페드라에게는 완벽한 연인이 된다. 빠리에서 황홀한 밤을 보내고 두 사람이 그리스로 돌아가자 타노스는 아들을 다른 여자와 결혼시키려 하고, 솟구치는 격정과 질투에 휘말린 페드라는 알렉시스와의 사랑을 남편에게 고백하여 파국으로 치닫는다. 분노한 타노스는 알렉시스의 얼굴을 반지낀 손으로 때려 찢어놓고, 피투성이가 된 알렉시스는 죽음을 향해서 전속력으로 차를 달린다.

그들의 근친상간은 흑백 영화의 명암 분위기와 너무나 잘 맞아떨어진다. 어두운 욕정과 여인들의 검정 옷 그리고 언덕길의 새하얀 집들은 얼마나 극렬한 대조였던가. 그리고 말에서 떨어지는 대신 절벽에서 자동차에 탄 채로 굴러 떨어지며 페드라의 이름을 절규하던 앤토니 퍼킨스의 목소리는 오랫동안 우리나라의 음악 신청 방송을 타기도 했다. 비록 불결한 사랑의 얘기이기는 해도 「죽어도 좋아」에서는 소년 같은 얼굴이 그토록 맑기만 했던 퍼킨스가, 말년에 흉측한 모습이 되어 결국 에이즈로 죽어가는 과정을 지켜보려니까 아, 인생은 무상이로구나 하는 생각이 절절했었다.

페드라의 얘기는 많은 사람들이 즐겨 사용하는 소재여서, 세네카의 『페드라』와 라씬느의 『페드르(Phèdre, 1677)』, 그리고 영국의 여류 소설가 메어리 르놀(Mary Renault, 1905~1983)의 역사소설 『바다의 황소(The Bull from the Sea)』도 같은 내용을 다룬다.

1972년에 마이클(미카엘) 카코얀니스 감독이 미국과 그리스 합작으로 만든 「트로이아의 여인들」은 「죽어도 좋아」처럼 현대화 작업을 거치지 않고 영화로 만들어진 에우리피데스의 희곡(『Troades』, 기원전

415년)이다. 트로이아가 멸망한 다음 프리아모스 왕의 집안 여인들이 당하는 고난을 다룬 이 작품에서는 프리아모스와 헥토르의 미망인 헤카베와 안드로마케, 그리고 미쳐 버린 카산드라가 노예의 몸이 될 운명에 처한다. 헥토르의 누이 폴뤽세네는 아킬레우스의 혼령을 달래기 위해 제물로 희생되고, 헬레네는 천부적인 성적 매력을 발휘하여 남편 메넬라오스의 마음을 사로잡아 죽음을 쉽게 모면한다. 그리스인들을 비겁하고 잔인한 사람들로 묘사했을 뿐 아니라, 경박하고 허영심투성이인 헬레네를 위해서 전쟁을 벌여야 했던 그리스 장군들의 허망한 환멸도 조명함으로써 에우리피데스의 『트로이아의 여인들』은 인류 역사상 최초의 반전 문학으로 취급받는다.

세네카도 똑같은 제목과 비슷한 내용의 희곡을 남겼는데, 캐더린 헵번, 아이린 파파스, 주느비에브 뷔졸드, 바넷사 레드그레이브가 화려하게 포진된 영화 「트로이아의 여인」은 존 스터지스와 스펜서 트레이시의 「노인과 바다」처럼 원작에 너무 충실하다 보니 별미가 별로 없어졌다.

아이스퀼로스, 에우리피데스와 더불어 그리스 비극의 트로이카를 이룬 소포클레스의 작품 『오이디푸스 대왕』과 에우리피데스, 라씬느, 괴테 등이 다루었던 이피게네이아 이야기, 안티고네, 엘렉트라 등등의 주제는 "전설의 시대"에서 신화와 전설을 다루는 대목에 이미 언급했기 때문에 생략한다.

호메로스의 서사시가 영웅을 노래하고 그리스의 희곡이 제신들과 종교의 얘기를 담아낸 귀족 문학이었다고 하면 아이소포스(Isopopos, 기원전 620~560)의 우화는 천민의 문학이라고 하겠다. 영어로 이솝 (Aesop)이라고 표기하는 아이소포스가 본디 프리기아(Phrygia)의 노예 출신이라는 얘기가 아마도 그래서 나도는지도 모를 일이다.

하지만 호메로스나 셰익스피어 그리고 구전 문학의 음유시인들의

노예 신분이라고 알려진 아이소포스(이솝)는 영화 「천국의 하룻밤」에서 신분을 뛰어넘어 공주와 사랑을 나눈다. 왼쪽 사진은 조가비 모양의 욕조에서 주인공을 유혹하는 멀 오베른의 모습인데, 당시로서는 대단히 "용감한 장면"으로 꼽혔다.

경우처럼, 아이소포스 역시 한 사람이 아닌 '집단 작가'라고 의심을 받으며, 존재 여부와 생애가 잘 알려지지 않은 인물이다. 헤로도토스와 플루타르코스의 글에 비록 그의 이름이 언급되기는 했어도, 아이소포스가 생존했다는 시기보다 8백 년에서 1천 년 전 이집트의 파퓌루스에 이미 '이솝 우화'의 내용 일부가 나타난다고 하니 말이다.

이렇게 존재가 애매한 그리스인 아이소포스를 주인공으로 삼은 영화가 「천국의 하룻밤」인데, 워낙 '사실'이 희박한 주인공을 내세워서인지 이솝이 노예 출신이라는 신분과는 어울리지 않게 아름다운 공주를 사랑한다는 화려한 구경거리 의상극으로 끝났다.

찾아보기 ●--

▌「죽어도 좋아(Phaedra, 1962, 미국-프랑스-그리스, 115분)」, 감/Jules Dassin, 출
/Melina Mercuri, Anthony Perkins, Raf Vallone, Elizabeth Ercy

▌「트로이아의 여인들(The Trojan Women, 1972, 그리스-미국, 105분)」, 감/Michael
Cacoyannis, 출/Katharine Hepburn, Irene Papas, Genevieve Bujold,
Vanessa Redgrave, Patrick Magee

▌「천국의 하룻밤(A Night in Paradise, 1946, 미국, 84분)」, 감/Arthur Lubin, 출
/Merle Oberon, Turhan Bey, Thomas Gomez, Gale Sondergaard, Ray
Collins

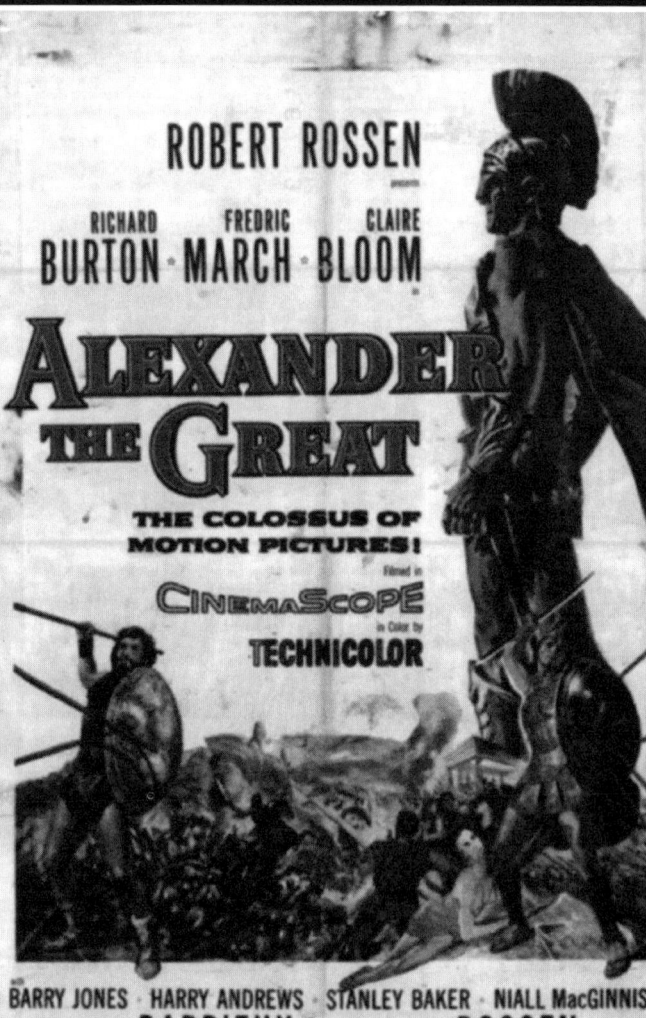

「알렉산더 대왕」은 영어권 영화 가운데
「햄리트」와 「검객 시라노」와 더불어 가장
시적인 역사물로 꼽힐 만한 작품이다.

그리스의 역사가 담긴 영화

실존했던 그리스인으로는 마케도니아의 알렉산드로스(영어 표기 Alexander) 대왕이 가장 유명한 역사적 인물일 텐데, 그의 일대기를 그린 영화 「알렉산더 대왕」은 나이에 따라 같은 작품이 어떻게 달라 보이는지를 증명하는 좋은 본보기라고 하겠다. 헐리우드 키드는 활극을 좋아했던 고등학생 시절에 처음 이 영화를 보고는 "칼쌈이 별로 없어서 참으로 시시하다"는 생각을 했지만, 나중에 영어 대사를 알아들을 만큼 나이가 먹은 다음에 우연히 같은 영화를 다시 보고는 깜짝 놀랐다. 「알렉산더 대왕」이 단순한 활극이나 사극영화가 아니라, 서사시 낭송회를 연상시키는 대단히 문학적인 작품이기 때문이었다.

로렌스 올리비에의 「햄리트」 그리고 호세 훠러(Jose Ferrer)의 「검객 시라노(Cyrano de Bergerac, 1950, Michael Gordon 감독)」와 더불어 「알렉산더 대왕」은 가장 뛰어난 시극(詩劇) 영화라고 손꼽을 만하겠다. 활극과는 거리가 멀었던 셰익스피어 배우 리처드 버튼, 전투에서 오른쪽 눈을 잃은 필리포스 왕 역을 맡았던 연기파 배우 프레드릭 마치(「세일즈맨의 죽음」과 「우리 생애 최고의 해」), 영국 무대 배우 출신의 클레어 블룸, 문예물에서 얼굴을 자주 보이는 프랑스의 다니엘 다뤼외, 영국의 스탠리 베이커와 피터 쿠싱 같은 쟁쟁한 배우들과 역시 무대 출신으로서 「양지의 섬(Island in the Sun, 1957)」과 「허슬러(The Hustler, 1961)」를 통해 우리들과 가까워진 로버트 롯센 감독이 왜 이 한 편의 영화에 모두 동원되었는지는 성벽 위에서 고뇌하는 정복자 알렉산드로스 대왕의 독백 장면을 보면 쉽게 이해가 간다.

영화도 시대적으로 유행을 따르게 마련이어서 요즈음에는 컴퓨터 동영상과 특수효과를 총동원한 공상과학이나 폭력물이 무더기로 쏟아져 나오지만, 「알렉산더 대왕」 무렵에는 사극영화가 무척 많았다. 그리고 그리스를 무대로 삼았던 역사물은 철학과 시와 아름다운 신전의 도시 아테네와 맞서 호전적인 벽돌 성벽의 도시국가 스파르타가 벌였던 전쟁을 즐겨 소재로 발굴했다.

지금은 '스파르타식 교육'이라는 말만 입에 올려도 무슨 시대착오적인 소리냐고 핀잔을 받기가 십상이겠지만, 당시에는 영화 관객이라면 스파르타라는 도시국가 이름이 퍽 귀에 익었고, 활극의 명장 루돌프 마테 역시 1962년에 「스파르타 총공격」에서 페르샤군에게 그리스군이 대패한 기원전 480년 테르모필레(Thermopylae) 전투를 다룬다.

그러나 삐에트로 프란치시 감독의 이탈리아 영화 「스파르탄」은 제목이 주는 인상과는 엉뚱하게 다른 내용이어서, 그리스 최고의 여류시인으로 꼽히는 사포(Sappho, 기원전 612 생)와 파온(Phaon)에 대한 환상의 모험극이다. 사포는 시칠리아에서 지낸 몇 년 이외에는 평생을 레스보스 섬에서 음악과 시 그리고 아프로디테를 섬기는 처녀들을 데리고 함께 살았는데, 결혼해서 딸을 하나 두었으면서도 동성애적 삶을 그녀가 누렸던 장소인 섬의 이름 레스보스(Lesbos)에서 '여

성 동성애'라는 단어 '레스비언(lesbian)'이 생겨
났다는 것은 유명한 사실이다.

젊은 미남 청년 파온에게서 사랑을 거부당한
사포가 바다에 몸을 던졌다는 전설은 오비디우
스의 서간시『헤로이데스(Heroides)』, 그리고 둘
다『사포와 파온(Sappho and Phaon)』이라는 제
목을 붙인 존 릴리(John Lyly, 1584)와 퍼시 맥케
이(Percy MacKaye, 1907)의 희곡에서도 선을 보
인다.

아테네와 스파르타의 전쟁 무대인 그리스와
더불어 신화의 나라로서 쌍벽을 이루었던 로마
는 북 아프리카(지금의 튜니시아 지역)에 페니키
아인들이 기원전 800년에 세운 카르타고와 1백
년에 걸쳐 세 차례나 포에니 전쟁을 치르었다.
북 아프리카뿐 아니라 에스파냐와 지중해에도
식민지를 확보했던 막강한 카르타고와의 첫 전
쟁(기원전 264~241)에서 로마는 시칠리아를 빼
앗았고, 제2차 전쟁(기원전 218~201)에서는 한
니발이 코끼리를 끌고 알프스를 넘었지만 이탈
리아 사람들이 로마 편을 드는 바람에 원정에서
실패했다.

세 번째 전쟁(기원전 149~146)에서는 카르타
고의 여인들이 머리카락을 잘라 투석기(catapult)
의 시위를 만들기까지 하면서 행주대첩의 조선
여인들처럼 열심히 싸웠지만 결국 로마에 패망
한다. 카르타고 지역은 그후에도 반달족과 아랍

대단히 영화적인 삶을 살았던 사포(위)와 캘
리포니아 대학교 출판부에서 펴낸 사포의 시
집(가운데), 그리고 이집트의 파피루스에 남
아 있는 사포의 작품 일부(아래)

인들에게 정복을 당했으며 지금은 허름한 마을뿐인 폐허가 되다시피
해서 역사의 무상함을 느끼게 한다.

『보바리 부인(Madame Bovary, 1857)』의 작가 귀스따브 플로베르
(Gustave Flaubert)의 역사소설을 원작으로 삼아 만든 「살랑보의 사
랑」은 제1차 포에니 전쟁을 배경으로 삼았는데, 플로베르는 이 소설
(『Salammbô』)의 사실성을 살리기 위해 집필 전에 직접 튜니시아 여행
을 했다고 한다.

제2차 포에니 전쟁을 배경으로 삼은 「까비리아」는 시칠리아의 여
노예(Cabiria)가 전쟁 동안에 겪는 역경을 그린 대작 무성영화로서,
우리나라에는 세계명작전집을 통해 『죽음의 승리(Il trionfo della
morte, 1894)』가 번역 소개된 시인이며 소설가인 다눈찌오(Gabriele
D'Annunzio)가 자막 대본을 썼다. D. W. 그리피드는 조명과 카메라
조작이 뛰어난 이 영화에서 영감을 얻어 「편협(Intolerance)」의 바빌
로니아 장면을 만들었다고 한다.

그러나 제2차 전쟁은 뭐니뭐니 해도 알프스 산을 넘어 로마로 진군
하는 한니발 얘기가 가장 솔깃한 소재여서, 빅터 머튜어의 근육형 사
극 「한니발」이라는 영화가 나왔을 뿐 아니라, 올림픽 수영선수 출신
으로 집단 수영(synchronized swimming) 영화라는 고유분야를 만들어

「살랑보의 사랑」 원작을 쓰기 위해 플로베르는
튜니시아 현지 취재까지 했다.

다눈찌오가 자막 대본을 썼다는 사실을 포스터에서 크게 선전한 영화 「까비리아」의 한 장면을 보면 D. W. 그리피드의 「편협」에 끼친 영향을 쉽게 알 수 있다.

낸 에스터 윌리엄스가 씩씩한 노래를 잘 부르는 하워드 킬(한니발 역)을 유혹하여 로마 진군을 방해한다는 내용이 담긴 「주피터의 애인」도 음악극으로 선보였다.

나중 영화는 머빈 리로이 감독의 「애수(Waterloo Bridge, 1932)」, 알프레드 힛치코크의 「레베카(Rebecca, 1940)」, 윌리엄 와일러의 「우리 생애 최고의 해(The Best Years of Our Lives, 1945)」 같은 뛰어난 각본을 써낸 로버트 셔우드(Robert Sherwood, 1896~1955)의 화려한 음악극 「로마로 가는 길(The Road to Rome, 1954)」이 원작이다.

역시 이탈리아 영화인 「카르타고」 또한 포에니 전쟁을 둘러싼 사랑과 음모를 배열한 역사물이고, 「시라쿠사의 풍운」에서는 그리스인 수학자 아르키메데스가 시라쿠사로 침공해 오는 로마의 무적함대를 거대한 거울을 이용하여 태양열로 불태워 무찔렀다는 전설 같은 얘기를 전해준다.

이탈리아 남부의 시라쿠사(Siracusa)는 기원전 734년 코린트의 아르키아스가 건설했고, 기원전 6세기경에는 그리스인이 원주민을 노예로 삼아 귀족정치를 폈던 곳이다. 펠로폰네소스 전쟁 때는 시라쿠사가 아테네 군을 무찌르기도 했으며, 기원전 406년 디오니시우스 1세가 대외 지배력에 힘쓴 결과로 카르타고와 대결할 정도까지 강해졌지만, 제2차 포에니 전쟁에서는 오히려 카르타고 편이 되어 로마와 싸웠다.

발명가요 수학자인 아르키메데스는 배를 불태우는 거울말고도 몇 가지 무기를 발명했다고 하지만, 2년에 걸친 공방전 끝에 결국 시라쿠사는 멸망하고, 아르키메데스는 함락을 앞둔 최후의 전투에서 전사한다. 나라를 위해 목숨을 바친 수학자 아르키메데스와 군대에 안 가려고 재빨리 미국 국적을 취득하여 사라져 버린 대한민국 어느 젊은 가수의 행태가 퍽 대조적이다.

「시라쿠사의 풍운」에서는 수학자 아르키메데스가 주인공이다.

　이렇듯 그리스는 역사 속에서 로마의 그늘로 사라져 갔으며, 그런 결과로 헨리 코스터의 종교 영화 「성의(The Robe, 1953)」를 보면 그리스도를 십자가에 못 박은 백부장(百夫長, centurion) 갈리오(Marcellus Gallio, 리처드 버튼 역)이 집에서 부리는 노예 데미트리어스(Demetrius, 빅터 머튜어)가 그리스인으로 설정되어 있다.

　이탈리아는 로마 제국의 역사를 이어받은 사극(史劇)의 종주국이라고 하겠다. 그리고 역사의 기록은 군주를 중심으로 이루어지는데, 로마도 마찬가지이다.

　로마의 건국신화를 보면 쌍둥이 형제 로몰로와 레모가 전쟁신 마르스(Mars)의 아들로서 아기일 때 바구니에 담겨 티베르 강에 버림을 받지만 강변에서 암늑대에게 발견되어 젖을 얻어먹고 자랐다는 내용으로, 타잔과 모세와 모우글리(『정글북』)의 주제가 뒤섞인 얘기처럼 들린다. 아무튼 그리스 문명의 멸망기에 로몰로가 로마를 일으키는 신화를 가져다가 혁명을 일으켜 폭군을 몰아내는 활극으로 각색하여 만든 영화가 세르지오 꼬르부찌의 「용장 로몰로」이다. 로몰로 역은 헤라클레스 단골인 스티브 리브스에게 돌아갔고, 레모 역을 맡은 고든 스코트는 헐리우드에서 여섯 편의 타잔 영화에 출연한 다음 이탈

영화 「성의」에서 로마의 백부
장 갈라오(왼쪽의 리처드 버
튼)로 하여금 예수의 수제자
베드로(오른쪽 마이클 레니)
를 만나도록 주선한 노예 데
미트리어스(왼쪽에서 두 번째
빅터 머튜어)는 희랍인이었다.

리아로 건너가 근육 연기를 계속한 배우이다.

로마의 다른 지배자들에 관한 영화도 계속해서 나왔다.

찾아보기 ●--

▌「알렉산더 대왕(Alexander the Great, 1956, 미국, 141분)」, 감/Robert Rossen, 출
/Richard Burton, Fredric March, Claire Bloom, Danielle Darrieux, Harry
Andrews, Stanley Baker, Peter Cushing, Helmut Dantine

▌「스파르타 총공격(The 300 Spartans, 1962, 미국, 114분)」, 감/Rudolph Maté, 출
/Richard Egan, Ralph Richardson, Diane Baker, Barry Coe

▌「스파르탄(The Warrior Empress, 1960, 이탈리아, 87분)」, 감/Pietro Francisci, 출
/Kerwin Mathews, Tina Louise, Riccardo Garrone, Antonio Batistella, Enrico
Maria Salerno

▌「살랑보의 사랑(The Loves of Salammbo, 1960, 프랑스-이탈리아, 72분)」, 감
/Sergio Grieco, 출/Jeanne Valerie, Jacques Sernas, Edmund Purdom,
Arnoldo Foa, Riccardo Garrone

▌「까비리아(Cabiria, 1914, 이탈리아, 148분)」, 감/Piero Fosco(Giovanni Pastrone),
출/Italia Almirante Manzini, Lidia Quaranta, Bartolomeo Pagano, Umberto
Mozzato, Vitale de Stefano

■ 「한니발(Hannibal, 1960, 미국-이탈리아, 103분)」, 감/Edgar G. Ulmer, 출/Victor Mature, Rita Gam, Gabriele Ferzetti, Milly Vitale

■ 「주피터의 애인(Jupiter's Darling, 1955, 미국, 96분)」, 감/George Sidney, 출/Esther Williams, Howard Keel, George Sanders, Marge and Gower Champion, Norma Varden

■ 「카르타고(Carthage in Flames, 1959, 이탈리아, 96분)」, 감/Carmine Gallone, 출/Jose Suarez, Pierre Brasseur, Anne Heywood, Illaria Occhini

■ 「용장 로몰로(Romolo e Remo, 영어 제목 Duel of the Titans, 1961, 이탈리아, 88분)」, 감/Sergio Corbucci, 출/Steve Reeves, Gordon Scott, Virna Lisi, Massimo Girotti

■ 「시라쿠사의 풍운(Siege of Syracuse, 1962, 이탈리아, 97분)」, 감/Pietro Francisci, 출/Rossano Brazzi, Tina Luoise, Enrico Maria Salerno, Gino Cervi

이 그림에서는 오른쪽에 편안히 앉은 부유한 귀
족을 위해 젊은 베르길리우스가 그의 시를 암송
해 주는 장면을 보게 되지만, 그리스와는 달리 로
마는 문학과 철학이 융성했던 나라는 아니었다.

로마의 황제

두 나라 모두 이름만 달랐지 성격이나 맡은 역할이 서로 비슷비슷한 여러 신을 모시고 섬겼던 탓인지는 몰라도, 그리스 하면 저절로 로마와 연결지어 생각하게 된다. 하지만 그리스와 로마는 문화면에서 크게 다르다. 그리스는 아폴로적인 반면에 로마는 디오뉘소스적이기 때문이다.

그리스가 문민 정부라고 하면 로마는 군사 문화의 제국이었다. 로마는 칼에 의한 정복과 주지육림의 주신제(orgy)와 칼리굴라와 목욕탕의 나라였고, 군사 정권답게 문학하고는 궁합이 맞지 않았다. 나중에 히틀러가 흉내를 내게 되는 로마의 웅장한 행사나 건축물은 자랑할 만해도, 로마의 문학은 그리스에 비하면 남긴 바가 별로 없다. 베르길리우스나 오비디우스 같은 시인들의 활동이 두드러졌다고는 하지만, 예를 들어 '영화거리'가 될 만한 유산은 별로 남기지 못했다.

그러나 로마의 황제 한 사람은 놀라운 작품을 남겼다. 앞에서 이미 언급한 바 있는 마르쿠스 아우렐리우스의 『명상록』 말이다. 스페인의 명가 출신으로 안토니누스 피우스 황제의 양자로 들어가 16대 로마 황제(161~80)가 된 마르쿠스 아우렐리우스는 스토아 학파의 철학자로서, 시리아와 이집트 등으로 출정하여 외적과 싸우는 틈틈이 진중에서 짬을 내어 『명상록』을 그리스어로 집필했는데, 여기에 인용한 몇 구절을 보면 알겠지만, 철학이라기보다는 크리슈나무르티나 라즈니시 그리고 동양 불교의 무소유 사상과 맥이 통하는 빼어난 '산문'이다.

"기억하는 자와 기억되는 자, 모두가 하루만 존재할 따름이다."(IV, 35)

"시간이란 상황에서 상황으로 이어지는 강, 물살이 센 강이어서, 어떤 일이 벌어지자마자 그것은 떠내려가고, 다른 사건이 뒤이어 나타났다가 역시 떠내려간다."(IV, 43)

"…… 다른 사람을 무덤에 묻은 다음 그 사람도 죽었고 또 다른 사람이 그를 묻었으며, 이 모두가 잠깐이더라."(IV, 48)

젊은 베르테르가 쓴 편지라면 몰라도, 세상에 모자랄 것도 없고 부족할 바가 없었을 로마의 황제에게는 전혀 어울려 보이지를 않는 스토아 철학의 대표작을 남긴 마르쿠스 아우렐리우스를 주인공으로 삼은 영화가 미국의 역사가이며 철학자인 윌 듀란트(1885~1981)의 자문을 받아가며 완성된 「로마 제국의 멸망(The Fall of the Roman Empire)」이었다.

「로마 제국의 멸망(1964)」에서는 황제(알렉 기네스)가 왕위를 아들 코모두스(크리스토퍼 플러머)가 아니라 맏딸 루실라 공주(소피아 로렌)와 결혼할 예정인 리비우스(스티븐 보이드)에게 물려 주려고 하자 문무(文武)의 갈등과 대결이 시작된다. 코모두스는 전쟁과 사냥밖에 모르는 난폭하고 버릇없는 왕자였으니, 스토아 학파의 철학자 황제로서는 후계자로 지명하기가 못마땅한 것이 당연하다.

「로마 제국의 멸망」은 보통 사극과는 달리 진지한 읽기가 필요한 영화이다.

　하지만 제국을 세우는 수단은 칼이지 펜이 아니어서, 로마의 멸망은 아우렐리우스로부터 시작되었다는 영화의 결론이 묘한 여운을 남긴다. 395년에 동서로 갈린 로마 제국의 멸망이 마르쿠스 아우렐리우스의 통치기에서 시작되었다는 점은 역사가들의 공통된 견해이기는 하지만, 그는 문인 황제가 아니라 문무를 겸한 황제였으며, 제국의 멸망은 기근과 페스트의 창궐과 그동안 누적된 빈부의 갈등 따위 복합적인 원인들이 작용했음을 잊어서는 안 된다.

　대작 사극이라면 의상과 배경 장치 따위의 볼거리는 많아도 생각할 깊이가 없다는 공식을 깨트린 이 영화에는 제임스 메이슨, 앤토니 퀘일, 존 아이얼런드, 멜 훠러, 오마 샤리프 등 대형 영화에 줄지어 등장하는 낯익은 얼굴들이 많고, 전투 장면은 「벤허」에서도 맹활약을 한 야키마 카누트가 조감독을 맡았다.

　로마 제국의 멸망을 주제로 한 또 다른 대작 사극은 본디 두 편으로 제작되었지만 영어판에서는 92분으로 줄어들었으며, 독일에서 베스트셀러가 된 펠릭스 단(Felix Dann)의 작품 『로마를 위한 투쟁

(Kampf um Rom)』을 원작으로 삼아 지오드마크 감독(「진홍의 도적」)이 이탈리아, 영국, 미국의 쟁쟁한 배우들을 동원하여 만든 영화 「최후의 로마인」이다.

'멸망기'에 등장한 철학자 황제 마르쿠스 아우렐리우스(통치 기간 161~180)와는 대조적으로 가장 악명이 높은 로마의 황제 두 명이 1세기에 나란히 배출되는데, 칼리굴라(Caligula, 12~41)와 네로(Nero Claudius Caesar Drusus Germanicus, 37~68)가 그들이다.

칼리굴라는 본명이 카이우스 카이사르(Caius Caesar)이지만, 젊은 시절에 군화(caliga)를 즐겨 신어서 그런 별명이 붙었다. 그를 총애하던 티베리우스 황제를 제거하고 권력을 물려받은 칼리굴라는 처음에 백성의 존경을 받았지만 병을 앓고 난 다음 광인이 되어 온갖 못된 짓을 저지른다. 프랑스의 소설가 알베르 까뮈는 희곡 『칼리굴라(Caligula, 1944)』에서 그를 인간과의 모든 관계를 단절함으로써 인간 조건으로부터의 도피가 가능하다는 부조리 때문에 고뇌하는 인물로 그려 놓았지만, 대부분의 사람들이 생각하는 칼리굴라의 인간상은 「데미트리어스(Demitrius and the Gladiators, 1954)」에서 그리스도의 성의(聖衣)가 얼마나 효험이 있는지를 실험하기 위해 사람을 죽여 놓고는 살려 보라고 하던 장면을 연기해낸 제이 로빈슨(Jay Robinson) 정도가 되겠다.

본격적으로 그를 주인공으로 내세운 영화는 '포르노 감독'으로 유명한 이탈리아 띤또 브라스의 대표작으로 꼽히는 「칼리굴라」이다. 펜트하우스(Penthouse)가 1천 5백만 달러를 들여 만든 이 잔혹무비 외설물의 제작 비화는 『궁극적인 포르노(Ultimate Porno, 1981, PierNico Solinas)』라는 책으로 자세히 소개되었으며, 브라스 감독은 "이탈리아 영화의 두 다리 사이에다 내가 불알 두 쪽과 큼직한 좆을 달아 주었다"고 큰소리를 치기도 했다.

칼리굴라나 네로처럼 악명높은 황제들과 더불어 율리우스 카이사르는 로마 사극의 인기 등장인물이다.

　네로는 통치 초기에 세네카(Seneca) 등의 보좌를 받으며 선정을 펼쳤지만, 말기에는 모후(母后)와 황후를 살해하고 공포정치를 하다가 반란을 만나 자살한다. 「쿠오 바디스」에서 눈물단지를 끼고 다니는가 하면 불타는 로마를 구경하며 시를 짓고 노래하는 피터 우스티노프의 연기가 통념적인 네로상이겠으며, 우리나라에는 만화가 출신의 스테노(Steno, 1915~88, 본명 Stefano Vanzina) 감독이 만든 이탈리아 영화 「폭군 네로(Mio Figlio Nerone)」도 수입되었다.

　역사 교과서를 통해서 우리에게 가장 잘 알려진 로마 황제는 역시 율리우스 카이사르(영어 이름 줄리어스 씨저)로서, 그를 주인공으로 삼은 셰익스피어의 희곡을 영화로 만든 대표작은 오손 웰스를 도와 뉴욕에다 1937년 머큐리 극장(Mercury Theatre)을 설립했고 영화와 텔리비전 연속물 「하버드 대학의 공부벌레들(The Paper Chase)」의 킹슬리 교수 역으로 유명해진 존 하우스만(John Houseman, 1902~1988, 본명 Jacques Haussmann)이 초호화 출연진을 동원하여 제작한 조세프 L. 맨키위치 감독의 1953년 판 「줄리어스 씨저」이다. 이 작품은 1970

년에 다시 영화로 제작되었고, 우리나라에는 「The Assassination of Julius Caesar(줄리어스 씨저의 암살)」라는 영어 제목으로 수입되었다.

율리우스 카이사르(기원전 100~44)는 군인이요 정치가였으며, 갈리아 지방장관 시절 라인 강에서 피레네에 이르기까지 유럽 중부를 평정했는데, 워낙 세력이 강해지다 보니 함께 제1차 3두정치를 폈던 폼페이우스가 그를 견제하기 위해, 사령관직을 내놓은 다음 군사를 거느리지 않고 단신 로마로 돌아오도록 명한다. 밑에서 누군가 세력이 강해지면 늘 경계하고 제거했던 박정희 심리와 비슷한 상황이었다.

로마시대에는 전공을 세운 명장이 귀향하면 위세를 과시하기 위해 문으로 들어가지 않고 성벽을 때려부수고는 '입성'했다고 하는데, 군대를 해산하고 혼자 로마로 갔다가는 무슨 일을 당할지 빤히 알았던 카이사르는 "주사위는 던져졌다"는 유명한 말과 함께 군사를 이끌고 루비콘 강을 건너 권력을 장악하고, 그의 이름은 로마 제국의 대명사 노릇을 하기에 이른다. 중세를 거쳐 오늘날에 이르기까지, 'Caesar'라는 말은 'Kaiser'와 'Tsar(또는 Czar)'로 변형되어 전해지고, 달력에서는 7월(Julius→July)이 그의 이름을 물려받는다.

권력을 장악한 카이사르는 원로원의 키케로(Cicero)와 카토(Cato)를 데리고 함께 도망친 폼페이우스를 그리스와 이집트까지 추적하고, 그런 과정에서 이집트의 왕위 계승 전쟁에 말려들어 클레오파트라와의 사이에 아들 케사리온까지 두게 된다.

카이사르와 클레오파트라의 얘기로는 플루타르코스의 『영웅전(Bioi Paralleloi, 영어 제목 Parallel Lives)』에 단단히 기초를 두었으면서도 작가의 개인적인 해석(poetic license)이 두드러진 조지 버나드 쇼(George Bernard Shaw)의 1899년 희곡을 영화로 만든 「시저와 클레오파트라」가 유명하다.

조지 버나드 쇼가 직접 대본을 쓴 이 영화에서는 볼품없고 작달막

한 클로드 레인스가 동성애자 같은 분장을 하고 대머리가 벗겨진 늙은이로 카이사르의 모습을 그려내는데, 장난삼아 1년에 일곱 번이나 생일을 차려 먹는 로마 황제라면 정통 '사극(史劇)'의 주인공이라고 하기는 어려워진다.

클레오파트라의 경우는 더 심하다. "로마인은 팔이 일곱이고 사람을 잡아먹는다"고 믿으며, "(내가 어른이 되면) 노예들에게 독약을 먹인 다음 괴로워하는 모습을 구경하겠다"거나 "팔이 굵은 남자들을 모두 왕으로 만들었다가 싫증이 나면 패 주겠다"는 '장래 희망'을 피력하는 비비언 리의 모습은 그야말로 "철딱서니 없는 아가씨"이다.

철부지 아이 클레오파트라를 번듯한 여왕으로 훈련시키는 노인 카이사르의 얘기는 조지 버나드 쇼가 이미 다루었던 퓌그말리온 신화를 희극적으로 뒤집은 주제이겠는데, 역사적인 배경이나 사회비평적 측면 그리고 극작가의 유명한 '장난기'를 염두에 두지 않고 보통 영화를 보는 눈으로 감상했다가는 정말로 재미없는 작품이다.

93세까지 글을 썼던 쇼의 장난기는 워낙 유명해서 많은 일화를 남기기도 했다. 1944년 생일에 그는 "내가 받은 첫 생일 선물은 히틀러가 보내준 폭탄이었고, 덕분에 침실 유리창이 깨졌는데, 다음 생일에는 보다 즐겁고 덜 놀라운 선물을 받았으면 합니다"라고 했으며, 영상으로 남긴 유언에서는 "행복한 삶이란 항상 좋아하는 일을 하느라고 너무 바빠서 자기가 행복한지 아닌지 생각할 시간조차 없이 사는 것"이라는 명언을 했다.

1950년대 서울 극장가에서는 영화 「시저와 클레오파트라」를 보다가 심심해진 관객이 클레오파트라의 시녀 빠따띠따의 이름이 나올 때만 요란하게 웃음을 터뜨리고는 했었다. 이름이 하도 희한해서 등장인물들도 헷갈려 카이사르는 "포토타티타"나 "토타티타," 루피오 사령관은 "티타토타"라고 하는 등등 정신이 없었는데, 더욱 희한한

Caesar and Cleopatra('44)

· 「시저와 클레오파트라」에서 비비언 리의 시녀 역을 맡은 플로라 롭슨은 우피 골드버그만큼이나 "꽃다운" 여배우이다.

사실은 정말 어디를 봐도 아름다움(꽃)과는 거리가 먼 이 시녀의 역을 맡았던 여배우의 이름이 플로라 롭슨이었다는 점이다. '플로라(Flora)'는 '꽃'을 의미한다.

「시저와 클레오파트라」에는 비비언 리가 소크라테스의 철학을 공부하지 않겠다고 투정을 부리는 장면에서 진 시몬스가 하프를 켜는 노예로 잠깐 얼굴을 비친다. 카이사르가 로마군에 대항하여 일어선 이집트군을 진압하러 출정한 다음 클레오파트라를 유리잔과 비둘기 알로 둔갑시켜 양탄자로 포장해서 황제한테 배달하는 시칠리아의 상인 아폴로도리스 역을 맡았던 스튜아트 그레인저는 나중에 (영화 밖에서) 진 시몬스와 부부가 된다.

리타 헤이워드의 「살로메」를 촬영한 세트에서 덤으로 만들었다는 론다 플레밍의 「클레오파트라」에서는 카이사르가 아니라 안토니우스가 사랑의 상대역이다. 클레오파트라(기원전 69~30)는 이집트의 마지막 마케도니아 여왕으로서, 이집트 전통에 따라 남동생이며 남편이었던 프톨레마이오스와 함께 나라를 다스리다가 남매간에 왕권 쟁탈전이 벌어지며, 기원전 46~44년에는 로마에서 카이사르와 함께 살았다. 다시 이집트로 돌아간 클레오파트라는 제2차 3두정치를 지지했으며, 그녀의 매력에 완전히 빠져 버린 마르쿠스 안토니우스는 클레오파트라와 살기 위해 아내 옥타비아를 버리기까지 한다. 그들 사이에서는 세 아이가 태어난다. 이런 상황을 담은 최신판 '클레오파트라'에 관해서는 제4권 "지성과 야만"의 이집트 대목에서 좀더 자세히 설명하겠다.

악티움의 패배 이후 클레오파트라와 안토니우스 두 사람은 복잡한 사연을 거쳐 차례로 자살하기에 이르는데, 그들의 사랑 이야기는 셰익스피어의 희곡 『안토니우스와 클레오파트라(Anthony and Cleaopatra)』의 주제를 이룬다.

세실 B. 드밀의 화려한 대작 「클레오파트라」에서는 클로데트 콜베르가 "세계 최고의 미녀" 역을 맡았다. 엄청난 제작비를 들인 다음 네 개의 오스카 상을 수상하고도 흥행에서 참패를 맛본 네 시간짜리 대작 「클레오파트라」는 치네치타에서 촬영했다.

「소피의 세계」처럼 인간 역사의 중요한 순간들을 소설(영화)로 엮은 헨리크 반 룬(Henrik Van Loon) 원작의 『인류 이야기』를 영화로 만들었을 때는 헤디 라마르가 클레오파트라 역을 맡았고, 우리나라에

클로데트 콜베르의 「클레오파트라」는 "나일강의 뱀"이 등장하는 대표작 가운데 하나이다.

는 이탈리아 영화 「미녀 클레오파트라(Le Legione di Cleopatra)」도 수입된 적이 있으며, 심지어는 이집트의 궁중 음모를 가학성 시각에서 다룬 의상극 「클레오파트라의 딸」까지 출동하더니, 영국에서는 급기야 요란한 껍데기 영화인 엘리자베드 테일러의 「클레오파트라」를 비꼬는 「잘해 봐, 클리오」가 나타났다. '클리오(Cleo)'는 물론 '클레오파트라'의 약칭이다.

굴러가지도 않을 사각형 바퀴를 발명한 영국인과 그의 이웃에 사는 친구가 카이사르 암살 음모에 여기저기서 엎치락뒤치락 얽혀드는 내용인 「잘해 봐, 클리오」는 1 년에 한 편꼴로 만든 다른 싸구려 "잘해 봐" 영화와는 달리 1963년도 「클레오파트라」 영화의 시설을 슬쩍 이용한 덕택에 비교적 '호화판'으로 보이는데, 텔레비전을 통해서 이제는 제법 '이색 인기영화(cult movie)' 취급을 받기도 한다.

엘리자베드 테일러의 「클레오파트라」가 엄청난 제작비를 들여서 졸작을 만들었다는 사실은 널리 알려졌지만, 그에 앞서 비비언 리의 「시저와 클레오파트라」 역시 본디 예산보다 두 배나 되는 1백 25만

「잘해 봐, 클리오」는 버나드 쇼의 희곡과 더불어 대표적인 변칙 클레오파트라 영화로 꼽힌다.

파운드를 써 버려 아더 랭크 회사를 곤경에 빠뜨리기도 한 일화는 우리나라에 잘 알려지지 않았다. 감독을 맡았던 가브리엘 파스칼(1894~1954)은 출생 신분이 확실하지 않은 로마니아 배우 출신의 제작자 및 감독으로서, 독일과 이탈리아에서 활동하다가 1930년대 영국으로 건너가 어떻게 손을 썼는지 돈은 얼마 안 주고도 버나드 쇼의 희곡들에 대한 영화 제작권을 확보하여 캐더린 헵번을 주연시켜 「잔 다르크(Saint Joan)」를 필두로 해서, 클라크 게이블과 캐리 그란트를 주연시킨 「악마의 제자(The Devil's Disciple)」, 「바바라 소령(Major Barbara)」, 「퓌그말리온」 등을 만들었으며, 「퓌그말리온」을 음악극 「마이 페어 레이디」로 만드는 초기 과정에도 관여했다고 한다. 버나드 쇼는 그를 디아길레프와 같은 존재라고 극찬했지만, 「시저와 클레오파트라」의 실패 이후 파스칼은 몰락기를 맞았다.

좀 이색적인 로마 시대극을 살펴보면, 「카이사르와 싸우는 아스테릭스와 오벨릭스」는 로마의 카이사르가 열 배나 되는 정규군 병력을 이끌고 쳐들어 가도 신비한 묘약의 힘을 빌어 저항하는 작디작은 갈리아 마을 사람들이 주인공 노릇을 하는 멜 브룩스 식의 희극영화이다. 음치인 음유시인, 고양이 고문하기, 로베르또 베니니가 일으키는 쿠데타, 나무에 주렁주렁 매달린 마법사들, 그리고 어려서 묘약을 만드는 솥에 빠져 힘이 장사가 되어 코끼리도 집어던지는 오벨릭스의 웃기는 모습이 밝고도 화려한 화면 위에 거침없이 펼쳐진다.

「세바스티안」은 로마를 시대적인 배경으로 삼은 묘한 동성애 영화이다. 디오클레티아누스 황제(Galus Aurelius Valerius Diocletianus, 245~313)의 친위대장 세바스티안은 자꾸만 세력을 팽창하는 기독교를 분쇄하기 위해 외딴 변방의 사막 수비대로 나가 영적인 삶을 추구한다. 백부장 세베루스(Severus)는 세바스티안을 정신없이 짝사랑하는데, 그의 동성애를 받아 주지 않는 주인공을 점점 더 괴롭힌다. 다른

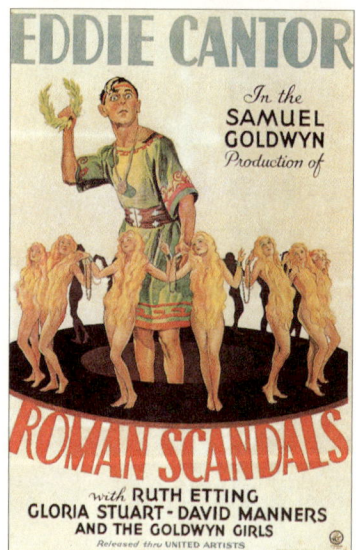

(위) 「세바스티안」에 등장하는 로마 변방 수비대의 병사들은 이런 식으로 군복무를 계속한다.

(아래) 「로마의 스캔들」 포스터

장병들은 세바스티안의 독선을 경멸하며 원반던지기(frisbee), 춤, 싸움박질, 파도타기, 목욕을 즐기고, 성욕과 정치에 관한 얘기를 나누며 시간을 보낸다. 세베루스가 술김에 마지막 접근을 시도하지만 세바스티안은 다시 거절하고, 그에 대한 보복으로 사형선고를 받는다. 세바스티안은 절벽에서 기둥에 묶인 채로 화살형을 당한다.

세바스티안의 얘기가 실화였다면 참으로 대단한 "로마의 스캔들"거리이지만, 정작 영화 「로마의 스캔들」은 현대의 어느 몽상가가 고대 로마로 돌아가 아가씨들과 즐겁게 놀고 지낸다는 내용의 음악극이다. 브로드웨이에서 성공하여 영화로 진출했지만, 무대에서 공연했던 작품을 너무 자주 재탕하는 바람에 나중에는 인기를 잃고 라디오 방송에 주력했던 에디 캔터의 대표작으로 꼽히는 「로마의 스캔들」에서 에디와 춤을 추는 "골드윈 아가씨들(The Goldwyn Girls)" 중에는 루씰 볼과 베티 그레이블도 끼어 있었다.

그러나 로마시대에는 「세바스티안」의 동성애가 별로 대단한 '스캔들'이 되지 못했을 노릇이, 그때는 미소년을 집에 두고 귀족집 어르신네들이 동성애를 즐기는 일이 흔했다고 한다.

/Ronald Colman, (Sir) Cedric Hardwicke, Vincent Price, Hedy Lamarr, Groucho, Harpo, Chico Marx, Virginia Mayo, Agnes Moorehead, Charles Coburn, John Carradine, Dennis Hopper

▌「클레오파트라의 딸(Cleopatra's Daughter, 1960, 이탈리아, 102분)」, 감/Richard McNamara, 출/Debra Paget, Ettore Manni, Erno Crisa

▌「잘해 봐, 클리오(Carry On Cleo, 비디오 제목 Caligula's Funniest Home Videos, 1965, 영국, 92분)」, 감/Gerald Thomas, 출/Amanda Barrie, Sidney James, Kenneth Williams, Joan Sims

▌「카이사르와 싸우는 아스테릭스와 오벨릭스(Asterix & Obelix contre Cesar, 1999, 프랑스-이탈리아-독일, 99분)」, 감/Claude Zidi, 출/Gerard Depardieu, Christian Clavier, Roberto Benigni, Michel Galabru, Claude Pieplu, Daniel Pievost, Pierre Palmade

▌「세바스티안(Sebastiane, 1976, 영국, 86분)」, 감/Derek Jarman, 출/Leonardo Treviglio, Barney James, Neil Kennedy, Richard Warwick, Donald Dunham, Ken Hicks, Janusz Romanov, Steffano Massari

▌「로마의 스캔들(Roman Scandals, 1933, 미국, 92분)」, 감/Frank Tuttle, 출/Eddie Cantor, Ruth Etting, Gloria Stuart, David Manners, Verree Teasdale, Alan Mowbray, Edward Arnold, (Lucille Ball, Betty Grable)

로마의 최상류층인 황제 못지않게 최하류층인 검투사들은 사극의 중요한 등장인물로 각광을 받아서, 21세기로 접어든 다음에도 헐리우드는 오스트렐리아 배우까지 동원하여 검투사 대작을 선보였다.

검투사들의 반란

『일리아스』에서 헬레네를 납치한 파리스 왕자는 유명한 권투선수였는데, 그리스 시대에는 권투 시합이 벌어지면 두 사람 가운데 한 사람이 죽을 때까지 싸움을 계속했다고 한다. 그래서 현대로 내려와 미국에서도 권투 시합은 지금처럼 3 회전이니 12 회전이니 제한하지를 않고 초창기에는 한 사람이 쓰러져 인사불성이 되어 일어나지 못해야만 승부가 결정되었다.

그리스의 권투선수나 마찬가지로 로마에서는 검투사(劍鬪士)들이 목숨을 걸고 싸웠으며, 그래서 사자나 호랑이 같은 짐승 또는 다른 검투사들과 시합을 벌이기 전에 경기장(arena)에서 행진할 때면 그들은 황제에게 "곧 죽게 될 저희들이 폐하께 경의를 표합니다!"라고 외쳤다고 한다.

로마를 시대적인 배경으로 삼은 영화에서 유명한 황제만큼이나 자주 동원되는 주인공인 '검투사(gladiator)'는 라틴어로 '검'이라는 뜻인 'gladius'에서 나온 말이며, 전쟁 포로나 노예 또는 가장 악질적인 범죄자 같은 신분의 출신이다. 그들은 본디 망자에게 사후 세계에서 지켜 줄 무사를 제공하기 위해 에트루리아의 장례식에서 목숨을 바쳐 싸우던 풍습에서 기원했다. 로마에서 구경거리로 발전한 이후 기원전 264년 브루투스의 장례식에서 3개 조가 시합을 벌인 것이 첫 기록으로 남았고, 율리우스 카이사르 시대에는 3백 쌍, 그리고 107년 트라야누스(Marcus Ulpius Trajanus) 황제는 무려 1만 명의 검투사들에게 1백 일 동안 시합을 시켰으며, 도미티아누스(Titus Flavius Domitianus Augustus)는 난쟁이와 여자 검투사까지 출전시키기도 했다.

여러 시합에서 이긴 검투사는 더 이상 출전을 하지 않아도 된다는 뜻으로 목검(木劍, rudis)을 받았고, 귀족의 경호원 노릇을 하던 검투사 출신들은 종종 유혈 사태를 일으켰으며, 로마의 풍자가 유베날리스(Decimus Junius Juvenalis, 60?~140)는 검투사들과 묘한 관계를 즐기던 귀부인들에 대한 세태를 꼬집기도 했다.

영화를 보면 검투사들이 서로 다른 무기를 가지고 싸워서 때로는 불공평하다는 인상을 주기도 하는데, '트라키아인(Thraces)'은 작고 동그란 방패와 단검으로 무장하고는 대부분의 경우 어투사(漁鬪士, mirmillones)를 상대해서 싸웠다. 갈리아 식 투구 꼭대기를 물고기로 장식한 어투사는 검과 방패로 무장했다. 짧은 튜닉 차림의 망투사(網鬪士, retiarius, net man)는 완전 무장한 추적사(追跡士, secutor, pursuer)와 대결을 벌여 오른손에 든 그물로 상대방을 잡은 다음 왼손에 잡은 삼지창으로 처치했다. 영화에는 등장한 경우가 확인되지 않았지만, 말을 타고 투구의 앞가리개로 시야를 차단한 채로 싸웠다는 기마사(騎馬士, andabatae)와 두 개의 단검으로 무장한 쌍검사(dimachaeri), 전차(chariot)를 타고 싸우던 전차사(戰車士, essedarii), 완전히 갑옷으로 몸을 감춘 투사(hoplomachi) 그리고 밧줄 올가미로 상대방을 잡던 포박사(捕縛士, laquearii)도 기록에 나온다.

고대 로마인들의 살인구경이라는 지극히 야만적인 놀이가 마침내 끝난 시기는 서기 404년, 텔레마코스라는 아시아의 승려가 경기장으로 달려 들어가 싸우는 두 검투사를 뜯어말리다가 관중들로부터 돌에 맞아 죽은 다음 호노리우스(Flavius Honorius, 384~423) 황제가 이런 행사를 금지시킨 칙령을 내리면서부터였다.

헐리우드 키드 세대에게 가장 잘 알려진 검투사 영화는 「데미트리어스」였고, 역사상 가장 유명한 검투사는 스파르타쿠스였다. 커크 더글라스 제작에 스탠리 큐브릭이 감독한 세 시간짜리 호화 배역진의 대형 사극 「스파르타쿠스」의 원작을 쓴 미국의 유명한 역사소설 작가 하워드 패스트(Howard Fast, 1914~)는 1943년부터 13 년 동안 공산당에 가입하여 적극적으로 활동했었기 때문에 매카티 상원의원의 청문회에 불려다녔지만 협조를 하지 않았고, 그래서 늘 감시의 대상이 되어서 쉽게 출판사를 구하지 못해 『스파르타쿠스』를 비롯한 몇 편의 소설을 자비로 출판해야 했다.

영화에서는 스파르타쿠스가 13살 때부터 리비아의 광산에서 노예로 일했다고 하지만, 사실은 트라키아 태생으로서 로마의 군인으로 복무하다 탈영한 죄로 노예가 되었다고 한다. 카푸아(Capua)의 검투사 학교로 팔려간 그는 죽음을 앞두고 브리타니아 출신의 여노예(진 시몬스)와 대단히 슬픈 사랑을 하고, 기원전 73년에 70 명 가량의 다른 검투사들과 함께 탈출하여 베스비우스 산으로 들어가 '검투사의 전쟁(the Gladiatorial War)'이라고 알려진 반란을 일으켜 71년까지 도망친 다른 노예 수천 명을 규합하여 여러 차례 로마군을 물리치고 적장을 포로로 잡기까지 한다.

권력을 쟁탈하기 위한 목적으로 혁명을 일으키지는 않았던 그들은 5백 척의 해적선을 구입하여 시칠리아로 탈출할 계획을 세우지만 뜻을 이루지 못하고, 몰수 재산에 대한 투기로 많은 돈을 벌어 '부자

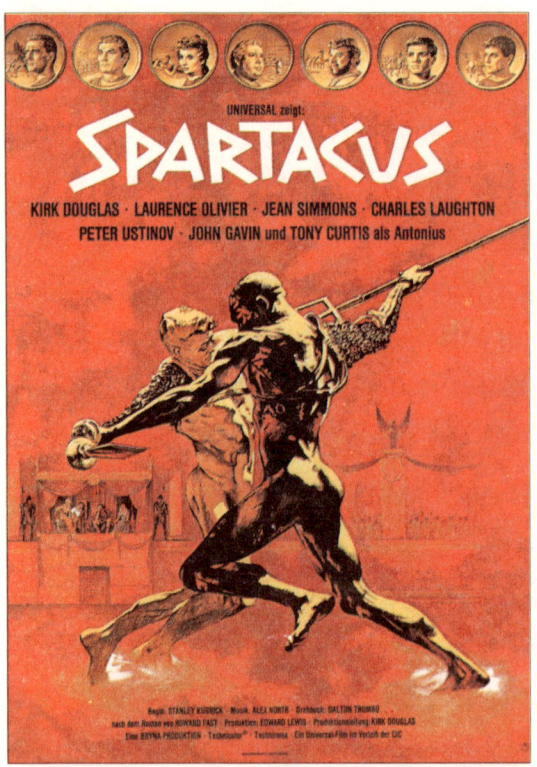

「스파르타쿠스」는 커크 더글라스에게 아주 특별한 의미를 지니는 작품이다. 그는 1957년 스탠리 큐브릭이 감독한 「돌격(Paths of Glory, 비디오 제목 "영광의 길")」을 만든 이듬해에 「바이킹(The Vikings)」을 제작했고, 다시 1 년 후에 「스파르타쿠스」의 제작에 착수한다. 처음에는 「로마 제국의 멸망」을 만든 앤토니 맨을 감독으로 발탁했으나 해고한 다음, 「돌격」을 연출했던 스탠리 큐브릭과 손을 잡는다. 그러나 제작자와 감독 사이에는 의견 차이가 많았다고 하며, 완성된 작품에 대해서 큐브릭은 크게 만족한 편은 아니었다. 그러나 「스파르타쿠스」는 검투사 영화 가운데 손꼽히는 고전이 되었다. 포스터까지도 대단히 강렬하게 시선을 끌기도 한다.

(Dives)'라는 칭호를 들었으며 8개 군단을 지휘했던 크라수스(Marcus Licinius Crassus, 로렌스 올리비에)와의 마지막 결전에서 전사한다.

영화에서는 전사를 하지 않고 스파르타쿠스가 아피아 도로 길가 십자가에 매달려 죽음을 맞는데, 마술과 노래를 '일'로 삼았던 안토니누스(토니 커티스)와 스파르타쿠스가 서로 십자가에 매달리지 않게 하여 상대방의 고통을 덜어 주려고 벌이는 마지막 결투 역시 대단히 감동적이다. 커크 더글라스와 토니 커티스는 비슷한 시기에 수입되었던 영화 「바이킹(The Vikings, 1958)」의 마지막 장면에서도 퍽 인상적인 결투를 벌였었다. 「스파르타쿠스」에서는 로마군 특유의 방진(方陣, phalanx)을 형성하고 들판에서 벌이는 장쾌한 전투 장면도 볼 만하다.

이탈리아 남부를 장악하여 공포에 몰아넣었던 스파르타쿠스는 대단히 '인간적'이었다고 하며, 노예의 반란이라는 주제 역시 매력적이어서, 헝가리 태생의 유명한 영국 작가 아더 케슬러(Arthur Koestler, 1905~83, 대표작 『Darkness at Noon』)도 1939년 『검투사(The Gladiators)』라는 제목의 소설을 남겼다. 케슬러는 언론인으로서 에스파냐 내란을 취재하러 갔다가 파시스트들에게 간첩으로 체포되어 사형 선고를 받았다 겨우 풀려나는가 하면, 제2차 세계대전 당시에는 난민 수용소 생활을 하는 등 어니스트 헤밍웨이 못지않게 다양한 경험을 쌓았던 작가이다.

이탈리아에서는 리까르도 프레다 감독이 스파르타쿠스를 주인공으로 삼은 「로마의 죄악」을, 그리고 세르지오 꼬르부찌는 스파르타쿠스의 죽음에 얽힌 얘기를 듣고 복수에 나서는 아들을 주인공으로 삼은 스티브 리브스의 「투장(鬪將) 스파르타쿠스」를 만들었다.

「스파르타쿠스」는 농노와 농민의 삶을 작품 속에서 즐겨 그려냈던 러시아의 소설가 드미트리 그리고로비치(Dmitrii Vasilievich Grigorovich, 1822~1899)의 작품에 아람 카차투리안(Aram Khachaturian, 1903~1978)

의 음악을 곁들여 발레로 만들어서, 볼쇼이 발레단이 우리나라 방문 공연을 가지기도 했었다.

고대 에게 해의 섬에서 부패한 지도자들을 물리치기 위해 일어났던 노예 반란을 다룬 영화 「로도스의 콜로수스」도 이탈리아에서 나왔다. 미국 배우 로리 칼훈을 빌어다 만든 이 영화는 세르지오 레오네 감독의 처녀작으로서, 세계 7대 불가사의 가운데 하나인 로도스 섬(Rhodos=Rhodes)의 거대한 아폴로 신상을 비롯한 세트와 대규모 전투 장면이 인상적이다.

폴투갈 식민지였던 현대 카리브 해의 섬 사탕수수 재배지에서 노예 반란을 일으키기 위해 파견되는 윌리엄 워커 경(Sir William Walker, 1824~60)을 주인공으로 삼은 이탈리아와 프랑스의 정치색이 짙은 합작 영화 「불타는 사탕수수밭」에서는 말론 브란도가 과대망상증에 빠진 워커 역을 맡았다. 멕시코, 니카라과, 그라나다, 온두라스 등지에서 혁명과 식민지 전쟁에 끼어들어 니카라과의 대통령까지 되었다가 결국 영국 해군에 체포되어 온두라스에서 군법회의를 거쳐 총살을 당한 풍운아 워커에 관한 영화는 에드 해리스 주연으로도 1988년에 선을 보였다.

노예 반란과 비슷한 주제를 우리나라에서 찾아보면 양반댁 규수와 상민 총각의 사랑을 배경에 담은 「동학난」 정도를 꼽겠지만, 한국의 역사 영화는 나중에 따로 취급하겠다.

다시 검투사 영화로 돌아가면, 폭군에 반기를 드는 노예들의 투쟁을 다룬 「7인의 난폭자」와 야만인들에게서 공주님을 구해내는 무용담을 담은 「검투사의 복수」는 둘 다 루뽀 감독이 만들었는데, 전형적인 이탈리아 뺏뺏영화의 수준에서 그친다. 고대 로마를 배경으로 한 검술 활극 「검투사의 승리」와 시리아의 여왕에게 일부러 포로가 되는 검투사가 주인공인 「검투사의 기치」 또한 전형적인 이탈리아 사극이다.

로마의 노예가 주인공이며 헐리우드 사람들이 이탈리아로 가서 만든 출장 영화로는 「시저의 황금」이 제프리 헌터와 밀레느 드몽조의 낯익음으로 그나마 다국적 면모를 보이고, 모든 검투사가 여성이었던 「격투기장」은, 당시에는 대단한 여권주의 시각으로 여겨졌지만, 역시 로저 콜만의 제품답게 주연을 맡은 세 여배우의 몸매가 가장 중요한 구경거리 노릇을 한다.

　　기념비적인 영화 「킹 콩」의 특수효과 담당자들을 다시 동원하여 2년 후에 만든 헐리우드 판 「폼페이 최후의 날」에서도 검투사가 되어 부와 권력을 얻으려는 꿈을 꾸는 대장장이가 주인공으로 나서고, 이탈리아 판 「폼페이 최후의 날」에서는 기독교 순교자들을 중심으로 줄거리가 전개되는데, 극작가이며 정치가인 에드워드 불워-리튼(Edward Bulwer-Lytton) 원작의 역사소설에서는 그리스의 젊은 연인들이 나누는 사랑이 주제이다. 프랑스 판(『Les derniers jours de Pompei』)을 참조하기 바라지만, 모든 폼페이 최후의 날 영화의 최후는 어쨌든 화산 폭발로 끝난다.

　　스티브 리브스의 폼페이 영화에서 마지막 장면을 재탕해 만든 「용감한 왕비」는 고대 폼페이의 도덕적 타락상을 재현한다는 핑계를 내

이탈리아의 마리오 까세리니(Mario Caserini, 1874~1920) 감독이 만든 무성영화 「폼페이 최후의 날(Gli ultimi giorni di Pompei, 1913)」

세웠지만, 사만타 폭스(Samantha Fox)라는 이름으로 포르노 영화에서 명성을 떨친 스타시아 미꿀라를 출연시킨 속셈이 (몸에 얼마 걸치지 않은 옷 사이로) 훤히 들여다보인다.

「얼굴없는 사나이의 저주」는 폼페이 최후의 날에 폭발한 화산의 용암에 파묻혔다가 얼굴 없이 되살아난 검투사가 사랑하던 여인이 환생했다고 믿으며 구출하러 다닌다든가 어쩐다든가 하는 괴기영화이다.

찾아보기 ●--

▌「스파르타쿠스(Spartacus, 1960, 미국, 184분)」, 감/Stanley Kubrick, 출/Kirk Douglas, Laurence Olivier, Jean Simmons, Tony Curtis, Charles Laughton, Peter Ustinov, John Gavin, Nina Foch, Herbert Lom, John Ireland, Charles McGraw, Woody Strode

▌「로마의 죄악(Sins of Rome, 1954, 이탈리아, 75분)」, 감/Riccardo Freda, 출/Ludmilla Tcherina, Massimo Girotti, Gianna Maria Canale, Yves Vincent

▌「투장 스파르타쿠스(Son of Spartacus 또는 The Slave, 1963, 이탈리아, 102분)」, 감/Sergio Corbucci, 출/Steve Reeves, Jacques Sernas, Giana Maria Canale, Claudia Gora

▌「로도스의 콜로수스(The Colossus of Rhodes, 1960, 이탈리아, 128분)」, 감/Sergio Leone, 출/Rory Calhoun, Lea Massari, Georges Marchal

▌「불타는 사탕수수밭(Queimada! 영어 제목 Burn!, 1969, 이탈리아－프랑스, 112분)」, 감/Gillo Pontecorvo, 출/Marlon Brando, Evaristo Marquez, Renato Salvatori, Tom Lyons, Norman Hill

▌「워커(Walker, 1988, 미국, 90분)」, 감/Alex Cox, 출/Ed Harris, Marlee Matlin, Richard Masur, René Auberjonois, Peter Boyle, Miguel Sandoval

▌「동학난(東學亂, 1962, 한국, 10권)」, 감/崔薰, 출/신영균, 김승호, 최남현, 김지미

▌「7인의 난폭자(Seven Slaves Against the World 또는 The Gladiators Seven, 1965, 이탈리아, 96분)」, 감/Michele Lupo, 출/Roger Browne, Gordon Mitchell, Scilla Gabel, Germano Longo

▌「검투사의 복수(Revenge of the Gladiators, 1965, 이탈리아, 100분)」, 감/Michele

Lupo, 출/Roger Browne, Scilla Gabel, Giacomo Rossi Stuart, Gordon
Mitchell, Daniele Vargas

▌「검투사의 승리(Triumph of the Ten Gladiators, 1964, 이탈리아, 94분)」, 감/Nick
Nostro, 출/Dan Vadis, Helga Line, Stanley Kent, Gianni Rizzo, Halina
Zalewska, John Heston

▌「검투사의 기치(Sign of the Gladiator, 1959, 이탈리아, 84분)」, 감/Vittorio Musy
Glori, 출/Anita Ekberg, Georges Marchal, Jacques Sernas, Folco Lulli

▌「카이사르의 황금(Gold for the Caesars, 1964, 프랑스-이탈리아, 95분, 영어판
86분)」, 감/Andre de Toth, 출/Jeffrey Hunter, Mylene Demongeot, Ron
Randell, Massimo Giulio Bosetti, Ettore Manni

▌「격투기장(The Arena, 또는 Naked Warriors, 1973, 미국, 83분)」, 감/Steve
Carver, 출/Pam Grier, Margaret Markov, Lucretia Love, Paul Muller

▌「폼페이 최후의 날(Last Days of Pompeii, 1935, 미국, 96분)」, 감/Ernest B.
Schoedsack, 출/Preston Foster, Basil Rathbone, Dorothy Wilson, David Holt,
Alan Hale, John Wood, Louis Calhern

▌「폼페이 최후의 날(Last Days of Pompeii, 1960, 이탈리아, 105분)」, 감/Mario
Bonnard, 출/Steve Reeves, Christine Kaufmann, Barbara Carroll, Anna
Maria Baumann, Mimmo Palmara

▌「용감한 왕비(Warrior Queen, 1987, 미국, 69분 복원판 79분)」, 감/Chuck
Vincent, 출/Sybil Danning, Donald Pleasance, Richard Hill, Stacia Micula

▌「얼굴없는 사나이의 저주(Curse of the Faceless Man, 1958, 미국, 66분)」, 감
/Edward L. Cahn, 출/Richard Anderson, Elaine Edwards, Adele Mara, Luis
Van Rooten

「마법사」에서 오손 웰스는 18세기의 흉악한 사기꾼 깔리요스뜨로의 역
을 맡아서 마리 앙뜨와네뜨를 가짜와 바꿔치기 하여 프랑스를 손에 넣
으려고 하다가 목숨을 잃는다. 웰스는 「왕자의 검」에서도 악명 높은 이
탈리아인 체자레 보르지아 역을 해냈다.

풍운의 역사

「검란(劍亂, Gladiators of Messalina)」, 「조국에 고한다(Invincible)」, 「로마의 사자(La schiava di Roma)」, 「황금의 7인(Sette uomini d'oro)」, 「대진군(Nelsegno di Roma)」, 「대원정군(Gerusalemme liberata)」, 「스파르타(The Giant of Marathon)」, 「사상 최대의 역습(The Seven Challenges)」, 「대제와 투사(Urusus and the Tartar Girl)」, 「수퍼 아르고 (Super Argo contro Diallicus)」처럼 신화시대에서부터 고대 로마를 시대적인 배경으로 삼은 여러 이탈리아 영화가 한때 무더기로 우리나라에 수입되었으나 별로 기억에 남지도 않고 자료를 확인하기도 어려운 실정이며, 그나마 헐리우드 키드 또래의 입에 많이 오르내렸던 작품으로는 로마의 장군들과 권력 투쟁을 벌이는 「테오도라」 영화 그리고 에스파냐와의 전쟁을 다룬 「로마 정복군」 정도였다.

미국 배우 주연의 로마 사극으로는 에드먼드 퍼돔이 사랑하는 여인을 구하고 그의 부족을 승리로 이끄는 「이교도의 분노」, 셰인(앨런 래드)이 어색한 로마인으로 등장하는 「용사들의 결투」, 그리고 한 술

더 떠서 존 드루 배리모어가 로마를 위협하는 미친 승려로 나오는 「망령들의 전쟁」도 치네치타에서 태어났다.

중세 이탈리아를 시간적 및 지리적인 무대로 삼은 헐리우드 사극으로는 악명높은 가문의 여인이 해치러 갔던 남자와 사랑에 빠진다는 진부한 공식을 따른 의상극 「보르지아가의 여인」, 그리고 막강한 체자레 보르지아에 대항하여 투쟁하는 안드레아 오르시니(Andrea Orsini)를 주인공으로 삼은 헨리 킹 감독 사극 「왕자의 검」이 공교롭게도 같은 해(1949)에 선보였다.

보르지아(Borgia 또는 Borja)가는 에스파냐 아라곤 왕국의 소귀족 집안으로서, 르네상스에 두 명의 교황을 배출하며 철저한 친족주의에 의해 이탈리아를 장악하게 된다. 특히 로마의 귀족층을 제압하기 위해 권모술수를 쓰고 권력을 남용한 알렉산데르 6세와 그의 차남 체자레 보르지아는 온갖 잔인한 음모로 악명을 드날려 여러 영화에서 역사상 보기드문 악인이 된다. 체자레(Cesare)는 물론 로마의 카이사르, 영어식 표기 씨저, 독일의 카이제르, 러시아의 짜르와 같은 계열의 말이며, 신데렐라 영화 「맨발의 백작부인」에서 마지막으로 마리아(에바 가드너)를 구해 주기 위해서 백마를 타고 나타난 기사(왕자님) 노릇을 했던 빈센쪼(Vincenzo) 백작(로싸노 브라찌)이 바로 막강한 권력과 음모와 술수 그리고 욕정과 탐욕으로 악명을 드날렸던 보르지아가와 가까웠다고 설정된 또를라또-파브리니(Torlato-Favrini) 가문이었다.

체자레 보르지아 못지않게 악명이 높았던 이탈리아인이 등장하는 「마법사」의 주인공은 18세기 이탈리아에서 권력에 집착했던 유명한 협잡꾼 깔리요스뜨로(Alessandro di Cagliostro 백작, 본명은 Giuseppe Balsamo, 1743~95)이다. 깔리요스뜨로는 어느 수도원의 약제사에게서 화학과 약에 대해 얼치기로 좀 배운 다음 그리스, 이집트, 아라비아, 페르샤, 로도스 등

지를 널리 여행하며 의사, 연금술사, 강신술사 행각을 벌이고 미약(媚藥)
과 회춘제(回春濟) 따위를 만들어 팔았다. 귀족이 된 그는 보석 목걸이
사기 사건에 연루되어 바스띠유에 수감되고, 로마에서 이단으로 사형선
고를 받은 다음 종신형을 치렀다. 「왕자의 검」에서 체자레 보르지아 그
리고 「마법사」의 깔리오스뜨로 역은 모두 오손 웰스가 해냈다.

　이탈리아를 무대로 한 헐리우드 사극 가운데 가장 신나는 활극은
「쾌걸 다르도」가 되겠다. 곡예사 생활을 하다가 부상을 당한 다음 소
방대원과 외판원을 거쳐 배우가 된 버트 랭카스터가 설립한 영화사

「쾌걸 다르도」는 곡마단 동지인 버트 랭카스터와 니크 크
라바트가 맹활약을 벌이는 활극이었다. 아래 사진에서 버
지니아 메이오의 목에 걸린 쇠사슬을 살펴보는 키 작은 남
재(왼쪽)가 니크 크라바트이다.

(Norma F. R. Production)에서 만든 제1회 작품인 「쾌걸 다르도」는 12
세기 헷세국의 압정에 시달리던 롬바르디아의 사냥꾼 다르도가 실수
로 울리치 장군의 매를 활로 쏘아 죽인 다음 쫓기는 몸이 되어 산으
로 들어가 동지들을 규합하여 민중 봉기를 일으킨다는 내용이다. 본
디 제목("The Flame and the Arrow")에서 '불꽃'은 주인공 다르도
(Dardo)의 별명이고, '화살'은 아들의 가슴에 흉검을 들이댄 울리치
를 멀리서 활로 쏘아 죽이는 극적인 장면을 뜻한다. 말하자면 빌헬름
텔과 로빈 후드와 양산박 주제가 혼합된 영화이다.

「쾌걸 다르도」의 일미는 곡예단에 섞여 성으로 침투한 주인공이 동
지 피꼴로와 함께 온갖 묘기를 부리며 적병들을 물리치는 통쾌한 장
면인데, 피꼴로 역을 맡은 니크 크라바트는 곡마단에서 "랭과 크라바
트(Lang and Cravat)"라는 이름으로 버트 랭카스터와 함께 2인조로 일
했던 곡예사이다. 그들은 2 년 후 「진홍의 도적」에서도 함께 출연해
훨씬 더 멋진 묘기를 보이고, 민중의 봉기와 승리로 끝나는 두 영화
에서 모두 농아로 나오는 니크 크라바트가 정말로 말을 못하느냐 아
니냐 오랫동안 사람들이 궁금해했었다. 니크 크라바트에 관한 비밀
은 '랭과 크라바트' 두 사람이 또다시 함께 출연한 로버트 와이즈 감
독의 잠수함 영화 「전우여 다시 한 번(Run Silent Run Deep, 1958)」에
서야 밝혀졌다.

역시 버트 랭카스터가 주연한 비스꼰띠 감독의 「표범」은 주세뻬 또
마시 디 람뻬두사의 소설이 원작으로서, 가리발디가 이탈리아를 통일
한 시기인 1860년의 시칠리아가 무대이며, 훌륭한 가문의 아들과 중
산층 처녀의 결혼 과정을 통해 몰락해 가는 귀족 계급의 고뇌를 그린
다. 대칭적인 두 주인공 영주와 젊은 조카는 격변을 겪어가는 역사의
과정에서, 저마다 그들 세대의 영광과 몰락을 온몸으로 부딪친다. 마
지막 무도회 장면은 영화 역사에서 손꼽히는 세트 촬영의 걸작이다.

버트 랭카스터는 현대 사극 「1900년」에서도 대조적인 두 가문의 젊은이가 걸어간 인생 역정의 갈림길에서 하나의 축을 이룬다. 1900 년 같은 날 태어났지만, 한 사람은 대농장을 물려받고 다른 한 사람은 일꾼으로서의 삶을 살아갈 운명이다. 이탈리아 최초의 농장 노동자 파업, 세계 대전, 공황, 파시즘을 두 사람이 거치는 가운데, 20세기 초 이탈리아가 겪어야 했던 이념 대립의 과정을 추적한 초대작 영화이다.

그 이외에 별로 개성도 없이 서로 비슷비슷한 내용의 이탈리아 사극을 찾아보면, 여왕을 옹위하는 7인의 용사에 관한 활극 「비밀의 7인」, 토족 약탈자들에게서 여인을 구하는 활극 「용사 우르수스」, 6세기 동로마 제국을 무대로 한 활극 「정복자의 검」, 앗시리아인들의 침공과 베틀리아(Bethlia)의 전설적인 공방전을 다룬 「폭군의 머리」 따위가 나온다. 전설에 등장하는 주인공을 동원한 「다몬과 퓌티아스」, 그리고 청소년을 겨냥한 「독수리 대장」 같은 요즈음 비디오 게임 영

버트 랭카스터는 대칭적인 두 주인공을 내세운 이탈리아의 대작 사극 두 편에 출연했다. 오른쪽 사진은 「표범」의 마지막을 장식하는 화려하기로 유명한 무도회 장면이다. 아래는 대지주 집안의 몰락사를 그린 「1900년」의 한 장면

화 계열의 작품으로는 왕권을 확립하고 빅토리아 여왕의 침략군과 맞서 싸우는 「산도칸 대왕」 얘기도 세 편이나 되며, 검과 마법 영화 「야만」도 여기에 포함되겠다. 「독수리 대장」에서 주연을 맡았던 타잔 출신의 렉스 바커는 제목만 봐도 내용이 빤한 「붉은 가면의 공포」에도 주연했다.

이탈리아 제품인데도 헐리우드의 활극에 전혀 뒤지지 않았던 영화는 「검호(劍豪)와 공주」였다. 16세기 이탈리아를 무대로 검객이 사랑하는 여인(지나 롤로브리지다)과 그녀의 아버지를 위해 왕국을 구해 준다는 내용인데, 주연을 맡았던 에롤 플린의 칼솜씨도 그렇지만 줄거리의 전개 속도 또한 대단히 미국적이었다.

위에 소개한 여러 이탈리아 영화에 동원된 에롤 플린, 버트 랭카스터, 에드먼드 퍼돔(「황태자의 첫사랑」), 존 드루 배리모어, 가이 윌리엄스, 렉스 바커, 앨런 래드, 잭 팰런스, 레이 댄톤(「암흑가의 신사」), 그리고 나중에 감독으로 전향한 미남배우 가이 매디슨 같은 헐리우드 연기자들의 목록은 국제 시장을 겨냥한 이탈리아 영화 산업의 전략을 잘 보여 준다.

이탈리아 영화에서, 적어도 헐리우드 키드의 눈에는, 유난히 돋보였던 헐리우드 여배우라면 고대 바빌로니아를 무대로 모험과 사랑을 펼쳐 보여 주는 「바빌론의 풍운」에서 황홀한 춤을 추었던 론다 플레밍이었다.

이탈리아 사극에서 모험(전쟁)보다 사랑에 더 열심이었던 영화는 「폐하의 정부(情婦)」로서, 북부 이탈리아의 삐에몬떼(Piemonte)가 지리적인 배경인데, 백작의 아내에게 눈독을 들인 왕에 관한 삼각관계의 설정이 성서영화 「다윗과 밧세바」와 비슷하다.

역시 검(劍)보다는 사랑의 탐구에 열중했던 '사극'으로서는 최근에 제작되었으며 16세기 베네치아를 무대로 한 '기생' 영화 「위험한 미녀」가 흥미있다. 조선시대의 한국에서나 마찬가지로 여성에게는 교육의 기회와 권리가 주어지지 않았던 시절, 오히려 매춘부들이 남성 고객을 상대하기 위해 남자들과 동등한 권리를 누렸던 묘한 시대적인 배경 속에서, 여주인공은 참된 사랑 하나를 희생하는 대가로 베네치아에서 가장 악명높고 주체성이 강한 욕망의 대상으로 두각을 나타낸다. 후반부에 흑사병과 종교재판의 음산한 분위기가 깔리기는 하지만, 한국의 수많은 기생영화나 마찬가지로 실화(實話)를 바탕으로 했다는 점에서 관음증적인 묘미까지 곁들인다.

「베네치아의 여인」 또한 지리적인 배경뿐 아니라 시대적으로도 16세기가 무대여서, 「위험한 미녀」와 좋은 비교가 되는 희극이다. 욕구불만인 미모의 두 여인, 그것도 연상의 여인들 사이에서 교묘히 농간을 부리는 주인공 역을 맡은 배우는 숀 코너리의 아들이다. 프랑스를 무대로 삼은 「위험한 관계(Dangerous Liaisons)」에서 존 말코비치와 글렌 클로스가 벌이는 부도덕한 유희는 베네치아의 여인들에 관한 영화와 어딘가 맥이 통한다.

찾아보기 ●--

▌「테오도라(Theodora, Slave Empress, 1954, 이탈리아, 88분)」, 감/Riccardo Freda, 출/Gianna Maria Canale, Georges Marchal, Renato Baldini, Henri Guisol, Irene Papas

▌「로마 정복군(The Pagans, 1958, 이탈리아, 80분)」, 감/Ferrucio Cereo, 출/Pierre Cressoy, Helen Remy, Vittorio Sanipoli, Luigi Tosi, Franco Fabrizi

▌「이교도의 분노(Fury of the Pagans, 1963, 이탈리아, 86분)」, 감/Guido Malatesta, 출/Edmund Purdom, Rossana Podesta, Livio Lorenzon, Carlo Calo

▌「용사들의 결투(Duel of Champions, 1961, 이탈리아, 105분)」, 감/Ferdinando Baldi, 출/Alan Ladd, Franca Bettoja, Franco Fabrizi, Robert Keith

▮ 「망령들의 전쟁(War of the Zombies, 또는 Night Star Goddess of Electra, 1965, 이탈리아, 85분)」, 감/Giuseppe Vari, 출/John Drew Barrymore, Susy Anderson, Ettore Manni, Ida Galli

▮ 「보르지아가의 여인(Bride of Vengeance, 1949, 미국, 91분)」, 감/Mitchell Leisen, 출/Paulette Goddard, John Lund, Macdonald Carey, Raymond Burr

▮ 「왕자의 검(Prince of Foxes, 1949, 미국, 107분)」, 감/Henry King, 출/Tyrone Power, Wanda Hendrix, Orson Welles, Marina Berti, Everett Sloane, Katina Paxinou

▮ 「마법사(Black Magic, 1949, 미국, 105분)」, 감/Gregory Ratoff, 출/Orson Welles, Akim Tamiroff, Nancy Guild, Raymond Burr, Frank Latimore

▮ 「쾌걸 다르도(The Flame and the Arrow, 1950, 미국, 88분)」, 감/Jacques Tourneur, 출/Burt Lancaster, Virginia Mayo, Robert Douglas, Aline MacMahon, Nick Cravat

▮ 「표범(The Leopard, 1963, 프랑스-이탈리아, 205분)」, 감/Luchino Visconti, 출/Burt Lancaster, Alain Delon, Claudia Cardinale, Rina Morelli, Paolo Stoppa

▮ 「1900년(1900, 1977, 프랑스-이탈리아-독일, 311분 또는 243분)」, 감/Bernardo Bertolucci, 출/Robert De Niro, Gerard Depardieu, Donald Sutherland, Burt Lancaster, Dominique Sanda, Stefania Sandrelli, Sterling Hayden

▮ 「비밀의 7인(The Secret Seven, 1966, 이탈리아, 94분)」, 감/Alberto de Martino, 출/Tony Russel, Helga Line, Massimo Serato, Gerard Tichy

▮ 「용사 우르수스(The Mighty Ursus, 1962, 이탈리아, 92분)」, 감/Carlo Campogalliani, 출/Ed Fury, Christina Gajony, Maria Orfei, Mario Scaccia, Mary Marlon

▮ 「정복자의 검(Sword of the Conqueror, 1961, 이탈리아, 85분)」, 감/Carlo Campogalliani, 출/Jack Palance, Eleonora Rossi-Drago, Guy Madison, Carlo D'Angelo

▮ 「폭군의 머리(Head of a Tyrant, 1958, 이탈리아, 83분)」, 감/Fernando Cerchio, 출/Massimo Girotti, Isabelle Corey, Renato Baldini, Yvette Masson

▮ 「다몬과 퓌티아스(Damon and Pythias, 1962, 이탈리아, 99분)」, 감/Curtis Bernhardt, 출/Guy Williams, Don Burnett, Ilaria Occhini, Liana Orfei

▮ 「독수리 대장(Captain Falcan, 1958, 이탈리아, 97분)」, 감/Carlo Campogalliani,

출/Lex Barker, Rossana Rory, Anna Maria Ferrero, Carla Calo, Massimo Serato

▌「산도칸과 사라와크 표범(Sandokan Against the Leopard of Sarawak, 1964, 이 탈리아, 94분)」, 감/Luigi Capuano, 출/Ray Danton, Guy Madison, Franca Bettoja, Mario Petri

▌「산도칸의 반격(Sandokan Fights Back, 1964, 이탈리아, 96분)」, 감/Luigi Capuano, 출/Ray Danton, Guy Madison, Franca Bettoja, Mino Doro

▌「산도칸 대왕(Sandokan the Great, 1965, 이탈리아, 105분)」, 감/Umberto Lenzi, 출/Steve Reeves, Genevieve Grad, Rik Battaglia, Maurice Poli

▌「야만(The Barbarians, 1987, 이탈리아, 87분)」, 감/Ruggero Deodato, 출/David Paul, Peter Paul, Richard Lynch, Eva La Rue, Virginia Bryant

▌「붉은 가면의 공포(Terror of the Red Mask, 1960, 이탈리아, 90분)」, 감/Piero Pierotti, 출/Lex Barker, Chelo Alonso, Massimo Serato

▌「바빌론의 풍운(The Queen of Babylon, 1956, 이탈리아, 98분)」, 감/Carlo Bragaglia, 출/Rhonda Fleming, Ricardo Montalban, Roldano Lupi, Carlo Ninchi

▌「검호와 공주(Crossed Swords, 1954, 이탈리아, 86분)」, 감/Milton Krims, 출/Errol Flynn, Gina Lollobrigida, Cesare Danova, Nadia Gray

▌「폐하의 정부(비디오 제목 "비애," The King's Whore, 1990, 이탈리아-프랑스-영국-오스트리아, 115분)」, 감/Axel Corti, 출/Timothy Dalton, Valeria Golino, Stephane Freiss, Feodor Chaliapin, Margaret Tyzack, Eleanor David, Robin Renucci

▌「위험한 미녀(Dangerous Beauty, 1998, 미국, 114분)」, 감/Marshall Herskovitz, 출/Catherine McCormack, Rufus Sewell, Jacqueline Bisset, Oliver Platt, Moira Kelly, Fred Ward, Jeroen Krabbé, Joanna Cassidy

▌「베네치아의 여인(La Venexiana, 영어 제목 The Venetian Woman, 1986, 이탈리아, 84분)」, 감/Mauro Bolognini, 출/Laura Antonelli, Jason Connery, Monica Guerritore, Claudio Amendola

보카치오의 『데카메론』은 『천일야화』나 『캔터베리 이야기』와 같은 성격
의 얘기백화점이어서, 영화 소재로는 퍽 만만하다. 이 그림은 야외 성
찬 자리에 축하하러 온 손님들 앞에서 남편이 부정한 아내를 혼내는 장
면으로 산드로 보티첼리의 작품이다.

보카치오와 사바따니

로마 제국은 멸망했어도 이탈리아 땅에서는 역사가 계속되었고, 중세 말부터 라틴어가 아니라 '토착어'로 쓰여진 본격적인 문학이 나타난다. 단테, 페트랄카, 보카치오, 마키아벨리 같은 작가들이 14세기와 15세기에 걸쳐 본격적으로 활동하고, 그들 가운데 보카치오는 좋은 영화거리가 된다.

조반니 보카치오(1313~1375)의 『데카메론(Decameron)』은 제목이 그리스어로 '10'을 뜻하는 deca와 '날(日)'을 뜻하는 hēmera의 합성어로서 '열흘'이라는 의미이다. 1351~53년에 집필된『데카메론』은 마르쿠스 아우렐리우스 황제 통치기에 로마를 짓밟았던 흑사병이 1348년에 다시 이탈리아를 휩쓸었을 때, 피렌쩨의 성당에 피신한 일곱 명의 처녀와 세 명의 총각이 열흘 동안 심심풀이로 돌아가며 주고받은 '옛날얘기' 모음집으로, 초서의 『캔터베리 이야기』나 『천일야화』와 비슷한 성격과 구조를 갖추었다. 1천 1 가지 일화가 담긴『천일야화』, 주막에서 만난 29 명(31 명이라는 설도 있음)이 한 가지씩 얘기를 풀어내는

『캔터베리 이야기』, 그리고 1백 가지 일화가 담긴 『데카메론』은 가히 이야기 백화점이어서, 영화거리를 골라잡기는 안성맞춤이다.

『데카메론』은 중세 프랑스 우화(fabliaux)에서부터 민속 설화는 물론이요, 다른 사람들의 문학 작품들까지 많이 포함시켰기 때문에 초서의 『캔터베리 이야기』와 중복되는 내용까지도 나온다. 그래서 『데카메론』의 주제들은 영국과 유럽 작가들이 최근까지도 많이 되써먹었고, 희곡과 오페라와 회화의 소재로 등장하기도 했다.

「데카메론 야화(夜話)」가 영화로 만들어진 때는 1953년 영국에서였고, 1970년 「데카메론」에서는 빠솔리니 감독이 지오또(Giotto) 역을 맡아 직접 출연하여 보카치오의 얘기 여덟 편을 뽑아서 연결짓는 해설자 노릇을 한다. "전설의 시대"에 소개한 바와 같이, 중세를 배경으로 한 빠솔리니의 3부작 가운데 첫 작품이다. 비또리오 데 시까, 루끼노 비스꼰띠, 페데리꼬 펠리니, 마리오 모니첼리가 함께 감독한 「보카치오 '70」은 데카메론 방식의 옴니버스 영화로서, 본디 네 편의 얘기가 담겼지만 미국으로 넘어가서는 네 번째 마리오 모니첼리 감독 부분이 잘려나갔다. "추첨" 편에서는 소심한 남자가 여자를 차지하게 되고, "직업"에서는 여자가 남편의 '정부' 노릇을 하는 직업을 갖게 되며, "안또니오 박사의 유혹"은 청교도적인 광신자와 포스터에서 나온 관능적인 여인(아니타 에크버그) 사이에서 벌어지는 환상극이다.

「보카치오 '70」에서 잘려나간 마리오 모니첼리 감독은 여봐란 듯 「카사노바 '70」을 만든다. 위험을 수반해야만 정복할 가치가 있다는 신념을 가지고 여자들을 유혹해 나가는 바람둥이 소령(마르첼로 마스트로얀니)이 70년대의 카사노바이다. 프랑스에서 원작이 나온 「위험한 관계」의 주인공 발몽과 유사한 인물이다.

돈 후안(Don Juan)과 더불어 카사노바라면 실존했던 사람인지, 아니면 어디에 등장했던 어떤 인물인지는 잘 몰라도 어쨌든 세계적으로 유명한 한량(閑良)이라고 대부분의 사람들은 보통명사처럼 생각할 지경이다. 조반니 카사노바(Giovanni Jacopo Casanova de Seingalt, 1725~1798)는 이탈리아의 문인이라고 하지만, 어떤 사전에는 그냥 '모험가'라고 분류했을 정도로 작품보다는 개인적인 행각으로 훨씬 더 잘 알려진 인물이다.

베네치아 태생인 그는 신학교에 들어갔다가 '부도덕한 행동' 때문에 쫓겨나 투옥되고, 바이얼린 연주자로도 활동하고, 법률을 공부하여 유럽을 편력하며 재치와 계략으로 여자들을 농락하고, 1755년 다시 투옥되었다가 탈옥하여 볼테르, 루이 15세, 루쏘, 마담 뽕빠두르 등과 교류했으며, 러시아에 갔다가 또 추문에 얽혀 빠리를 거쳐 에스파냐로 도피했지만 그곳에서도 역시 추방당하고, 베네치아 정부의 첩자 노릇도 했다. 그는 『일리아스』를 번역하고 많은 책을 썼지만, 가장 잘 알려진 그의 저서는 악명높은 12 권짜리 자서전이다. 워낙 거짓말이 많아서 신빙성이 별로 없다고는 하지만, 어쨌든 카사노바의 자서전이라면 군침이 도는 영화거리이다.

그의 파란만장한 생애를 그린 1987년 텔레비전 영화 「카사노바」는 영국 감독 사이몬 랭튼의 작품이고, 1967년 세 시간짜리 이탈리아 판 카사노바 일대기 「펠리니의 카사노바」에서는 니노 로따(Nino Rota)가 음악을 맡았다. 「카사노바의 모험」은 「쾌걸 다르도」처럼 압정에 시달리는 시칠리아의 백성을 위해 착한 카사노바가 투쟁을 벌이는 활극이다.

「멋쟁이가 좋아」는 카사노바 얘기를 마크 트웨인의 「거지와 왕자」식으로 개작한 작품으로, 카사노바(토니 커티스)와 그와 똑같이 생긴 평민(역시 토니 커티스)이 「뜨거운 것이 좋아」 식으로 벌이는 희극인데, 나중에는 결국, 요즈음 꽤나 영어를 좋아하는 한국인들이 붙이는 식의 표현으로, "쿨한 것이 좋아(Some Like It Cool)"로 제목이 바뀌었

「펠리니의 카사노바」는 대단히 양식화한 바다를 배경으로 깔아 음산한 내용의 분위기를 희석시키는 데 성공했다.

다. 여기에서 카사노바와 놀아나는 여자들은 실바 코스나, 브리트 에클란드뿐 아니라 〈플레이보이〉 잡지의 여러 모델도 포함되었다. 비슷한 내용의 희극영화 「카사노바의 밤나들이」에서는 바브 호프가 카사노바(빈센트 프라이스!) 행세를 하며 베네치아의 미녀를 쫓아다닌다.

「황야의 밤」은 카사노바가 토마스 페인(Thomas Paine) 같은 다른 시대의 역사적 인물들을 프랑스의 혁명기에 만나서 벌이는 우화이고, 19세기 영국판 카사노바로 알려진 주인공을 내세운 영화 「보 브뤼멜」도 화려한 출연진만큼이나 호쾌한 구경거리 영화이다.

진짜 카사노바는 등장하지 않고 이름만 빌어 쓴 영화로는 셰익스피어 희곡을 가르치는 교수가 유랑극단의 광대로 이중생활을 하는 행각을 다룬 「유랑의 카사노바」와, 이혼한 다음 임신했다는 사실을 알게 된 여자에 얽힌 희극영화 「카사노바 브라운」이 같은 해(1944)에 선을 보였다. 1년 전 「누구를 위하여 종은 울리나」에서 감독과 주연이었던 샘 우드와 게리 쿠퍼가 다시 만나서 만든 「카사노바 브라운」은 「뜻밖의 사고」라는 제목으로 1930년과 1939년에도 영화가 만들어졌던 소재이다. 「뜻밖의 사고」에서는 누가 버린 아기를 신문에서 인생 상담란을 맡은 주인공이 데려다 키우기로 하면서 벌어지는 희극이다.

영화를 만드는 사람들 쪽에서 가장 인기가 높은 이 탈리아 작가는 아마도 라파엘 사바티니(Rafael Sabatini, 1875~1950)일 것이다. 그는 역사소설 장르에서라면 우리나라의 사극에서 신봉승이 차지한 그런 위치를 누린 인물로, 지금은 사어(死語)가 되어 버린 '풍운아'라는 말이 제목에 자주 등장하고 해양 활극영화가 왕성하던 시대에 『체자레 보르지아의 생애(The Life of Cesare Borgia, 1912)』등 모험과 사랑을 주제로 한 십여 권의 소설과 몇 편의 희곡을 발표하여 큰 빛을 보았다. 특히 그는 영어로 작품을 썼으며, 이탈리아뿐 아니라 영국이나 프랑스 같은 여러 나라를 지리적인 무대로 삼았기 때문에, 국제성까지 갖춘 작품세계를 구축했었다.

라파엘 사바티니는 영화를 만드는 사람들이 아주 좋아하는 작가이다.

극작가이기도 했던 사바티니의 소설 가운데 영화로 성공한 대표적 작품은 1921년에 발표한 『스카라무슈(Scaramouche)』이며, 책이 나오자마자 1923년에 무성영화로 제작되었다. 1952년 조지 시드니 감독이 만든 미국 영화는 우리나라에서 「혈투」라는 제목으로 소개되었다. 18세기 프랑스를 무대로 억울하게 죽은 친구를 위한 복수극이 펼쳐지는 「혈투」의 종결부 극장 발코니에서 커튼 자락에 매달린 줄무늬 광대옷 차림의 주인공과 멜 훠러가 벌이는 결투 장면은 검객영화 역사상 가장 긴 시간에 걸쳐 계속된 '혈투'로 기록되었다. 잠시 후에 소개할 「시호크」 그리고 월터 스코트 영화 「고성의 검호(Quentin Durward, 1955)」와 더불어 오래 기억되는 압도적인 '칼쌈'이었다.

스카라무슈(영어 이름은 Scaramouch, 프랑스어

1923년 무성영화 「스카라무슈」(위)에서 주연을 맡았던 멕시코계의 레이몬 노바로(Ramon Novarro)의 상대역 앨리스 테리(Alice Terry)는 루돌프 발렌티노의 상대역으로도 유명했다. 전쟁 직후 한국에 수입된 스카라무슈 영화 「혈투」(왼쪽)에서는 마지막에 발코니에서 벌이는 결투가 백미이다.

Scaramouche)는 본디 16~18세기에 융성했던 이탈리아의 즉흥 가면 희극(commedia dell'arte)에 등장하는 인물(Scaramuccia)로서, 큰소리를 잘 치는 군인과 비슷한 성격으로 묘사된다. 영화와 소설에서는 스카라무슈 역을 맡은 배우가 주인공으로서, 극단과 함께 유랑하며 복수의 기회를 기다린다.

이 작품은 1964년 프랑스에서도 안또니오 이사망디 감독이 「스카라무슈의 복수」라는 제목으로 영화를 만들었고, 캐나다 배우를 발탁한 이탈리아 판 「스카라무슈의 사랑과 모험」에서는 주인공이 여성 편력에 바쁜 틈틈이 멍청한 나뽈레옹 보나빠르뜨에 대항하여 용감히 싸운다는 설정이다.

1915년에 사바티니는 소설 『시호크(The Sea Hawk)』를 발표했다. '시호크'는 '도둑갈매기'라는 뜻으로서 바다를 장악하여 전세계에 해가 지지 않는 제국을 건설하기 위해 식민지 확장을 도모하던 영국에서 엘리자베드 1세 시절 은밀히 장려하고 뒤에서 밀어 주었던 해적들을 지칭하는 명칭이었다. 제국 건설의 영광 뒤에는 늘 이런 그늘이 숨어 도사리는 모양이다. 일본의 왜구 역시 국세 확장을 위해 대규모로 운영되었던 '해적 원정군'이었다.

영화 「시호크」는 1924년에 무성영화로 만들어졌고, 1940년에 마이클 커티스 감독이 만든 작품은 내용을 보면 제목 이외에는 사바티니 소설과 별로 관계가 없었다. 하지만 검객영화의 1인자인 에롤 플린의 작품 중에서도 최고라고 일컬어지는 「시호크」에서, 궁전의 벽에 거대한 그림자를 드리우며 진행되는 결투 장면은 대단한 볼거리였어서, 아직도 많은 사람의 기억에 생생하리라고 믿는다.

대단히 훌륭한 영화였음에도 불구하고 「시호크」가 한국에서 흥행에 크게 성공하지 못했던 까닭은 「바다의 정복자」 식으로 멋진 우리말 제목(사실은 일본제)을 창작해서 달지 않고 영어 그대로 "시호크"라고 했기 때문이었다는 분석이 당시에 나왔었는데, 말도 안 되고 뜻

당대 최고 검객 배우였던 에롤 플린의 영화들 중에서도 「시호크」의 마지막 결투는 손에 땀을 쥐게 핍진한다.

도 통하지 않는 엉터리 표기법으로 외국어 제목을 번역조차 하지 않은 채로 옮겨 놓고 너도나도 좋아하는 요즈음의 무책임한 행태를 보면 참으로 세상이 달라지기는 많이 달라졌구나 하는 생각이 든다.

사바티니 소설 가운데 헐리우드 키드 시절에 한참 인기를 누렸던 것은 일본식 발음으로 '브랏드 선장'이라고 알려졌던 해적선장 블러드(Captain Blood)에 관한 영화였다. 에이레의 의사였다가 운명의 장난으로 해적질을 해야 했던 「블러드 선장」의 얘기는 5년 후에 「시호크」에서 다시 만나게 되는 마이클 커티스 감독과 에롤 플린이 1935년에 처음 영화로 만들었다. 이것은 박진감이 넘치는 해전(海戰) 장면뿐 아니라 에롤 플린이 검술 솜씨를 과시한 첫 영화로도 유명한데, 「시호크」에서도 음악을 맡았던 오스트리아의 작곡가 에리히 볼프강 코른골트(Erich Wolfgang Korngold)도 이 작품을 통해서 처음으로 영화와 인연을 맺었다.

프랑스의 활극 전문 감독 앙드레 윈느벨도 같은 제목의 영화(우리나라에서 붙인 제목은 「반란」)를 만들었는데, 무대를 17세기 프랑스로 옮겨 루이 18세를 왕위에서 몰아내는 내용의 활극으로 바뀌었다. 하지만 많은 헐리우드 키드 세대 사람들은 블러드 선장이라면 루이스 헤이워드를 연상한다. 그것은 루이스 헤이워드가 「블러드 선장」에서 파트리샤 메디나와 주연했고 역시 사바티니 원작인 『돌아온 블러드 선장(Captain Blood Returns)』을 영화로 만든 「해적선장」에서 또다시 파트리샤 메디나와 주연했는데, 두 영화 모두 비슷한 시기에 우리나라에 소개되었기 때문이다. 「블러드 선장」은 에롤 플린의 영화에서처럼 수모를 당한 에이레의 의사 피터 블러드가 해적이 되어 복수를 한다는 내용이고, 「해적선장」은 해적질에서 손을 씻은 피터 블러드가 그의 이름을 도용하는 악당을 찾아내 처치하러 다시 바다로 나가게 되는 전형적인 "돌아온 누구누구"식 속편이다.

한국전쟁 이후의 관객에게는 블러드 선장 역이라면 에롤 플린(「블러드 선장」의 포스터)보다도 「철가면」에서 빛나는 검술 솜씨를 유감없이 발휘했던 루이스 헤이워드(왼쪽)가 더 낯익은 얼굴이었다.

   속편이기는 하지만 역시 '유명인의 아들'을 등장시켰을 뿐이지 라파엘 사바티니하고는 전혀 상관이 없는 영화로 「해적 블러드의 복수」도 등장했다. 이 영화에서는 '원조' 블러드 선장 역을 맡았던 에롤 플린의 진짜 아들 숀 플린이 블러드 선장의 아들 역을 맡았다는 사실말고는 별로 기록할 내용이 없다. 숀 플린은 몇 편의 영화에 출연한 다음 사진기자가 되었으며, 베트남 전쟁 취재를 하던 중 1970년에 사망했다.

찾아보기 ●--

▌「데카메론 야화(Decameron Nights, 1953, 영국, 87분)」, 감/Hugo Fregonese, 출
/Joan Fontaine, Louis Jourdan, Binnie Barnes, Joan Collins, Marjorie
Rhodes

▌「데카메론(The Decameron, 1970, 이탈리아-프랑스-독일, 111분)」, 감/Pier Paolo

Pasolini, 출/Franco Citti, Ninetto Davoli, Angela Luce, Patrizia Capparelli, Jovan Jovanovic, Silvana Mangano, (Pier Paolo Pasolini)

▌「보카치오 '70(Boccacio '70, 1962, 이탈리아, 165분)」, 감/Vittorio De Sica, Luchino Visconti, Federico Fellini, (Mario Monicelli), 출/Anita Ekberg, Sophia Loren, Romy Schneider, Peppino De Fillippo, Dante Maggio, Tomas Milan

▌「카사노바 '70(Casanova '70, 1965, 프랑스-이탈리아, 113분)」, 감/Mario Monicelli, 출/Marcello Mastroianni, Virna Lisi, Michele Mercier, Maria Mell, Marco Ferreri, Enrico Maria Salerno

▌「카사노바(Casanova, 1987, 미국, 150분)」, 감/Simon Langton, 출/Richard Chamberlain, Faye Dunaway, Sylvia Kristel, Ornella Muti, Sophie Ward

▌「펠리니의 카사노바(Fellini's Casanova, 1976, 이탈리아, 158분)」, 감/Federico Fellini, 출/Donald Sutherland, Tina Aumont, Cicely Browne, John Karlsen

▌「멋쟁이가 좋아(Casanova & Co. 또는 Sex on the Run 또는 Some Like It Cool, 1976, 이탈리아-오스트리아-프랑스-독일, 88분)」, 감/Franz Antel, 출/Tony Curtis, Marisa Berenson, Sylva Koscina, Hugh Griffith, Britt Ekland, Marisa Mell, Umberto Orsini, Andrea Ferreol

▌「카사노바의 밤나들이(Casanova's Big Night, 1954, 미국, 86분)」, 감/Norman Z. McLeod, 출/Bob Hope, Joan Fontaine, Audrey Dalton, Basil Rathbone, Raymond Burr, Vincent Price

▌「카사노바의 모험(Adventures of Casanova, 1948, 미국, 83분)」, 감/Roberto Gavaldon, 출/Arturo de Cordova, Lucile Bremer, Turhan Bey, John Sutton

▌「황야의 밤(La Nuit de Varennes, 1982, 이탈리아-프랑스, 150분 영어판 133분)」, 감/Ettore Scola, 출/Marcello Mastroianni, Jean-Louis Barrault, Hanna Schygulia, Harvey Keitel, Jean-Claude Brialy

▌「보 브뤼멜(Beau Brummel, 1954, 영국, 113분)」, 감/Curtis Bernhardt, 출/Stewart Granger, Elizabeth Taylor, Peter Ustinov, Robert Morley

▌「유랑의 카사노바(Casanova in Burlesque, 1944, 미국, 74분)」, 감/Leslie Goodwins, 출/Joe E. Brown, June Havoc, Dale Evans, Lucien Littlefield

▌「카사노바 브라운(Casanova Brown, 1944, 미국, 94분)」, 감/Sam Wood, 출/Gary Cooper, Teresa Wright, Frank Morgan, Anita Louise, Isobel Elsom

▌「뜻밖의 사고(Little Accident, 1939, 미국, 65분)」, 감/Charles Lamont, 출/Hugh Herbert, Baby Sandy, Florence Rice, Richard Carlson, Ernest Truex, Joy

Hodges, Edgar Kennedy

▌「혈투(Scaramouche, 1952, 미국, 118분)」, 감/George Sidney, 출/Stewart Granger, Eleanor Parker, Janet Leigh, Mel Ferrer, Henry Wilcoxen, Lewis Stone, Nina Foch, Richard Anderson, Robert Coote

▌「스카라무슈의 사랑과 모험(The Loves and Times of Scramouche, 1975, 이탈리아, 95분)」, 감/Enzo G. Castellari, 출/Michael Sarrazin, Ursula Andress, Aldo Maccione, Giancario Prete, Michael Forest

▌「시호크(The Sea Hawk, 1924, 미국, 123분)」, 감/Frank Lloyd, 출/Milton Sills, Enid Bennett, Lloyd Hughes, Wallace MacDonald, Wallace Beery

▌「시호크(The Sea Hawk, 1940, 미국, 127분)」, 감/Michael Curtiz, 출/Errol Flynn, Brenda Marshall, Claude Rains, Donald Crisp, Flora Robson, Alan Hale, Henry Daniell, Una O'Connor, Gilbert Roland

▌「블러드 선장(Captain Blood, 1935, 미국, 119분 또는 99분)」, 감/Michael Curtiz, 출/Errol Flynn, Olivia de Havilland, Lionel Atwill, Basil Rathbone, Ross Alexander, Guy Kibbee, Donald Meek, J. Carrol Naish, Ivan Simpson

▌「반란(Captain Blood, 프랑스 제목 Le Capitan, 1960, 프랑스, 95분)」, 감/Andre Hunebelle, 출/Jean Marais, Elsa Martinelli, Arnold Foa, Bourvil, Pierrette Bruno

▌「블러드 선장(Fortunes of Captain Blood, 1950, 미국, 91분)」, 감/Gordon Douglas, 출/Luois Hayward, Patricia Medina, George Macready, Terry Kilburn

▌「해적선장(Captain Pirate, 1952, 미국, 85분)」, 감/Ralph Murphy, 출/Luois Hayward, Patricia Medina, John Sutton, Charles Irwin, George Givot, Ted de Corsia

▌「해적 블러드의 복수(The Son of Captain Blood, 1962, 미국-이탈리아-에스파냐, 88분)」, 감/Tulio Demicheli, 출/Sean Flynn, Ann Todd, Alessandra Panaro, Jose Nieto, John Kitzmiller

"해적왕 털보(Blackbeard)"는 물론이요, 많은 해적들이
그냥 무서워 보이라고 이렇게 수염을 길렀다고 한다. 그리
스와 로마 시대에도 해적이 출몰했다지만, 식민지 쟁탈전
이 한창이던 시절에는 영국 같은 나라에서는 영토 확장을
위해 해적을 실질적으로 양성하기까지 했다.

바다의 정복자

　라파엘 사바티니의 소설로 만든 영화 가운데 「바다의 정복자」는 카리브 해를 주름잡았던 실존 인물로 알려졌으며 지금도 외국에서 생산되는 럼주의 병에 붙은 상표 딱지에 (수염을 기른 해적의 모습으로) 얼굴 그림이 실린 전설적인 인물 헨리 모건을 등장시킨다. 나중에는 버젓하게 작위까지 받은 헨리 모건 경(Sir Henry Morgan, 1635?~1688)은 『시호크』에서 잠깐 언급했듯이 대영제국의 식민지 개척 과정에 자국의 이익을 위해서라면 해적(도적)도 미화하고 양성했던 과거 역사의 좋은 본보기가 되겠다.

　그는 웨일스에서 태어나 납치를 당한 다음 서인도제도 카리브 해의 동쪽 섬 바베이도스(Barbados)에서 노예로 팔려 해적들과 배를 탔으며, 1666년 함장이 되었고, 영국과 에스파냐의 식민지 쟁탈전 와중에 자마이카 총독의 명을 받아 파나마의 뽀르또 벨로(Porto Bello)를 점령하고, 쿠바와 마라카이보와 지브롤터를 유린(1669)했으며, 1671년에는 격렬한 전투 끝에 파나마 시를 재점령했다. 에스파냐와의 조약이 성립된 다음 그는 과거의 '잘못'을 추궁 당해 영국으로 소환되지만, 왕의 호의에 따라 자마이카의 부총독 겸 해군 총사령관으로 부임했다.

「율리시즈」의 대본 작업에도 어윈 쇼우와 함께 참여했던 언론인이며 소설가요 극작가인 벤 헥트(Ben Hecht)가 각본을 쓴 「바다의 정복자」는 영국으로 불려가 교수형을 당할 줄 알았던 헨리 모건이 자마이카의 총독으로 영전되어 돌아오면서 얘기가 시작된다. 모든 해적을 선량한 시민으로 선도하라는 임무를 부여받은 모건 총독에 대해 상반된 견해를 갖게 된 과거의 부하들은 두 패로 갈라지고, 거기다가 모건 일당을 몰아내고 기득권을 지키려는 자들이 골수 해적들과 내통하면서 펼치는 음모까지 곁들여 갈등이 증폭되는 가운데, 헨리 모건의 오른팔인 주인공 지미 보이(타이론 파워)가 전 총독 돈 미겔의 딸(모린 오하라)과 만날 때마다 티격태격 싸우다가 결국은 사랑에 빠진다는 흔한 이야기로 구색을 맞춘다.

「바다의 정복자」 같은 옛날 영화를 보면 지금은 대단히 유명해진 배우들의 촌스러운 과거의 모습을 보는 재미가 감초인데, 예를 들어 애꾸눈 해적으로 출연한 앤토니 퀸과의 만남이 바로 그런 묘미가 되겠다.

존 스타인벡의 소설에서 주인공 노릇까지 한 해적 헨리 모건이 등장하는 「바다의 정복자」에서는, 미국에서 제작한 이 포스터에서도 잘 나타나듯이, 별로 근육질이지 않은 체구이면서도 타이론 파워가 많은 장면에서 옷을 벗어 버리고 날씬한 알몸을 과시했다.

헐리우드 키드의 개인적인 생각으로는 영화가 만들어졌어도 벌써 만들어졌고 우리나라에도 이미 60년대쯤에는 번역이 되었어야 마땅하지만 아직 영화도 안 나오고 우리말로 번역도 안 된 헨리 모건에 대한 소설이, 이미 "전설의 시대" 아더왕의 전설에서 언급했던 존 스타인벡의 처녀작 『황금배(黃金杯, Cup of Gold, A Life of Henry Morgan, Buccaneer, with Occasional References to History, 1929)』이다. 『황금배』에서 해적 헨리 모건은 모든 여성이 꿈꾸는 '이상적인 바다 사나이'로 그려진다. 그런가 하면 모든 해적이 여신처럼 미화하고 기도를 드릴 때마다 성녀처럼 불러대는 파나마의 미녀 산타 로자(la Santa Rosa, 장미의 성녀)는 이상적인 여성으로 등장한다. 한 번도 만나본 적이 없는 산타 로자이지만 해적 모건의 머리 속에서 그녀는 점점 더 환상적인 여인이 되어 가고, 그래서 산타 로자가 어떤 여자인지 얼굴이라도 보기 위해 헨리 모건은 결국 파나마를 침공하여 정복한다. 하지만 바다를 누비는 멋진 해적과 세계 최고의 미녀가 서로 이상형이라고 상상하며 상대방을 동경하다가 막상 천신만고 끝에 만나고 나서는 두 사람 다 상대방에 대해서 환멸을 느낀다. 전설과 현실에 대한 해석이 절묘하다.

「바다의 정복자」말고도 헨리 모건을 본격적인 주인공으로 내세운 영화를 찾아보면 스티브 리브스의 이탈리아 뺏뺏영화치고는 상당히 재미있다는 평을 들었던 「해적의 왕자」, 그리고 공교롭게도 같은 해 미국에서 제작된 「토르투가의 해적」이 있다.

헨리 모건의 활동 무대였던 카리브 해에서 18세기 초에 악명을 드날렸던 '털보(Blackbeard)' 역시 영국의 해적으로서, 본명은 에드워드 탯치(Edward Thatch 또는 Teach)였다. 에스파냐의 왕위계승전 동안 서인도제도에서 적의 상선을 나포해도 된다는 허가를 받은 민간 무장선인 사략선(私掠船, privateer)의 선장이었던 그는 계승전이 끝난 다음 1713년 해적으로 전업하여 바하마 군도와 미국 남부에서 노략질을 벌였다. 그는 프랑스 상선을 탈취하여 40 문의 대포로 무장한 다음 '앤 여왕의 복수(Queen Anne's Revenge)'라고 명명하고는 북 캐롤라이너의 부패한 주지사와 내통하며 활동하다가 버지니아 주지사가 보낸 두 척의 해군 포함의 공격을 받아 1718년에 최후를 맞았다. 그의 목은 잘려 거리에 구경거리로 전시되기도 했었다. 아메리카에서 말이다.

영화 「해적왕 털보」에서 주연을 맡은 로버트 뉴턴은 2 년 전 「보물섬」에서 롱 존 실버 역으로 깊은 인상을 남겼었는데, 「해적왕 털보」는 마치 그 후광을 노린 듯 의심이 가게 했던 영화였다.

'바워리 아이들(Bowery Boys)'이 등장하는 심심풀이 영화 「최면술사를 잡아라」에서는 최면에 걸려 과거(17세기)로 돌아가서 주인공이 해적왕 털보를 만나고, 디즈니 영화 「털보 대소동」에서는 도움을 청

「시호크」의 주인공이나 "해적왕 털보"는 모두 사략선장이었으며, 그들은 이런 화려한 차림으로 나라를 위해 열심히 나쁜 짓을 했다.

하기 위해 털보 후손들이 해적의 귀신을 과거로부터 불러낸다.

헨리 모건과 털보의 중간쯤 되던 시기에는 스코틀랜드의 해적 키드(William Kidd, 1645?~1701, 별명 "Captain Kidd")가 활약했다. 1690년 영국의 식민지였던 뉴요크의 선박주요 선장인 그는 프랑스와 싸우다가(1690~95) 인도양의 해적을 평정하는 원정군의 대장 노릇도 했으며, 나중에는 정부의 묵인하에 상선을 공격하기 시작했고, 아르메니아 배를 탈취한 다음 서인도제도로 가서 본격적인 해적 노릇을 했다. 런던으로 잡혀간 그는 재판을 받고 교수형을 당했는데, 사후에는 그가 뉴요크 해안에 약탈한 보물을 숨겨 두었다는 소문이 널리 퍼졌고, 그래서 "해적이 숨겨놓은 보물"은 그로부터 오랫동안 수많은 사람들의 상상력을 자극했다.

캐나다 영화 「조지의 섬」에서는 노바 스코시아(Nova Scotia)의 어린 소년이 해적 키드가 비밀 장소에 묻어놓은 보물과, 해적 귀신들에 대한 무서운 얘기를 심술쟁이 할아버지에게서 늘 듣고 자라나는데, 입양한 집에서 도망쳐 보물찾기에 나서기도 한다.

해적 키드에 관한 영화는 1945년 흉악한 인상의 찰스 로톤과 착하기 그지없는 인상의 랜돌프 스코트를 대비시킨 「해적 키드」 그리고 루돌프 발렌티노의 전기영화로 잠깐 빛을 보았던 반짝배우 앤토니 덱스터가 주연한 보물찾기 영화 「해적 키드」가 있었다. 「뚱뚱이와 홀쭉이 해적 키드를 만나다」는 희극영화 편에서 다시 소개하겠다.

불한당과 결혼하게 될 운명을 맞은 여귀족(countess)을 구해 준 다음 사랑하게 되는 해적 「바바롯사」 역시 실존 인물이었다. 그리스인이었다가 모슬렘 해적이 되어 튜니시아와 알제리아의 여러 도시와 에스파냐 해안에서 노략질을 하다 붙잡혀 죽은 호루시 바바롯사(Horush Barbarossa, 1473?~1518)와 호루시가 죽은 다음 해적 선장의 자리를 물려받아 터키의 술탄으로부터 북 아프리카의 통치권을 인정

▲「해적 키드」에서 해적선장이었던 찰스 로톤은 희극영화 「뚱뚱이와 홀쭉이 해적 키드를 만나다」에서도 똑같은 역을 맡았다.

◀영국 태생으로서 "B 영화"를 주로 만든 펜튼 감독(Leslie Fenton, 1902~78)이 1938년에 내놓은 「키드 선장의 보물」

받고 에스파냐와 싸워 전공을 세우고는 지중해를 지배했던 카이레딘 바바롯사(Khaireddin Barbarossa, 1466?~1546)는 형제간이었다.

이렇듯 여러 나라에서 국력 팽창을 위해 해적을 동원했지만, 우리에게 가장 깊은 '역사적인 교훈'을 보여 주는 인물이라면 루돌프 마테 감독이 이탈리아에 가서 만든 영화 「해적왕 드레이크」의 주인공이겠다. '해적왕'이라는 표현은 물론 한국에 영화가 수입되면서 붙여준 명칭이기는 한데, 어쨌든 프란시스 드레이크 경(Sir Francis Drake, 1540?~1596)은 친척인 존 호킨스 경을 따라 1567년 멕시코 만 탐험길에 올랐고, 1570년에는 엘리자베드 1세로부터 사략선장으로 임명되어 세 차례에 걸쳐 서인도제도의 여러 곳에서 에스파냐의 선박과 도시를 약탈한다. 1577년에는 마젤란 해협 탐험에 나섰다가 풍랑을 만나 선단으로부터 이탈하여 죽을 고비를 넘겼고, 아메리카 대륙에도 영국 식민지를 마련한다. 에스파냐의 맹렬한 반대에도 불구하고 그는 여왕으로부터 작위를 받은 다음 1588년에는 에스파냐의 무적함대(Armada)를 무찌르기도 한다.

드레이크 경은 영국 여왕을 기리는 뜻으로 버지니아(Virgina)라고 명명한 아메리카 식민지에서 감자와 담배를 영국으로 가져간 인물로도 유명하며, 요즈음 주한 미군 텔레비전(AFN-Korea)을 보면 드레이크 경이 아메리카에서 선물로 가져온 씹는 담배를 여왕에게 진상했다가 기껏 돈을 들여 먼 곳까지 보내 줬더니 이따위 물건이나 가져왔느냐고 야단을 맞는 금연 광고도 가끔 나온다.

대작을 즐겨 만들었던 세실 B. 드밀 감독은 뉴올리언스 전투에서 영국군의 침공에 맞서 싸우는 앤드루 잭슨(Andrew Jackson) 소장을 도왔던 장 라피트(Jean Lafitte, 1780?~1826?)를 주인공으로 삼은 「대해적」을 1938년에 만들었는데, 20 년 후 같은 영화를 다시 제작하게

에스파냐의 맹렬한 비난에도 불구하고 영국의 여왕이 드레이크 경에게 작위를 내려준다.

드밀 감독의 「대해적」(사진)은
훗날 재탕이 이루어지는데, 새
영화의 감독은 드밀의 사위였
던 앤토니 퀸이 맡았다.

된 드밀 감독은 첫 영화에서 단역을 맡았던 그의 사위 앤토니 퀸에게
감독을 맡긴다.

　드밀의 마지막 작품이며 퀸의 유일한 감독 작품이 된 「대해적」의
주인공 라피트는 생년월일과 출생지조차 분명치 않은 프랑스의 해적
으로서 사략선들과 밀수꾼들을 거느리고 활동하다가, 뉴올리언스 공
격을 도와 달라는 영국의 부탁을 받고 오히려 정보를 미국에 전하고
는 함께 싸우기까지 한다. 전쟁 후에 텍사스 갈베스톤을 거점으로 삼
아 다시 해적질을 하던 그는 미국 전함의 공격을 받은 다음 카리브
해로 자리를 옮겨 잠시 해적 생활을 계속하지만, 1825년경에 어디론
가 자취를 감추었다. 뉴올리언스 전투 이후 장 라피트의 활약을 기둥
줄거리로 삼은 옭어먹기 영화로는 「해적들의 최후」도 있었다.

　해적과는 거리가 좀 멀지만 미국 역사의 초기(식민지 시대) 실존 인
물로서 영화의 주인공이 된 두 명의 군인도 살펴보고 지나가자. 한
사람은 「진홍의 밀사」이고, 다른 한 사람은 「존 폴 존스」이다.

　「진홍의 밀사」에 등장하는 베네딕트 아놀드(Benedict Arnold, 1741

「진홍의 밀사」는 미국의 독립을 위해 혁혁한 전공을 세운 다음 영국군과 내통하여 말년을 고통스럽게 보낸 실존 인물에 관한 영화이다.

~1801)는 독립전쟁 발발 당시 군에 투신하여, 최초로 수입된 입체영화를 통해 우리나라에 널리 알려진 타이콘데로가(Ticonderoga) 요새를 탈환했고, 모호크 계곡 등에서 영국군을 계속 무찔러 소장으로까지 진급했지만, 1779년부터 영국군과 내통하여 웨스트 포인트를 넘겨 준 다음 영국으로 도망쳐 오욕과 가난 속에서 여생을 보냈다.

베네딕트 아놀드와는 반대로 존 폴 존스(John Paul Jones, 1747~1792)는 본디 영국 상선단 출신이면서 독립전쟁 발발 당시 혁명 해군 소위로 임관하여 프랑스군과 손을 잡고 영국군을 물리치는 등 혁혁한 전공을 세운 제독으로서, 발트 해의 러시아 해군에서도 복무했다. 말년을 빠리에서 보내고 사망하자, 그의 유해는 미국으로 옮겨가 해국사관학교 지하 납골소에 안치되었다. 존스는 오늘날까지도 미 해군이 무척 자랑으로 삼는 영웅이다.

「존 폴 존스」를 통해 처음 영화에 출연하게 된 미아 패로우는 이 영화의 감독 존 패로우와 조니 와이즈뮬러의 타잔 영화에서 제인 역을 맡았던 모린 오설리반(Maureen O'Sullivan) 사이에서 태어난 딸이다.

찾아보기 ●--

■ 「바바롯사(Raiders of the Seven Seas, 1953, 미국, 88분)」, 감/Sidney Salkow, 출/John Payne, Donna Reed, Gerald Mohr, Lon Chaney

■ 「해적왕 드레이크(Seven Seas to Calais, 1962, 이탈리아, 102분)」, 감/Rudolph Maté, Primo Zeglio, 출/Rod Taylor, Keith Mitchell, Irene Worth

■ 「대해적(The Buccaneer, 1938, 미국, 124분)」, 감/Cecil B. DeMille, 출/Fredric March, Franciska Gaal, Margot Grahame, Akim Tamiroff, Walter Brennan, Anthony Quinn

■ 「대해적(The Buccaneer, 1958, 미국, 121분)」, 감/Anthony Quinn, 출/Yul Brynner, Charlton Heston, Claire Bloom, Charles Boyer, Inger Stevens, Henry Hull, E. G. Marshall, Lorne Greene, Fran Jeffries, Woodrow (Woody) Strode

■ 「해적들의 최후(Last of the Buccaneer, 1950, 미국, 79분)」, 감/Lew Landers, 출/Paul Henreid, Jack Oakie, Mary Anderson, John Dehner

■ 「진홍의 밀사(The Scarlet Coat, 1955, 미국, 101분)」, 감/John Sturges, 출/Cornel Wilde, Michael Wilding, George Sanders, Anne Francis, Bobby Driscoll

■ 「존 폴 존스(John Paul Jones, 1959, 미국, 126분)」, 감/John Farrow, 출/Robert Stack, Marisa Pavan, Charles Coburn, Erin O'Brien, Macdonald Carey, Jean-Pierre Aumont, Peter Cushing, Bruce Cabot, Bette Davis, (Mia Farrow)

「진홍의 도적」에서는 영화가 시작되자마자, 관객에게 발로 선장(버트 랭카스터)이, "이제부터 전개될 영화의 내용은 믿고 싶으면 믿고, 믿기 싫으면 절반만 믿으라"고 큰소리부터 친다.

해적들의 잔치

　「바다의 정복자」에서 지미 보이는 처음 만난 전임 총독의 딸에게 "국왕 폐하를 위해 스페인(에스파냐) 잔당을 죽이며 더러운 일을 하는 해적이요"라고 당당하게 자기 소개를 하는가 하면, 해적영화 분야에서 고전으로 꼽히는 「진홍의 도적」에서는 영화가 시작되자마자 해적 선장 발로(Vallo, 버트 랭카스터)가 아예 극장 안의 관객을 향해 이렇게 큰소리를 친다.

　"이리들 모이시오, 신사숙녀 여러분, 이리들 모여. 여러분은 까마득한 옛날(18세기) 진홍의 도적에게 납치되어 마지막 항해를 같이 하게 되었습니다. 해적의 나라 해적의 바다에서 해적에 관해 아무 질문도 하지 말고, 그냥 눈에 보이는 것만 믿으면 됩니다. (잠시 후에) 그래도 믿기 어려우면, 눈에 보이는 것 가운데 절반만 믿으십시오."

　곡마단에서 함께 일했던 버트 랭카스터와 니크 크라바트가 공연하며 「쾌걸 다르도」에서처럼 온갖 곡예 솜씨를 보이는 영화답게, 이런 식으로 시작된 영화는 처음부터 끝까지 황당무계한 즐거움을 한없이 베푼다. 역병이 휩쓸고 간 유령선으로 위장하여 영국 해군의 전함을 포획하고, 전함에 실린 무기를 노획하여 반란군에게 팔아넘기고, 돈을 더 준다면 반란 세력이 아니라 당국에 무기를 되팔겠다고 나서기도 하는가 하면, 반역죄로 투옥된 엘 리브레를 구출해 주고 돈을 받은 다음 다시 그를 당국에 팔아넘겨 또 돈을 벌겠다는 등 도둑답게 화려한 야망을 펼치던 해적이, 혁명가 엘 리브레의 딸에게 반해서 민중 봉기에 합세한다는, 빤하디빤한 판박이 내용이지만, "배에 태운 여자를 고스란히(unmolested) 내버려 둔다는 것은 해적의 법도에 어긋난다(betraying the pirate law)"는 식의 장난스러운 논리, 귀족으로 변장하고 적지로 침투하여 무도회에 참석한다는 '핌퍼넬' 식 상황, 종횡무진 군무(群舞)처럼 수많은 사람들이 벌이는 통쾌무비 난장판 결투, 선상반란이라는 뒤집기 양념, 거기에다 미래의 개틀링 기관총(Gatling gun)에 잠수함과 비행선은 물론이요 007식 화염방사기로 무장한 민중의 '동학란'은 헐리우드 키드 세대를 열광시키고도 남았다.

진홍(crimson)은 황제의 빛깔이어서, 으뜸 도둑(진홍의 해적)은 그렇다고 하지만, 영화에 등장하는 다른 해적들도 결코 만만치가 않았다.

해적영화는 뭐니뭐니 해도 로빈 후드의 전통을 이어받은 "무법자의 자유분방한 삶"이라는 환상과 착각으로 관객을 모은다. 자유분방한 듯싶으면서도 항상 위험이 뒤따르는 불확실성의 모험이 낭만으로 해석되기 때문이다. 「바다의 정복자」마지막 장면에서 지미 보이의 심복(토마스 밋첼)과 헨리 모건이 낙조가 아름다운 바다를 둘러보며 나누는 대화가 그런 해석의 대표적인 예이다.

"거추장스러운 예복에 가발을 쓰고 살아야 하는 자마이카에는 돌아가고 싶지가 않아."

"저 바다 얼마나 넓고 시원스러운가요. 온세상의 보물도 마음만 먹으면 모두 내것이고. 그것이 우리의 인생입니다."

영화에서 재현된 해적은 「황금배」에서 산타 로자가 상상했던 헨리 모건처럼 용감하고 멋진 사나이여서, 형틀에 묶여 고문을 당하면서도 호탕하게 웃어 가며 농담을 계속하고, 현대적인 시각으로는 해적질이 정의인지 어쩐지 의문이기는 하지만 어쨌든 영화 속의 해적이

「검은 해적」(아래 오른쪽)에서는 에롤 플린의 선배 검객 배우인 더글러스 페어뱅크스의 칼솜씨가 빛난다. 페어뱅크스의 아들 또한 아버지의 검술을 제대로 물려받아 여러 영화에서 솜씨를 자랑했는데, 아들의 모습에 훨씬 더 익숙한 헐리우드 키드 세대에게는 「바그다드의 도적」에 주연했던 아버지의 얼굴(아래 왼쪽)을 보면, 아들이 정말로 빼닮았다는 인상을 받는다. 「신바드의 모험(Sinbad the Sailor, 1947)」(위)에 나오는 아들의 얼굴을 살펴보기 바란다.

라면 의사였다가 마지못해 해적이 된 피터 블러드(Peter Blood), 그리고 무성영화에서도 이미 귀족이었다가 불한당들 때문에 하는 수 없이 해적이 된 「검은 해적」 그리고 18세기에 해적이 된 영국인을 주인공으로 삼은 프릿츠 랑의 「월야의 함대」에서처럼 대부분 선량한 인물이었다가 과거에 무슨 모함을 받았던가 해서 억지로 악인이 되었다는 설정이 보통이고, 따라서 최후의 승리를 해적 주인공이 거둔다는 수순을 밟는다.

실존 인물이건 아니건 이렇게 화려하고 멋진 배경을 지닌 인물들이 등장하는 해적영화에서는 아예 진실성을 접어두고 봐도 된다는 편안함과 더불어 경쾌한 칼소리와 율동 또한 매력으로 꼽힌다. 다른 검술영화와는 달리 무겁고 육중하고 둔한 검(劍, sword)이 아니라 날렵한 레이피어(rapier) 칼이 주무기로 등장하기 때문이다. 그렇기 때문에 해적영화에서 빠른 몸놀림의 결투 장면은 안무를 받은 춤과 같다.

거기다가 화려한 의상에 남해의 이국적인 야자수 풍경, 넓고 넓은 바다에서 두 척의 배가 접근하여 모든 포문을 열고 일제사격(broadside)을 퍼붓는 호탕한 해전, 망망대해의 푸른 하늘과 성난 폭풍, 그리고 틀림없이 끼어드는 미녀와의 낭만적인 사랑—바로 이런 즐거움 때문에 지금의 공상과학이나 대량학살 주제만큼이나 한때는 해양활극이 서양 영화의 큰 흐름을 이루며 인기를 누렸었다.

해적물이 참으로 많고도 많았던 시절, 「진홍의 도적」이나 「바다의 정복자」처럼 카리브 해를 무대로 삼았던 작품을 찾아보면 아예 제목이 「카리브 해」였던 18세기 해적 토벌 영화, 17세기 해적선장이 아버지의 복수를 하는 「유혈선」, 그리고 역시 지명을 제목으로 삼은 「스페니시 메인」이 있다. '스페니시 메인(Spanish Main)'은 파나마 지협에서 베네주엘라의 오리노코(Orinoco) 강에 이르는 해적 출몰 지역이었던 남미의 북안(北岸)에 대한 영어 명칭이다.

무대를 유럽과 지중해로 옮겨 보면 '해적왕' 드레이크에게 무적함대가 궤멸한 줄도 모르고 낙오된 에스파냐 배들이 영국의 시골 마을을 점령하는 내용의 「악마선(惡魔船)」, 나폴리의 백성이 폭군에 항거하여 반란을 일으키는 시끄러운 활극 「카프리의 해적」, 프랑스와 에스파냐의 전쟁을 배경에 깐 「해적의 왕자」, 바바리(Barbary) 북아프리카 해안 지역에서 준동하던 해적을 주인공으로 삼은 「트리폴리의 해적」과 바바리 해적을 무찔러 미 해병 역사상 손꼽히는 승전으로 알려진 1805년의 트리폴리 전투를 담은 「풍운의 요새」, 해적의 소굴로 침투하는 18세기 영국 군인의 활약상을 그린 「마다가스칼의 해적」 그리고 같은 내용을 다시 영화로 만든 「폐하의 해적」이 나왔다.

「마다가스칼의 해적」을 선전하는 이 광고를 보면, 호쾌한 해적영화의 매력이 무엇인지를 시각적으로 잘 보여 준다.

「허수아비」에서는 밤이면 해적으로 변신하여 밀수를 일삼는 영국의 교구 목사가 주인공인데, 허수아비로 변장한 시골교구 목사가 해적질을 한다는 같은 내용이 1962년 디즈니 텔레비전 영화 「롬니 늪지대의 허수아비」로 새롭게 만들어졌으며, 같은 해 같은 영화가 영국에서도 피터 쿠싱이 죽은 해적의 귀신 노릇을 하는 교구 목사 역을 맡아 「허수아비 유령」이라는 제목으로 선을 보였다.

피터 쿠싱은 그보다 1년 전「해적의 분노」라는 영화에서 영국 해안 지대를 돌아다니는 배들을 '청소(제거)'해 주고는 보상을 받아내는 해적 노릇도 했고, 이탈리아 영화「해적의 분노」에서는 리카르도 몬탈반이 나쁜 총독과 싸우는 착한 해적으로 나온다.「해적과 여노예」에서도 해적은 착하고 총독은 '나쁜 놈'이며,「해적의 복수」에서는 훔친 황금을 숨겨둔 나쁜 총독을 "바다의 로빈 후드"가 무찌른다는 내용이어서, 어딘가 도덕적으로는 마치 거꾸로 가는 듯한 내용이다.

앞에서 살펴보았듯이 '해적왕 털보'와 '해적 키드'까지 북 아메리카로 진출했으니 미국도 이미 식민지 시절부터 해적의 손아귀로부터 안전하지는 못했고, 그래서 대서양 연안 역시 해적영화의 무대가 된다.

「몬트레이의 해적」은 1880년대 캘리포니아를 수중에 넣으려던 멕시코와의 투쟁을 다루었으며,「해적의 연인」은 뉴올리언스의 여가수가 투옥된 해적 애인을 구해내는 내용이고,「철갑선」에서는 9세기 초 미국의 상선단이 해적들과 대결한다. 그런가 하면 아예 '양키(제프 챈들러)'가 해적이 된「백작부인과 해적」에 이어 2년 후에는 해적에 납치된 여인을 찾기 위해 바다를 건너 프랑스까지 간 제프 챈들러가「양키 파샤」가 되기도 한다. '파샤(Pasha)'는 문무 고관에게 터키에서 붙여 주던 명칭이다.

그 이외에도 크게 주목을 받지 못하면서 극장가에 출몰했던 해적들을 찾아보면, 16~17세기 프랑스의 신교도 위그노(Huguenots) 교도들이 해적과 싸우는「혈강(血江)의 해적」, 미녀 안또넬라 루알디와 결혼하기 위해 대박을 노리며 바다로 나가는「해적」, 노다지(=황금)를 좇는 해적의 얘기「여덟 번의 종이 울릴 때」, 역시 바다에서 황금을 찾아 다니는 멕시코의「흑해적(黑海賊)」이 있었다.

영화진흥공사의 기록으로는 마리오 바바가 감독한「7해의 정복자(Glinvasori)」와 또 다른 이탈리아 제품「해적 흑매(Il pirata dello sparuivero Nero)」가 우리나라에 수입되었다고 하나, 관련된 다른 기록은 찾지 못했다.

변두리 해적영화로는 못된 해적에게 납치된 약혼녀를 구하러 나선 젊은 선교사를 도와 주는 '바다의 깡패'를 주인공으로 내세운 「네이트와 헤이스」, 마술에 의해 옛날 망망대해의 해적선으로 간 아이가 주인공으로 뽑힌 「소년과 해적」, 해적선을 타고 표류하는 아이들이 래리 애들러(Larry Adler)의 하모니카 음악 속에서 인간 본성을 드러내 보이는 「자마이카의 순풍」, 그리고 해적이 탈취한 배에서 선실 심부름을 하던 아이가 보물섬으로 가서 「나홀로 집에」식의 활극을 벌이는 「난파선(難破船)」도 보인다.

해적영화란 황당무계한 과장이 많아 본디 희극적인 요소를 지니지만, 본격적인 해적 희극(piratecomedy)도 심심치 않게 나왔으니, 로만 폴란스키 감독에 쭈그렁 얼굴의 명배우 월터 매타우가 주연한 프랑스와 튜니시아 합작 영화 「해적」이 그런 예가 되겠다. 줄거리조차 별로 없으면서도 요란하게 재미있다는 사실 자체가 해적영화의 특징을 잘 꼬집는다.

「노랑수염(Yellowbeard)」은 물론 제목부터가 "해적왕 털보(Blackbeard)"를 겨냥한 영화이고, 앞에서 언급했던 「털보 대소동」은 카지노로 만들려고 집을 빼앗으려는 범죄자들로부터 자손들을 보호해 주는 털보의 착한 유령 얘기이고, 장래 희망이 해적인 주인공이 관리의 부패상을 폭로하는 도날드 오코너의 「백골기(白骨旗)」는 해적 사회에 대한 풍자이며, 「백주의 유령」은 대표적인

「공주와 해적」은 우리나라에서 최근에 한참 유행하는 "조폭 코미디"의 원조격이겠다.

실패작 희극인 반면에 바브 호프와 버지니아 메이요가 해적으로부터 정신없이 도망다녀야 하는「공주와 해적」은 본격적인 성공작 희극영화였다.

출/Errol Flynn, Maureen O'Hara, Anthony Quinn, Mildred Natwick

▎「폐하의 해적(The King's Pirate, 1967, 미국, 100분)」, 감/Don Weis, 출/Doug McClure, Jill St. John, Guy Stockwell, Mary Ann Mobley

▎「허수아비(Dr. Syn, 1937, 영국, 80분)」, 감/William Neill, 출/George Arliss, Margaret Lockwood, John Loder, Roy Emerton

▎「롬니 늪지대의 허수아비(The Scarecrow of Romney Marsh 새 제목 Dr. Syn, Alias the Scarecrow, 1962, 미국, 98분)」, 감/James Neilson, 출/Patrick McGoohan, George Cole, Tony Britton, Geoffrey Keen, Kay Walsh

▎「허수아비 유령(Night Creatures, 1962, 영국, 81분)」, 감/Peter Graham Scott, 출/Peter Cushing, Yvonne Romain, Patrick Allen, Oliver Reed, Michael Ripper

▎「해적의 분노(Fury at Smuggler's Bay, 1961, 영국, 92분)」, 감/John Gilling, 출/Peter Cushing, Michele Mercier, Bernard Lee, George Coulouris

▎「해적의 분노(The Rage of the Buccaneers, 1962, 이탈리아, 88분)」, 감/Mario Costa, 출/Ricardo Montalban, Vincent Price, Giulia Rubini, Liana Orfei

▎「해적과 여노예(Pirate and the Slave Girl, 1961, 이탈리아, 87분)」, 감/Piero Pierotti, 출/Lex Barker, Massimo Serato, Chelo Alonso, Michele Malaspina

▎「해적의 복수(Revenge of the Pirates, 1951, 이탈리아, 95분)」, 감/Primo Zeglio, 출/Maria Montez, Rod Cameron, Mikhail Rasumny, Philip Reed, Gilbert Roland, Gale Sondergaard

▎「몬트레이의 해적(Pirates of Monterey, 1947, 미국, 77분)」, 감/Alfred L. Werker, 출/Maria Montez, Milly Vitale, Jean-Pierre Aumont, Saro Urzi, Paul Muller, Robert Risso

▎「해적의 연인(Buccaneer's Girl, 1950, 미국, 77분)」, 감/Frederick de Cordova, 출/Yvonne De Carlo, Philip Friend, Elsa Lanchester, Andrea King

▎「철갑선(Old Ironsides, 1926, 미국, 111분)」, 감/James Cruze, 출/Charles Farrell, Esther Ralston, Wallace Beery, George Bancroft, Charles Hill Mailes, Johnnie Walker, (Boris Karloff)

▎「백작부인과 해적(Yankee Buccaneer, 1952, 미국, 86분)」, 감/Frederick de Cordova, 출/Jeff Chandler, Scott Brady, Suzan Ball, David Janssen

▎「양키 파샤(Yankee Pasha, 1954, 미국, 84분)」, 감/Joseph Pevney, 출/Jeff Chandler, Rhonda Fleming, Mamie Van Doren, Bart Roberts(Rex Harrison),

Lee J. Cobb, Hal March

▌「혈강의 해적(The Pirates of Blood River, 1962, 영국, 87분)」, 감/John Gilling, 출/Kerwin Mathews, Glenn Corbett, Christopher Lee, Maria Landi, Oliver Reed

▌「해적(The Sea Pirate, 1967, 이탈리아, 85분)」, 감/Roy Rowland, 출/Gerald Barray, Antonella Lualdi, Genevieve Casile, Terence Morgan

▌「여덟 번의 종이 울릴 때(When Eight Bells Toll, 1971, 영국, 94분)」, 감/Etienne Perier, 출/Anthony Hopkins, Robert Morley, Nathalie Delon, Jack Hawkins, Ferdy Mayne

▌「흑해적(The Black Pirates, 1954, 멕시코, 72분)」, 감/Allen H. Miner, 출/Anthony Dexter, Martha Roth, Lon Chaney, Robert Clarke

▌「네이트와 헤이스(Nate and Hayes, 1983, 미국-뉴질랜드, 100분)」, 감/Ferdinand Fairfax, 출/Tommy Lee Jones, Michael O'Keefe, Max Phipps, Jenny Seagrove

▌「소년과 해적(The Boy and the Pirates, 1960, 미국, 82분)」, 감/Bert I. Gordon, 출/Charles Herbert, Susan Gordon, Murvyn Vye, Paul Guilfoyle

▌「자마이카의 순풍(A Fair Wind in Jamaica, 1965, 영국, 104분)」, 감/Alexander Mackendrick, 출/Anthony Quinn, James Coburn, Dennis Price, Gert Frobe, Lila Kedrova

▌「난파선(Shipwrecked, 1990, 노르웨이, 91분)」, 감/Nila Gaup, 출/Stan Smestad, Gabriel Byrne, Louisa Haigh

▌「해적(Pirates, 1986, 프랑스-튜니시아, 124분)」, 감/Roman Polanski, 출/Walter Matthau, Damien Thomas, Richard Pearson, Cris Campion, Charlotte Lewis, Olu Jacobs, Ferdy Maine, Tony Peck

▌「노랑수염(Yellowbeard, 1983, 미국, 101분)」, 감/Mel Damski, 출/Graham Chapman, Peter Boyle, Richard "Cheech" Marin, Tommy Chong, Peter Cook, Marty Feldman, Martin Hewitt, Michael Hordern, Eric Idle, Madeline Kahn, James Mason, John Cleese, Susannah York

▌「백골기(Double Crossbones, 1951, 미국, 75분)」, 감/Charles Barton, 출/Donald O'Connor, Helena Carter, Will Geer, Hope Emerson, Glenn Strange

▌「백주의 유령(Ghost in the Noonday Sun, 1973, 영국, 89분)」, 감/Peter Medak, 출/Peter Sellers, Anthony Franciosa, Spike Milligan, Peter Boyle

▌「공주와 해적(The Princess and the Pirate, 1944, 미국, 94분)」, 감/David Butler, 출/Bob Hope, Virginia Mayo, Walter Slezak, Walter Brennan, Victor McLaglen, Hugo Haas

「여해적 앤」말고도 「해양녀」(사진) 따위의 영화에서 용감무쌍
한 여러 여성이 바다로 나간다.

해적과 여성

　　요즈음에는 텔레비전에서 「6시 내고향」류의 '시골 소식'을 보면 부부가 함께 배를 타고 고기잡이를 나가는 장면을 심심치 않게 접하지만, 워낙 남존여비 사상이 심한 우리나라에서는 얼마 전까지만 해도 "재수가 없다"며 여성은 배에 태우지를 않았었다. 여관에서는 "스님이 첫 손님으로 들면 그날 장사는 망한다"는 미신을 믿듯이, 택시에서는 여자 손님을 앞자리에 앉히지 않았고, 대단히 현대적인 시설을 갖추고 문을 열었던 초기의 대한극장에서도, 우리집에서 실제로 겪은 일이지만, 아침 첫 손님이 여자이면 역시 "재수가 없어 장사가 안 된다"는 핑계로 표를 팔지 않았다.

　　하지만 기사도 정신이 뿌리를 깊이 내린 서양에서는 상황이 달라서, 영화를 보면 옛날부터 여자들이 배를 탔다. 그것도 택시의 앞자리 격인 선장실에 타기가 보통이었다. "전설의 시대"에는 「신바드의 항해」에서 그랬고, 「바다의 정복자」와 「진홍의 도적」에서도 젊고 아름다운 여인이 선장실에서 주인공과 사랑을 나누며, 나중에 살펴볼 해양영화

「함장 호레이쇼」나 「세계를 그의 품안에」 역시 예외가 아니었다.

그뿐이 아니다. 전설적인 여전사 지나(Xena the Warrior Princess)가 텔레비전에 등장하기 오래 전에 이미 해적계에서는 여성의 활약이 두드러졌다. 한국전쟁이 한창이던 1951년에는 「여해적 앤」에서 해적이 되기에는 지나치게 매혹적인 미녀 진 피터스가 인도양을 주름잡는 여선장으로서 용감히 칼을 휘두르며 헐리우드 키드의 황홀한 상상력을 자극했다. 「해양녀(海洋女)」에서도 남자보다 훨씬 용감무쌍한 여성이 아버지의 배를 끌고 전쟁에 나선다.

당대에는 「테오도라(Theodora Slave Empress, 1954)」로 한국에 잘 알려졌고 이탈리아 판 「스카라무슈(Scaramouche, 1963)」에서도 주연을 맡았던 지아나 마리아 까날레는 헐리우드의 진 피터스 그리고 모린 오하라와 더불어 "칼쌈 잘 하는 여배우"로 명성을 굳히며 세 편의 이탈리아 영화에서 여해적 노릇을 한다. 「해적 여왕」에서 그녀는 폭군으로 군림하는 도루쪼(Doruzzo) 공작을 용감하게 무찌르는 해적의 두목으로 나오고, 남자 해적들이 다른 영화에서 칼을 휘두르는 틈틈이 여자들과 사랑을 나누듯 「해적 여왕」의 속편으로 나온 「7대양의 맹호」에서는 까날레가 칼을 휘두르는 틈틈이 앤토니 스틸과 사랑을 나누며, 「대양의 사자」에서는 베네치아의 왕위를 물려받을 '타잔' 고든 스코트와 사랑을 즐긴다.

이런 맹렬 여해적의 계보에서 가장 최근의 인물을 꼽는다면 「컷스로트 아일랜드」에 등장하는 17세기 카리브 해 자마이카의 모건 애덤스(지나 데이비스)이다. 007 영화에서 제임스 본드가 무릇 여자들을 농락하는 장면을 여봐란 듯 보기좋게 뒤집어서, 모건 애덤스가 잠시 남자를 데리고 노는 장면을 자막도 떠오르기 전에 다짜고짜 보여 준 다음 시작하는 이 영화에서 여주인공은 칼놀림이라면 기본이요, 주먹질과 발길질과 박치기는 물론, 야키마 카누트 수준의 묘기를 부려

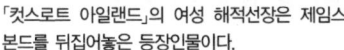
「컷스로트 아일랜드」의 여성 해적선장은 제임스 본드를 뒤집어놓은 등장인물이다.

달리는 마차를 잡아타고, 밧줄에 매달려 타잔도 하고 쌍칼을 휘두르는가 하면, 칼로 럼주 병의 목을 쳐서 마시거나 빈 술병을 들여다보는 철괘 스님의 흉내를 내고, 실제로 무슨 쓸모가 있는지 알 길이 없는 최첨단 설계의 삼지검(三枝劍)을 휘두르고, 보물 지도의 라틴어를 해독하기 위해 지극히 유식한 좀도둑 사기꾼 남주인공을 장터에서 노예로 사들여 부리다가 나중에는 애인으로 삼기도 해서 기존의 가부장적인 가치관을 다각도로 혼란시킨다.

　얼핏 얘기를 들으면 남성 관객에게는 훔쳐보기(관음증)의 즐거움을 그리고 여성에게는 시원한 한풀이를 제공하는 영화 같지만, 줄거리 전체가 너무나 황당무계하고 작위적이어서, 주인공들이 몇 분에 한 번씩 적에게 잡혔다가 탈출하기를 계속하거나 쓸데없이 절벽에서 미끄러지는 등 다른 영화들이 쓰고 남은 쓰레기를 모두 모아놓은 듯한 재활용품의 수준에 머물고, 여기저기 불길이 치솟고 특수효과를 잔뜩 늘어놓기는 했지만 내용은 없다 보니, 장치만 늘어놓아 잔재주를 앞세운 시끌벅적(camp) 영화 차원에도 미치지를 못해서, 한창시절 최고의 배우들을 동원하던 해적영화의 전성기는 가 버렸고 역시 누덕누덕 누비영화와 비디오 게임 영화의 시대가 웅변적으로 도래했음을 실감하게 한다.

「허리케인의 섬」에도 여해적이 등장하기는 하지만, 젊음의 샘이 어쩌고 하는 내용 때문에 해적영화라고 하기는 좀 어렵겠다.

바다를 활동 무대로 삼는 해적은 아니었지만 비슷한 직종의 여성으로는 「우리에게 내일은 없다」의 바니와 클라이드처럼 남자와 밤이면 짝을 지어 '노상강도(highwayman)' 짓을 벌이는 「사악한 여인」도 있었다. 이 의상극이 40년 후 영국에서 제작될 때는 「우리에게 내일은 없다」에서 알몸으로 첫 장면에 나타난 페이 더나웨이가 '사악한 여인' 역을 맡아 의상을 걸치지 않은 알몸을 다시 몇 차례 보여 주었다.

여성 해적과 여성 노상강도뿐 아니라 여성 작가의 소설로 만든 해적영화도 나왔다. 영국 소설가 다프네 뒤 모리에(Daphne du Maurier, 1907~1989) 원작의 해적영화 「정염(情炎)」은 고상한 귀부인이 멋쟁이 해적과 화려하게 사랑하는 고급 시대극이다. 20대 초반부터 작품

「사악한 여인」 스켈튼 부인(Lady Skelton)은 따분한 삶을 벗어나기 위해 강도짓을 시작하고, 그녀와 사랑하던 남자 제리 잭슨(Jerry Jackson)은 교수형을 당할 뻔하는가 하면, 나중에 두 사람은 서로 치명적인 상처를 입힌다.

여성 작가의 손에서 나온 해적 얘기 「정염」에서는 고상한 귀부인이 해적과 연애를 한다.

활동을 시작했고 캐롤 리드 감독과의 연애 사건으로도 유명한 뒤 모리에는 영화 「정염」을 보고 크게 실망했다고 한다.

「정염」말고도 그녀의 소설을 영화로 만든 거의 모든 작품을 그녀는 못마땅하게 생각했는데, 우리 귀에 익은 작품으로는 「힛치코크의 새 (The Birds)」가 있으며, 알렉 기네스와 함께 영화사를 만들어 직접 제작한 「속죄의 희생자(The Scapegoat)」도 불만이기는 마찬가지였다. 그녀는 또한 리처드 아텐보로의 「머나먼 다리(A Bridge Too Far)」에서 더크 보가드가 연기한 그녀의 남편(Sir Frederick "Boy" Browning)에 대한 인물 묘사에도 크게 불만이었고, 역시 힛치코크 감독이 그녀의 소설을 영화로 만든 「레베카(Rebecca)」한 작품만 좋아했다고 한다.

개성이 강해서 늘 곤경에 처하는 여자와 무뢰한들을 거느린 귀족을 주인공으로 내세우고 빅토리아 여왕 시대(1819년)를 시간적 무대로 삼은 뒤 모리에의 소설을 영화로 만든 「자마이카 여관」도 힛치코크가 감독했는데, 그녀가 "한심한 물건(a wretched affair)"이라고 개탄했던 이 작품은 거의 반 세기가 지난 다음 제인 씨모어를 주연으로 해서 다시 텔레비전 영화로 선을 보였다.

혼란스러운 프랑스 혁명 당시에 죄없이 희생될 위기에 처한 귀족들을 구하느라고 맹활약을 벌이는 스칼레트 핌퍼넬(The Scarlet Pimpernel) 또한 여성 작가의 손끝에서 태어난 유명한 주인공이다. '스칼레트 핌퍼넬'은 '주홍빛 별봄맞이꽃'이라는 뜻으로, 영국인 귀족 퍼씨 블레이크니 경(Sir Percy Blakeney)이 신분을 감추기 위해 사용한 징표로서, 역시 귀족의 신분을 감추고 맹활약을 벌이는 조로(Zorro)가 남기는 'Z' 표시와 같은 역할을 한다. 「네 날개(The Four Feathers)」에서 친구들을 구출한 다음 남겨 놓는 깃털 그리고 중국 영화 「해당화」에서 홍콩판 루빵이 범죄 현장에 남겨 놓는 꽃이 모두 핌퍼넬을 흉내낸 예식이었다.

1905년에 『스칼레트 핌퍼넬』을 발표한 헝가리 출신의 영국 소설가 엠무슈코 오르치(Emmuska Orczy, 1865~1947)는 펠릭스 오르치(Felix Orczy) 남작의 딸로서, 1900년 연작 탐정소설 『구석의 노인(The Old Man in the Corner)』으로 작품 활동을 시작한 이후 몇 편의 장편소설을 썼고, 남편과 함께 핌퍼넬 얘기를 희곡으로 만들기도 했다.

서부영화에서 늘 멋진 신사로 그려지는 도박사나 의적 로빈 후드처럼 스칼레트 핌퍼넬 또한 서로 어울리지 않는 두 가지 신분을 한 몸에 지녔는데, 이것은 아마도 여자가 숙녀이면서도 요부이기를 바라는 남자의 욕심과 환상처럼, 사나이다우면서도 부드러운 남자를 원하는 귀족 여인의 환상이 만들어낸 인물이 아닐까 싶다. 요즈음에 등장한 주인공들 중에서는 남성처럼 호쾌한 여해적 지나 데이비스나 텔레비전의 여전사 지나 역시 비슷한 환상의 산물이다.

어쨌든 이러한 이중적인 주인공의 성격을 생각하면 「스칼레트 핌퍼넬」의 주연 배우 레슬리 하워드는 탁월한 선택이었다. 「바람과 함께 사라지다」에서도 그는 섬약하면서도 뒤에서는 KKK 단원으로 활약하는 애슐리 역을 해냈다. 그리고 그가 핌퍼넬 영화에서 로베스삐에르의 공포정치(the Reign of Terror, la Terreur)를 두려워하지 않으면서도 사랑하는 아내(멀 오베른)를 위해 목숨을 거는 마지막 모험을 통해 보여 준 기사도적 연약함은 당시의 수많은 여성 관객을 감동시키고도 남았다.

「쾌걸 핌퍼넬」의 데이비드 니븐 역시 풍운아의 용맹함하고는 믿어지지 않을 정도로 거리가 먼 나약한 신사의 모습이어서, 영화읽기가 서툴렀던 시절의 헐리우드 키드에게는 데이비드 '핌퍼넬' 니븐이 「정염」의 해적만큼이나 실망스러운 주인공으로 여겨졌었다. 본디 뮤지컬로 만들었다가 노래를 모두 잘라낸 이 영화의 본디 영어 제목 "신출귀몰 핌퍼넬(The Elusive Pimpernel)"은 귀족인 주인공이 핌퍼넬에 대해서 자주 읊어 대는 시에서 인용한 구절이다.

「돌아온 핌퍼넬」은 훨씬 수준이 떨어진 영화였고, 1982년에는 텔레비전 영화를 많이 만든 클라이브 도너 감독(「바그다드의 도적」)이 오르치 여사의 다른 소설 『엘도라도(Eldorado)』와 『스칼레트 핌퍼넬』을 함께 엮어서 역시 대단히 생동감이 넘치는 텔레비전 영화를 내놓았다.

여성의 상상력이 창조해낸 핌퍼넬은 '쾌걸'이라는 명칭을 붙여 주기에는 지나치게 고상한 남자이다.

핌퍼넬 얘기는 더스틴 파넘(Dustin Farnum) 주연으로 1917년에, 그리고 다시 1929년에는 매티슨 랑(Matheson Lang) 주연으로 두 차례 무성영화가 나왔고, 마리우스 고링(Marius Goring) 주연의 텔레비전 연속물은 1954년에 만들었으며, 핌퍼넬의 후광을 노린 '주홍빛' 영화도 적지 않다.

「풍운아(Captain Scarlett)」는 시대와 지리적 배경뿐 아니라 빛깔도 닮은 시대물이고, 제2차 세계대전으로 시대적 배경을 옮겨 나찌에 쫓기는 사람들을 구해내는 「핌퍼넬 스미드」에서는 "스칼레트 핌퍼넬" 레슬리 하워드가 감독과 주연을 맡았으며, 독일 점령하의 로마에서 포로들을 구출하는 교황청 성직자를 주인공으로 내놓은 흥미진진한 텔레비전 영화 「스칼레트와 블랙」의 원작은 J. P. 갤리거(Gallagher)의 소설 『교황청의 스칼레트 핌퍼넬(The Scarlet Pimpernel of the Vatican)』이다.

찾아보기 ●--

Hall, Marie Windsor, Marc Lawrence, Edgar Barrier

▌「사악한 여인(The Wicked Lady, 1945, 영국, 104분)」, 감/Leslie Arliss, 출/Margaret Lockwood, James Mason, Patricia Roc, Michael Rennie

▌「사악한 여인(The Wicked Lady, 1983, 영국, 98분)」, 감/Michael Winner, 출/Faye Dunaway, Alan Bates, John Gielgud, Denholm Elliott

▌「정염(Frenchman's Creek, 1944, 미국, 113분)」, 감/Mitchell Leisen, 출/Joan Fontaine, Arturo de Cordova, Basil Rathbone, Nigel Bruce, Cecil Kellaway

▌「자마이카 여관(또는 "암굴의 야수", Jamaica Inn, 1939, 영국, 98분)」, 감/Alfred Hitchcock, 출/Charles Laughton, Maureen O'Hara, Leslie Banks, Robert Newton, Emlyn Williams

▌「자마이카 여관(Jamaica Inn, 1985, 영국, 200분)」, 감/Lawrence Gordon Clark, 출/Jane Seymour, Patrick McGoohan, Trevor Eve, John McEnery, Billie Whitelaw, Vivien Pickles

▌「스칼레트 핌퍼넬(The Scarlet Pimpernel, 1935, 영국, 95분)」, 감/Harold Young, 출/Leslie Howard, Merle Oberon, Raymond Massey, Nigel Bruce

▌「쾌걸 핌퍼넬(The Elusive Pimpernel 또는 The Fighting Pimpernel, 1950, 영국, 109분)」, 감/Michael Powell, Emeric Pressburger, 출/David Niven, Margaret Leighton, Cyril Cusack, Jack Hawkins, Robert Coote

▌「돌아온 핌퍼넬(The Return of the Scarlet Pimpernel, 1938, 영국, 88분 또는 94분)」, 감/Hans Schwartz, 출/Barry K. Barnes, Sophie Stewart, Margaretta Scott, James Mason, Francis Lister

▌「스칼레트 핌퍼넬(비디오 제목 "진홍의 기요틴", The Scarlet Pimpernel, 1982, 미국, 150분)」, 감/Clive Donner, 출/Anthony Andrews, Jane Seymour, Ian McKellen, James Villiers, Eleanor David, Malcolm Jamieson

▌「풍운아(Captain Scarlett, 미국, 75분)」, 감/Thomas Carr, 출/Richard Greene, Leonora Amar, Nedrick Young, Edouardo Noriega

▌「핌퍼넬 스미드("Pimpernel" Smith 또는 Mister V., 1941, 영국, 122분)」, 감/Leslie Howard, 출/Leslie Howard, Mary Morris, Francis L. Sullivan

▌「스칼레트와 블랙(The Scarlet and the Black, 1983, 미국, 155분)」, 감/Jerry London, 출/Gregory Peck, Christopher Plummer, John Gilegud, Raf Vallone, Barbara Buchet, Olga Karlatos, Edmund Purdom, Bill Berger

시네마스코프 화면이 아니어서 웅대한 맛이 덜했던 듯
싶을 정도로 규모가 큰 영화「자랑과 정열」의 원작 소
설은 영국 작가 C. S. 포레스터의 출세작이었다.

포레스터와 콘래드

　이탈리아의 라파엘 사바티니와 여러모로 비슷한 영국의 작가 C. S. 포레스터(Cecil Scott Forester, 1899~1966)는 이집트의 카이로에서 영국 육군 장교의 아들로 태어났는데, 살인사건을 다룬 그의 첫 소설 『지급 연기(1924)』가 작가 자신의 각색을 거쳐 무대극과 영화로 크게 성공한다. 마음이 약한 사람이 공연히 범죄에 얽혀 들어 고생하는 얘기인데, 찰스 로톤의 유난스러운 연기와 지나치게 짙은 연극적인 냄새가 흠이 잡히기는 했지만, 어쨌든 포레스터와 영화의 인연은 시작부터가 좋았다.

　그는 이어서 나뽈레옹(1924), 조세핀(1925), 루이 14세(1928), 넬슨(1929)의 전기를 집필한 다음 1933년 『거포(巨砲, The Gun)』를 발표했는데, 이 소설을 가지고 1957년 스탠리 크레이머 감독이 에스파냐에서 원정 촬영해 만든 선명한 비스타비전 대작 영화가 「자랑과 정열」이다. 19세기 에스파냐 혁명을 배경으로 삼았지만, 본디 소설 제목에서 암시하듯, 나바론의 대포보다도 훨씬 커 보이는 대포가 실질적인 주인공이다. 노획한 대포를 끌고 산을 넘어갈 때 영국군 장교 앤토니 트럼블 대위(케리 그랜트)가 무식한 구두장이 혁명가 미겔(프랭크 시나트라)에게 중력가속도가 붙기 때문에 올라갈 때보다 내려갈 때가 더 힘들다고 설명하니까 무슨 소리인지 알아듣지를 못해서 멍해졌던 표정은 지금 생각해도 웃음이 나온다.

그리고 미겔의 아내 후아나(소피아 로렌)는 프랭크 시나트라가 사랑하기에는 몸집이 너무나 큰 당신이었는데, '쥐떼(The Rat Pack)'에서는 새미 데이비스 주니어나 마찬가지로 프랭크 시나트라도 자기보다 몸집이 큰 여자(에바 가드너)와 결혼해서 한때(1951) 화제가 되었다. 영화 「자랑과 정열」에는 페기 리(Peggy Lee)의 노래도 나온다.

포레스터는 다른 역사소설을 여러 권 더 쓰기는 했지만, 나폴레옹 전쟁 당시를 시대적인 배경으로 삼아 영국 해군 사관 생도 시절부터 제독이 될 때까지의 호레이쇼 혼블로어 선장을 주인공으로 등장시킨 대하소설(3부작)을 1951년 라울 월시 감독이 영화로 만든 「함장 호레이쇼」가 세상에 나오면서 해양소설 작가로서의 자리를 굳혔다.

데이비드 O. 셀즈니크가 제작한 「함장 호레이쇼」는 전체의 기승전결을 다 거치고 나면 대장정의 항해를 끝낸 듯 성취감과 포만감을 맛보게 되는 대표적인 '줄거리 영화'이다. 주인공의 생애(일대기)를 추려낸 내용이어서 우여곡절이 여러 갈래이고, 인생의 대리 경험이 한살이를 제대로 거치기 때문이다. 짧은 줄거리에다 특수효과와 과장된 인위적 상황을 누덕누덕 구겨 넣는 요즈음의 영화 형식에 식상한 사람들에게는 시간과 공간이 넉넉한 대하소설적 경험이 되겠다.

교통과 통신의 발달로 이제는 불가능해진 모험담이겠지만, 영화가 시작되면 넓은 바다의 무한한 공간 속에서 호레이쇼 함장의 배 리디아 호가 이미 7개월째 항해 중이며, 그레고리 페크가 주연한 다른 해양영화 「백경」에서도 똑같은 상황이 되풀이되듯, 바람이 불지 않

포레스터의 대표작으로 영화를 만든 해양 대작 「함장 호레이쇼」의 감독 라울 월시는 「민족의 탄생」에서 링컨 대통령 암살범 역을 맡았던 배우 출신이다.

아 잔잔한 망망대해 한가운데서, 자연의 힘말고는 다른 동력이 없는 영국 전함은 꼼짝도 하지 못한다.

　첫 상황이 끝나면 함장은 식민지 경쟁에서 에스파냐를 저지하려는 목적으로 남아메리카 대륙을 정복하여 황제가 되겠다는 과대망상증에 걸린 미치광이 독재자 엘 수프리모(El Supremo, 본명은 Don Julian Alvarado)를 도와 에스파냐에 대한 반란을 도모하고, 심지어는 에스파냐의 전함을 탈취하여 엘 수프리모한테 넘겨 주기까지 한다. 하지만 유럽에서는 그 사이에 나뽈레옹의 침략을 막기 위해 영국과 에스파냐가 동맹을 맺었다는 사실을 알지 못했던 호레이쇼는 에스파냐의 배를 되찾아 주기 위해 엘 수프리모와 싸워야 한다. 참으로 원시적인 상황이지만, 무려 11 분에 걸친 해전 장면은 지금 봐도 장쾌할 만큼

전술의 안무가 뛰어나다.

영화는 실존 인물을 전면이나 배경에 등장시키는 '역사소설'의 특성을 살려 나뽈레옹과 웰링턴 공을 이름만 등장시키는 한편, 파나마에서 황열병이 창궐하여 고향으로 돌아가려고 리디아 호를 얻어탄 웰링턴 공의 여동생 바바라 웰슬리(버지니아 메이오)와 함장의 사랑 이야기를 화려하게 펼친다. 바바라는 결혼을 하기 위해 귀국길에 올랐고 함장은 이미 결혼한 몸이지만, 전투로 부상한 선원들을 여주인공이 헌신적으로 간호하고 그러다가 자신도 열병에 걸린 여주인공을 함장이 다시 사흘 밤낮 헌신적으로 간호해 준 다음 6개월에 걸친 항해를 하는 동안 그들의 사랑은 지극히 자연스럽게 이루어진다. 그러나 "항해가 영원히 끝나지 않기를" 바라는 두 사람의 '불륜'은 애달프게 끝나고, 바바라는 런던으로 가서 결혼식을 올린다.

고향으로 돌아간 호레이쇼는 "결혼 15년 동안 15개월밖에 같이 지낸 적이 없는" 아내가 아이를 낳다가 세상을 떠났다는 소식을 듣고는 다시 바다로 나가 웰링턴 공을 도우며 프랑스 해군과 열심히 싸우고, 적의 요새로 침투해 정박 중인 전함을 통쾌하게 궤멸시킨 다음 포로가 되었다가 빠리로 호송 중에 탈출, 화란 선박을 탈취하여 영웅적인 귀향을 한다. 그리고 다시 고향에 돌아가 보니 그동안에 미망인이 된 바바라가 집에 와서 그를 기다리다가 맞아 준다.

미국의 「존 폴 존스(John Paul Jones, 1959)」와 영국의 「함장 호레이쇼」가 정규 군복을 걸친 영웅을 주인공으로 삼은 반면 1951년 존 휴스턴 감독이 역시 포레스터의 소설을 영화로 만든 「아프리카의 여왕」은 보일러가 고장나서 가끔 발로 차 줘야만 제대로 작동하는 낡아빠진 배의 선장이 주인공이다.

제1차 세계대전 때 독일군이 아프리카의 마을로 쳐들어와 교회를 불태우자 선교사 새뮤얼 세이어(로버트 몰리)가 충격을 받아 정신이

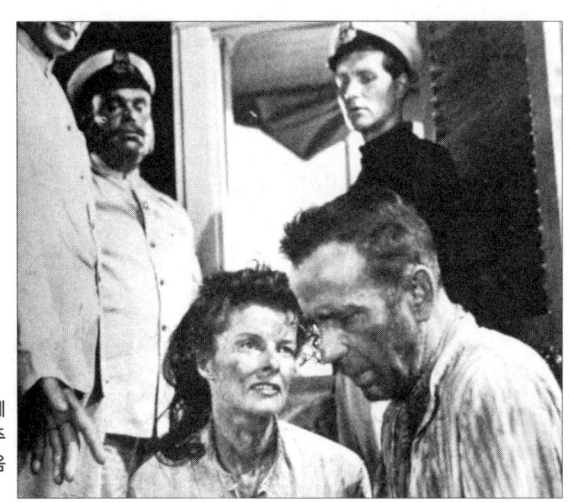

포레스터 원작의 영화 「아프리카의 여왕」에
서 마지막에 독일군에게 포로로 잡힌 두 주
인공은 마침내 죽기 전에 서로 결혼할 마음
을 먹는다.

상을 일으킨 다음 죽어 버리고, 그의 노처녀 누이동생 로즈 세이어
(캐더린 헵번)는 캐나다인 선장 찰리 올너트(험프리 보가트)를 부추겨
독일 함정 루이자 호를 침몰시키기 위해 복수의 여행을 떠난다. 선장
의 이름 '올너트(Allnutt)'는 '미쳐도 크게 미쳤다'는 희극적인 암시를
준다.

　『아버지의 죽음(A Death in the Family)』으로 사후에 퓰리처 상을 수
상한 소설가 제임스 애지(James Agee)가 각본을 쓴 「아프리카의 여
왕」은 단 두 명의 등장인물이 영화를 거의 처음부터 끝까지 이끌어
나가지만, 콩고 강을 따라 내려가는 동안 티격태격 다투던 그들 사이
에서 나이에 어울리지 않는 사랑이 이루어지기까지의 과정을 재미있
게 이끌어 가는데다가, 재크 카디프의 촬영이 가장 큰 볼거리이다.
강가의 동식물, 격류, 모기떼, 늪지대, 열병, 비바람, 기관 고장과 표
류 따위의 모험 장치도 적당히 배합되었다.

　「단독 잠입」도 제2차 세계대전 당시 독일과 싸우는 영국인의 이야
기를 담은 C. S. 포레스터의 소설이 원작으로서, 1935년에 이어 다시

1953년에 영화로 선을 보였다.

「아프리카의 여왕」과 관련된 좀 특이한 작품 「추악한 사냥꾼」도 소개하겠다. 「태양은 또다시 뜬다」나 「노인과 바다」 등의 각색을 맡았던 피터 비어틀(Peter Viertel, 1920~)이 존 휴스턴 감독 밑에서 「아프리카의 여왕」 작업을 하던 당시의 경험을 소설로 쓴 『백인 사냥꾼, 검은 마음』을 클린트 이스트우드가 연출하고 주연한 이 영화는 자신의 남성적인 면모를 확인하고 싶어서 코끼리를 잡으려는 집념에 시달리는 영화 작가를 주인공으로 삼는다. 모순된 인간성으로 인해서 그는 흑인 안내자의 비극적인 죽음을 초래하고, 자신도 파멸을 맞는다. 지적이고도 성숙한 영화이다.

「아프리카의 여왕」이 독일군 전함을 공격하기 위해 콩고 강을 거슬러 내려가는 반면에 「어둠의 속」에서는 벨기에 상아 무역 회사 소속의 말로우(Marlow) 선장이 커츠(Kurtz)라는 인물을 찾아내기 위해 콩고 강을 거슬러 올라간다.

조세프 콘래드의 중편소설이 원작인 「어둠의 속」은 말로우 선장이 아프리카의 오지로 점점 더 깊이 찾아 들어가는 동안, 흉악무도한 괴물인지 아니면 인간의 경지를 벗어난 초인인지 알 길이 없는 인물 커츠에 대한 비밀이 조금씩 드러나는 탐정소설적 구조를 갖추었다. 만지(蠻地)의 밀림 속 가장 깊은 심장부에서 상아를 수집해 내려보내야 하는 커츠가 연락을 끊고 행방이 묘연한데, 정신이상이 되었다거나 야만인들을 규합하여 못된 짓을 한다는 등 이상한 소문도 나돌고, 중간보급소장 알폰소는 그를 "신도 악마도 두려워하지 않는 도덕적 인간이요 윤리적 천재"라는 평가를 내리면서 "가치관과 문화를 전파한 도덕의 화신이요 야만인들을 지켜 주는 수호자"라는 백색(白色) 신화를 만들기도 한다.

강을 올라가는 동안 활을 들고 복면까지 한 식인종이 계속 추적하며 짐꾼을 납치하고 뱃사람을 죽이기도 해서 긴장을 고조시키지만, 그래도 커츠는 좀처럼 등장하지를 않아서 베케트의 『고도를 기다리며(Waiting for Godot)』와 카프카의 『성(城, Das Schloss)』을 연상시키는 분위기이기도 한데, 천신만고 끝에 말로우가 찾아낸 커츠는 병에 걸려 죽어 가는 흰 피부의 신이었다. 토인 부락마다 총을 들고 쳐들어가 약탈한 상아를 산더미처럼 쌓아 놓고, 무자비한 정복자는 야만인들에게 신으로 군림한다.

말로우 선장에게 '흰 것(상아)'을 줄 테니 '검은 것(아프리카인 짐꾼)'을 내놓으라고 거래를 제안하는 커츠의 모습은 식민지 전쟁에 나선 백인, 그러니까 상아로 돈을 벌려고 아프리카로 들어간 백인의 전형적인 모습이기도 하다. 그리고 신에게만 용납되는 야만적 폭력성은 커츠(존 말코비치)가 애완동물로 키우는 원숭이의 목을 비틀어 죽이는 장면에서 소름끼치게 부연된다.

그러나 스스로 신의 자리에 올랐던 커츠는 "가장 공허하고 혐오스러운 동물은 자신의 본성을 부인하는 인간"이라고 자가당착적인 선언을 한 다음 "놀라운 위업을 이룩할 수도 있었지만 평생 추구해서 알아낸 사실이 결국 원점으로 돌아왔다"는 절망뿐임을 깨우치고는 "아프리카처럼 흘러간 과거"를 한탄하며 죽어 간다.

"음악에 대한 단상과 철학적 명상과 자신이 그린 그림과 수집한 상아를 남기고"(말로우의 표현), 그리고 탐욕과 오만의 껍질을 남기고 숨을 거두면서 커츠가 마지막으로 남긴 말은 "무서워! 무서워!(The horror! The horror!)"였다.

신이라면 영생해야 하는데 다른 인간이나 마찬가지로 커츠가 초라하게 죽어 가는 모습을 지켜보던 원주민 하인이 놀라서 말한다. "Mistah Kurtz—he dead." "커츠 주인님 죽었어"라는 이 경악의 표현은 인간과 삶의 공허함을 주제로 한 T. S. 엘리어트의 장시(長詩) 「허

「지옥의 묵시록」(위)은 본디 베트남전 얘기가 아니라, 콘래드(아래)의 소설 『어둠의 속』(가운데)이 원작이다. 포스터에서 음흉한 얼굴로 떠오르는 커츠 대령은 아프리카의 밀림 속에서 신으로 군림하던 소설 주인공과 같은 인물이다.

수아비 인간(The Hollow Man)」에서도 본문이 시작되기 전에 간판처럼 인용해 놓았다.

MBC-TV에서는 「어둠의 속」을 방영하면서 「어둠의 묵시록」이라는 제목을 붙였는데, 이것은 물론 "월남전 영화"로 알려진 「지옥의 묵시록」을 의식해서였다. 탈영한 미군 장교를 찾아내어 제거하라는 임무를 띠고 특수 요원이 캄보디아 밀림으로 들어가서 겪게 되는 기묘한 경험을 추적하는 프란시스 포드 코폴라 감독의 영화는 물론 지리적인 배경만 베트남으로 옮겨 놓았을 뿐이지, 원작은 콘래드의 소설 『어둠의 속』이었다. 말론 브란도가 맡은 역도 「어둠의 속」에 등장하는 인물과 이름이 같은 커츠 대령이다.

우리나라에서 「해리슨 포드의 대탐험」이라는 엉뚱한 제목을 붙여놓은 피터 위어(Peter Weir) 감독의 영화도 커츠 주제를 다루는 폴 트로우(Paul Throux)의 소설이 원작이어서, 주인공 앨리(Allie Fox)는 이상주의자이며 인습 타파주의자인 천재 발명가로, 중앙 아메리카의 원시적인 외딴 밀림 마을로 가족을 데리고 이주하여 새로운 문명과 이상향을 건설하고, 그곳에서 신으로 군림하려고 한다. 그러나 전도사와 악당들하고 충돌이 계속되는 바람에 꿈은 이루어지지를 않고, 정신이상에 이른 그는 전도사의 교회를 불태우려다 오히려 죽음을 당한다.

『어둠의 속』에서 커츠에 관한 얘기를 전해 주

콘래드의 소설이 원작인 「로드 짐」은 인간의 용기와 수치가 한 남자의 삶을 어떻게 지배하는지를 잘 보여 주는 작품이다.

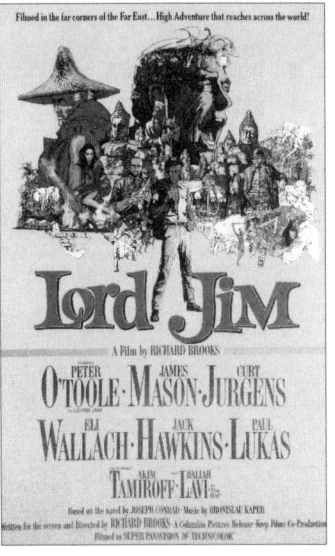

는 화자(話者) 말로우 선장은 콘래드의 다른 소설 『로드 짐』에서도 같은 역할을 맡는다. 주인공 짐(Jim)은 생존을 위한 본능 때문에 저지른 비겁한 행위에 대해서 평생 속죄하고 고뇌하는 인물이다. 젊은 선원인 그는 배가 침몰하는 줄 알고 겁을 먹은 나머지 8백 명의 승객을 버려둔 채로 먼저 배를 타고 도망치지만, 승객들은 결국 살아나고 그는 겁쟁이로 낙인이 찍혀 방황하는 신세가 된다. 파투산(Patusan) 원주민들과 살면서 '투안 짐(Tuan Jim=Lord Jim)'이라는 칭호를 들을 만큼 존경스러운 인물이 된 다음에도 그는 백인 친구들의 배반 때문에 다시 위기를 맞고, 살인자들 대신 죽음의 벌을 받음으로써 삶에서 찍힌 낙인을 죽음으로 지우게 된다.

영화 「로드 짐」은 대단히 화려한 배역진에도 불구하고, 피터 오툴이 「아라비아의 로렌스」에서 심어 준 인상이 지나치게 강렬했어서인지 참으로 큰 실망을 안겨 주었다. 「로드 짐」은 1926년에도 영화가 나왔었다.

작가 조세프 콘래드(Joseph Conrad, 1857~1924, 본명 Teodor Jósef Konrad Korzeniowski)는 폴란드 귀족 집안 출신으로, 모험심이 강한 청년이어서 1878년부터 영국 배의 선원이 되어 세계를 여기저기 돌아다녔다. 그때까지 그는 전혀 영어를 할 줄 몰랐지만, 1886년에 영국인으로 귀화하게 되고, 선장 생활까지 거치고 나서 1895년 바다를 떠나 런던 근교에 정착하여 영어로 소설을 쓰는 작가 생활을 시작했다.

세계에서 첫손꼽는 해양문학의 대가가 된 그의 작품들 중에서 해적영화의 원작이 된 소설은 1924년에 발표한 『바다의 방랑자』로서, 프랑스로부터 도망친 18세기 해적이 마음 약한 아가씨와 사랑에 빠진다는 내용이다.

「섬의 도망자」는 말레이의 어느 섬을 배경으로 궁지에 몰린 주인공이 범죄를 저지르고 숨가쁘게 쫓기는 내용을 담았고, 섬에서 혼자 낭만적인 삶을 즐기던 남자가 악당들의 출현으로 폭력에 휘말려 드는 내용을 담은 「승리」 역시 「바다의 방랑자」 계열에 속하는 콘래드의 소설이 원작으로서, 1919년에도 이미 영화로 만들어졌고, 1930년에는 「위험한 낙원(Dangerous Paradise)」이라는 제목으로, 그리고 최근에는 1998년에 다시 「승리」로 제목을 바꿔 달았다.

리들리 스코트 감독의 첫 장편 극영화인 「결투」는 「함장 호레이쇼」와 같은 시대적인 배경(나뽈레옹 전쟁)을 깔고 프랑스의 두 장교가 벌이는 끈질긴 대결을 기둥줄거리를 삼았고, 역시 콘래드의 소설인 『에이미 포스터(Amy Foster)』를 영화로 만든 「표류자」는 난파선의 유일한 생존자인 우크라이나 남자와 마을의 벙어리 하녀가 엮어 내는 19세기의 사랑 이야기이다.

그의 문학적 위상에 걸맞게 콘래드의 작품은 프란시스 포드 코폴라, 리처드 브룩스, 캐롤 리드에서 리들리 스코트에 이르기까지 훌륭한 감독의 손을 거쳐 영상화되었는데, 영국 시절의 알프레드 힛치코크도 콘래드의 유명한 소설 『밀정(The Secret Agent)』을 원작으로 삼아 「사보타지」를 만들었다.

소설 『밀정』은 런던의 러시아 무정부주의자들에 대한 동정을 대사관에 밀고하면서 살아가는 중년 남자가 사건을 날조해야 할 필요성에 쫓겨 폭탄 테러를 꾸밀 계획을 세우지만 실수로 아내가 데리고 들어온 자식을 폭사시키고는 자신도 아내의 칼에 찔려 죽는다는 내용이다.

힛치코크가 영화로 만든 「사보타지」에서는 지하 공작원(오스카 호몰카)이 시한폭탄을 피카딜리 광장에서 폭파시키려는 계획에 참여했다가 운반 심부름을 맡긴 어린 처남이 죽고 만다. 미행과 감시, 제한된 시간 설정, 여기저기 기웃거리는 아이의 호기심, 길거리에서 한가하게 펼쳐지는 행진, 재깍재깍 돌아가는 시계 등등 전형적인 힛치코크 긴장감이 계속되다가, 어처구니없는 동생의 죽음에 분개한 아내가 공작원 남편을 죽인다. 소설과는 달리 영화는 거기에서 끝나지 않고, 살

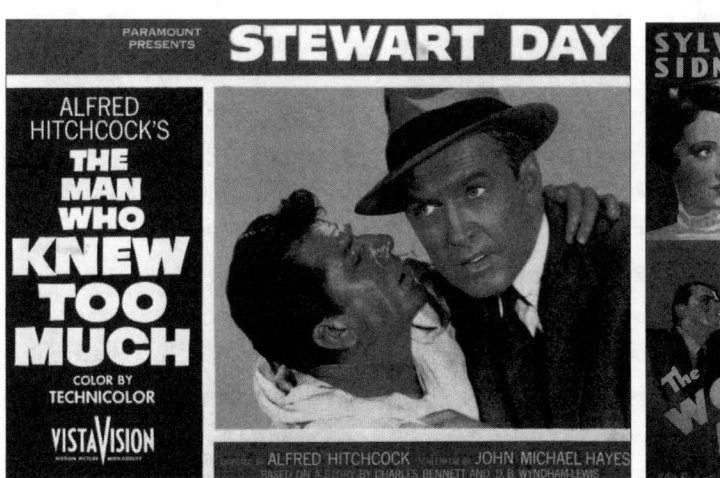

콘래드의 소설 『밀정』을 힛치코크가 영화로 만든 「사보타지」는 소년이 시한폭탄을 들고 피카딜리 광장으로 가는 마지막 장면의 긴박감이 훗날 나온 「나는 비밀을 안다(The Man Who Knew Too Much, 1956)」의 마지막 연주 장면과 쌍벽을 이룬다.

인을 저지른 다음 경찰에 자수하려는 여주인공을 수사관이 오히려 말리고는 "좋은 살인"을 덮어둔다는 묘한 영화적 종결을 맺는다.

James Mason, Curt Jurgens, Eli Wallach, Jack Hawkins, Ichizo Itami, Tatsuo
Saito, Paul Lucas, Daliah Lavi, Akim Tamiroff, Christian Marquand

▮「섬의 도망자(Outcast of the Islands, 1951, 영국, 102분)」, 감/Carol Reed, 출
/Ralph Richardson, Trevor Howard, Robert Morley, Wendy Hiller, Kerima

▮「바다의 방랑자(The Rover, 1967, 미국-이탈리아, 103분)」, 감/Terence Young,
출/Anthony Quinn, Rosanna Schiaffino, Rita Hayworth, Richard Johnson, Ivo
Garrani, Mino Doro

▮「승리(Victory, 1940, 미국, 78분)」, 감/John Cromwell, 출/Fredric March, Betty
Field, Cedric Hardwicke, Jerome Cowan, Rafaela Ottiano

▮「결투(The Duellists, 원작 소설 제목은 The Duel, 1977, 영국, 101분)」, 감/Ridley
Scott, 출/Keith Carradine, Harvey Keitel, Edward Fox, Cristina Rains

▮「표류자(Swept From the Sea, 1998, 미국-영국, 114분)」, 감/Beeban Kidron, 출
/Rachel Weisz, Vincent Perez, Ian McKellen, Katy Bates, Joss Ackland

▮「사보타지(Sabotage, 미국 제목 A Woman Alone, 1936, 영국, 76분)」, 감/Alfred
Hitchcock, 출/Sylvia Sidney, Oscar Homolka, John Loder, Desmond Tester,
Joyce Barbour

「인생의 낙원」에서는 젊은 시절의 조지
베일리가 사랑하는 여인을 차마 버릴 수
가 없어서 바다로 나가고 싶은 꿈을 접
어 두고 고향에 눌러앉아 행복한 가정을
이룬다(위). 마르쎌 빠뇰의 희곡을 1932
년에 프랑스에서 영화로 만든 「화니」에
서는 청년 마리우스가 단호하게 바다로
떠나기는 하지만, 사랑하는 여인을 끝내
잊지 못한다(오른쪽).

에이하브 선장과 허만 멜빌 영화

영화 「인생의 낙원(It's a Wonderful Life, 1946)」을 보면 젊은 청년 조지 베일리(George Bailey, 제임스 스튜어트 역)가 메어리 햇치(Mary Hatch, 도나 리드)에게 "난 너를 사랑하지만, 창창한 내 앞날을 위해 이 시골 구석을 벗어나 넓은 세상으로 나가야 한다"고 이별의 필요성을 부르짖는 장면이 나온다. 여자는 남자의 미래를 위해 감히 "나를 버리고 떠나지 말라"는 말을 입 밖에 꺼내지도 못한다. 그래도 조지는 떠나야 한다고 울다시피 호소를 계속하다가는 결국 제풀에 주저앉는다. 아무리 출세도 좋고 성공도 좋지만 사랑하는 여인을 두고 차마 떠날 모진 마음이 도저히 내키지를 않기 때문이다.

그러나 마르쎌 빠뇰(Marcel Pagnol) 원작의 「화니(Fanny, 1932, 프랑스, 1961, 미국)」에서는 마리우스(Marius)가 임신한 애인을 버리고 고향을 떠나 뱃사람이 된다. 사랑과 인생이라는 청춘의 갈등에서 마리우스는 바다를 선택하지만, 끝내 화니를 잊지는 못한다.

세상을 떠나 바다로 나가기란 이렇게 출가하여 입산하기만큼이나

어려운 일이겠다.

폴란드의 버젓한 집안 출신으로 고향을 떠나 바다로 나가서 뱃사람 경험을 쌓고는 영국의 소설가가 된 조세프 콘래드와 해양문학에서 쌍벽을 이루는 미국의 작가 허만 멜빌(Herman Melville, 1819~1891)도, 역시 부유한 무역상의 가문에서 태어나기는 했지만, 경제 대공황으로 가세가 기운 다음 초등학교를 중퇴하고는 은행 직원과 학교 선생 따위 잡다한 직업을 거치다가 바다로 나간 사람이었다.

허만 멜빌은 세상을 떠난 다음에야 문학성을 인정받은 불우한 작가였다.

리버풀이 목적지였던 첫 항해는 4 개월이 걸렸으며, 그의 네 번째 소설 『레드번(Redburn, 1849)』의 배경을 이루었다. 2 년 후에 그는 다시 포경선 아큐시네트(Acushnet) 호를 타고 남태평양을 1 년 동안 돌아다니다가 선상 생활에 염증을 느낀 나머지 배에서 탈출하여 식인종 타이피 족이 사는 섬에서 헤매다가 붙잡혀 포로가 된다. 이 경험을 살려서 그가 쓴 첫 소설이 『타이피(Typee : A Peep at Polynesian Life, 1846)』인데, 주인공과 친구 토비(Toby)가 포로로 붙잡힌 후 토비는 탈출하지만 다리에 부상을 당한 주인공은 뒤에 남아 아름다운 페이어웨이(Fayaway)의 간호를 받다가 사랑에 빠진다는 얘기이다. 주인공은 남태평양의 낭만적인 식물성 삶을 버리고 결국 문명세계로 돌아간다는 결론을 맺는데, 사랑과 모험과 여행(방랑)이 담긴 이 소설을 습작삼아 보다 완성시킨 소설이 『오무(Omoo, 1847)』였다. 『타이피』의 줄거리에 원주민 식인종들의 반란 얘기를 곁들여 만든 멜빌 영화가 「매혹의 섬」이다.

처음에는 작가가 되려던 생각이 없었으나 친구들의 권유로 '경험담'을 발표하기 시작했던 멜빌은 소설가로 성공하자 모험소설의 차원을 넘어선 작품을 쓰기 위해 세계 문학을 광범위하게 읽기 시작하고, 추리소설에서 인생 철학을 논하는 등 얼마동안의 시행착오를 거친 다음 상징성을 추구하던 그의 문학적 취향이 가장 잘 살아난 『백경(Moby-Dick, or The Whale, 1851)』을 내놓는다. "내 이름은 이슈마엘.(Call me Ishmael.)"이라는 지극히 짤막한 세 단어짜리 첫 문장으로 시작하면서도 워낙 방대한 작품이어서, 등장인물들이 중간에 아무 설명도 없이 사라지거나 서술체의 시점이 자꾸 바뀌는 등 사람들을 혼란에 빠뜨리고 지치게 만들어 당시에는 빛을 보지 못했지만, 『백경』은 결국 어느 고유분야(genre)에도 속하지 않는 멜빌의 대표작으로서, 작가의 사후에 20세기 최고의 소설문학 반열에 오르게 된다.

「아프리카의 여왕」이나 「시에라 마드레의 황금」 같은 훌륭한 영화를 많이 만든 존 휴스턴 감독에게도 「백경」은 기념비적인 작품이었다. 「백경」이 처음 영상화된 것은 1926년, 밀라드 웹(Millard Webb) 감독에 존 배리모어, 돌로레스 코스텔로(Dolores Costello)와 조지 오하라(George O'Hara) 주연이었는데, 「바다의 괴물(The Sea Beast)」이라는 제목을 붙였다는 사실로 미루어 제작 의도가 쉽게 엿보인다.

1930년 로이드 베이컨 감독의 「모비 디크」에서도 에이하브 선장 역은 존 배리모어가 맡았으며, 느닷없는 사랑의 얘기가 덤으로 붙어 멜빌의 원작보다는 헐리우드 흥행 공식을 따른 영화라는 평을 들었다. 하지만 존 휴스턴 영화에서는 무성영화의 돌로레스 코스텔로와 베이컨 감독의 영화에서 조운 베네트가 맡았던 여주인공들은 등장하지 않는다.

「백경」의 주인공 에이하브(Ahab) 선장은 조세프 콘래드의 커츠만큼이나 특이하고도 흥미있는 문학 작품의 등장인물로서, 영화에서도 설명이 나오듯이, 두아이판 성서(the Douai version of the Bible)에 등장하는 왕에게서 이름을 따왔다. 열왕기 상권 16장 29절과 22장 40절에도 언급이 된 아합(Ahab)은 사마리아를 수도로 하는 이스라엘에서

멜빌의 소설에 등장하는 흰 고래의 삽화
와 영화 「백경」에서 최후의 사투를 벌이
는 에이하브 선장

왕 오므리(Omri)의 아들로 바알 종교를 극력 지원했고, 영화에서 불
길한 예언을 하는 일라이자와 이름이 같은 선지자 엘리야(Elijah)는
아합의 배교를 꾸짖고 전국에 한재가 들리라고 예언한다.(열왕기 상
17:1)

　「함장 호레이쇼」와 「세계를 그의 품안에」로 해양영화와 친숙해진
그레고리 페크가 낯익은 미소를 단 한 번도 보여 주지 않고 험상궂은
분장에 줄곧 분노하는 일생일대의 열연을 펼치며 화면에서 그려낸
에이하브는 흰고래 모비 디크를 악의 상징이라고 믿으면서 광신적으
로 추적한다. 그렇지만, 선상 반란까지 계획하는 1등 항해사 스타버
크(Starbuck, 리오 젠)는 물론이요 백경의 공격으로부터 유일하게 살
아남은 생존자 이슈마엘(리처드 베이스하트) 그리고 관객까지도 에이

하브를 악의 화신으로 생각한다. 퀘이커 교도의 음산하고 시커먼 의상을 걸친 에이하브 선장의 존재는 콘래드의 커츠 못지않은 수수께끼이다.

일라이자의 예언과 요나에 대한 오슨 웰스의 설교 등등의 종교신화적 장엄한 분위기와 어울리게끔 휴스턴 감독의 「백경」은 테크니칼라이면서도 색조가 20세기 폭스의 딜럭스칼라보다 훨씬 음침하다. 천연색과 흑백 두 벌의 필름을 배합한 특수 처리의 결과이다. 고래는 검은 빛깔이어야 하는데 피부가 하얀 모비 디크의 모순성이 신인가 아니면 악마인가 고래의 정체성에 관한 판단을 흐려 놓고, 그래서 백경과 에이하브 가운데 과연 누가 선이요 누구는 악인가, 또는 둘 다 악인가 판단을 유보해야 하듯, 빛깔의 본질을 포기한 색조는 출항하는 포경선을 묵묵히 지켜보며 떠나 보내는 퀘이커 교도들의 표정을 희랍 비극의 여인들처럼 어둡게 보여 준다. 그리고 바닷물을 혼란시키는 고래의 검붉은 피 또한 더욱 처참하게 보인다. 그래서인지 「조스」의 상어에 비하면 어수룩하기 짝이 없는 모비 디크의 모형은 스티븐 스필버그의 기막힌 특수효과나 컴퓨터 그래픽의 조작보다 훨씬 처절한 현실감을 자아낸다.

흑백논리에서 선은 희고 악은 검다고 하는 고정관념을 뒤집은 흰고래 주제를 미국의 서부로 옮겨간 영화가 「하얀 들소」이다. 여기에서는 서부의 신화적인 인물인 보안관 와일드 빌 히코크(Wild Bill Hickok)가 죽음에 대해서 느끼는 공포감을 하얀 들소로 상징한다.

멜빌은 「백경」이 독자들의 호응을 받지 못하자 정신적으로 탈진한 상태에 이르렀고, 당시의 답답하고 비관적인 심정을 「피에르(Pierre, or the Ambiguities, 1852)」에서 토로한다. 1850년대에는 농사를 짓고 잡지에 글을 쓰며 생계를 유지했는데, 이때 발표한 작품이 중편소설 『대서인 바틀비(Bartleby the Scrivener, 1853)』였다. 바틀비는 월 스트

「바틀비」와 「빌리 버드」를 포함하여
멜빌의 중편소설 네 편을 담은 작품집

리트의 법률사무소에서 날이면 날마다 서류를 베끼고 읽는 일만 하다가 염증을 느껴, 텅 빈 벽을 멍하니 쳐다보고 앉아 있다가 모든 탄원서에 "그렇게는 못하겠습니다(I should prefer not to)"라고 똑같은 답변서를 쓰고, 그래서 해고를 당하지만 직장에서 떠나지를 않는다. 바틀비는 고집을 꺾지 않고 결국 감옥으로 가서 굶어 죽는다.

세계적인 걸작 중편으로 꼽히는 『바틀비』는 1972년 영국에서 영화로 만들었다.

멜빌은 좌절하고 피곤한 몸으로 성지 순례를 한 다음 1857년 뉴요크로 돌아가 강의를 맡으려고 했으나 실패했고, 결국 세관에 취직하여 20 년 동안 그곳에서 '밥벌이'를 하며 살았다. 문단의 인정을 받지 못하자 그는 시를 써 보기도 했지만, 결국 "식인종과 살았던 신기한 사람" 정도로만 독자들이 기억해 주었고, 거의 무명작가나 마찬가지로 세상을 떠났으며, 사후 30 년이 지난 1920년대에 이르러서야 그에 대한 재발견 작업이 이루어졌다.

사후 재발견 당시 뒤늦게 1924년에 출판된 멜빌의 중편소설 『빌리 버드(Billy Budd, Foretopman)』는 18세기 영국 해군의 전함을 배경으

영화 「빌리 버드」에서 선장은 인정에 치우치지 않고 질서를 지키기 위해 선량한 주인공을 교수형에 처하도록 군법회의 판결을 내린다.

로 삼았는데, 순진하고 선량하기 짝이 없는 수병이 악의 상징인 선임 하사관으로부터 모함을 받다가 분에 못이겨 충동적으로 살해하기에 이른다. 주인공 빌리 버드를 친자식처럼 사랑하던 비어(Vere) 선장은 군법회의에서 개인적인 감정을 억제하고 보다 높은 차원의 정의와 도덕성을 지키기 위해 빌리를 교수형에 처한다.

멜빌이 평생 추구하던 선과 악의 주제를 다룬 이 작품은 피터 우스티노프가 대단히 빼어난 영화로 만들었으며, 악역(로버트 라이언)과 빌리 버드(테렌스 스탬프) 그리고 다른 조연들까지 두루 호연을 보였다.

찾아보기 ●--

▌「매혹의 섬(Enchanted Island, 1958, 미국, 94분)」, 감/Allan Dwan, 출/Dana Andrews, Jane Powell, Don Dubbins, Arthur Shields

▌「백경(Moby Dick, 1930, 미국, 75분)」, 감/Lloyd Bacon, 출/John Barrymore, Joan Bennett, Walter Long, Lloyd Hughes, Noble Johnson, Nigel De Brulier

▌「백경(Moby Dick, 1956, 미국, 116분)」, 감/John Huston, 출/Gregory Peck, Richard Basehart, Leo Genn, Orson Welles, James Robertson Justice, Harry Andrews, Bernard Miles

▌「하얀 들소(The White Buffalo 또는 Hunt to Kill, 1977, 미국, 97분)」, 감/J. Lee Thompson, 출/Charles Bronson, Jack Warden, Will Sampson, Kim Novak, Clint Walker, Stuart Whitman, Slim Pickens, Cara Williams, John Carradine

▌「바틀비(Bartleby, 1972, 영국, 78분)」, 감/Anthony Friedman, 출/Paul Scofield, John McEnery, Torley Walters, Colin Jeavons, Raymond Mason

▌「빌리 버드(Billy Budd, 1962, 미국-영국, 112분)」, 감/Peter Ustinov, 출/Robert Ryan, Peter Ustinov, Melvyn Douglas, Terence Stamp, Paul Rogers, David McCallum

어빙 톨버그가 직접 제작을 지휘했던 몇 안 되는 작품 가운
데 하나인 1935년 판 「바운티 호의 반란」에서는, 포스터에
서 클라크 게이블보다 찰스 로톤의 이름이 먼저 나온다는
사실로 미루어 보아 알겠지만, 블라이 선장이 훨씬 중요한
주인공으로 조명을 받는다.

블라이 선장과 바운티 호의 반란

허만 멜빌 영화에서 빌리 버드가 저지른 바와 같은 하극상 주제인 선상 반란을 다룬 대표적인 해양영화(와 소설)로서는 누가 뭐라고 해도 「바운티 호의 반란」 3부작을 꼽아야 되겠다.

서부영화를 보면, 허허벌판의 유일한 교통 수단을 훔쳐 가는 못된 범죄라고 판단하여 말도둑을 교수형에 처하는 장면이 자주 나오듯, 망망대해에서 독립된 하나의 작은 사회를 이루는 선상(船上)에서라면 최고의 통치자인 선장에 도전하는 반란(mutiny)은 국가를 전복하려는 역모와 마찬가지여서 극형을 받아 마땅하다.

그러나 「백경」에서처럼, 그리고 「케인 호의 반란(The Caine Mutiny, 1954, 1988)」과 보다 최근작인 「크림슨 타이드(Crimson Tide, 1995)」에서처럼, 최고 권력자인 선장이 폭군으로 군림하여 전체 선원의 생존을 위협하는 경우에도 항거 행위가 범죄이냐 하는 판단의 갈등은 오랫동안 문학과 영화에서 아주 흥미진진한 주제 노릇을 해 왔다. 그리고 그것은 선상 반란의 권리가 인정을 받기 전까지는 현실에서도 크나큰 한 가지 갈등의 원인이었다.

1932년에 출판된 『바운티 호의 반란』은 해양문학보다는 역사소설의 범주에 들어간다. 1789년 영국 전함 바운티(H. M. S. Bounty) 호의 선상에서 실제로 발생한 사건을 재구성한 작품이기 때문이다.

문학에서 세계적으로 악명을 떨친 블라이 선장(William Bligh, 1754~1817)은 폴리네시아 원산의 빵나무(breadfruit tree)를 발견했던 쿠크(Cook) 선장의 제2차 원정 항해에 참가했다가, 1787년 바운티 호를 끌고, 서인도제도로 이식할 만한 열대 식물의 표본을 구하러 항해에 나섰다. 가혹할 만큼 군기를 앞세웠던 블라이 제독은 플레처 크리스천의 선상 반란으로 인해 18 명의 다른 장교들과 함께 축출되어 작은 배에 실려 표류하다가, 망망대해를 거의 6천 킬로미터나 헤맨 다음 기적적으로 임무를 완성하고 귀국하여 반란자들을 재판에 회부한다.

그의 모험은 바이런의 시 "섬(The Island)"의 주제가 되고, 블라이도 1790년 『반란의 기록(A Narrative of the Mutiny)』을 출판한다. 그리

루이스 마일스톤의 「바운티」 영화에서는 말론 브란도가 맡았던 플레처 크리스천이 으뜸 주인공으로서 조명을 받았다.

고는 20세기로 넘어와서 미국 작가 제임스 노먼 홀(James Norman Hall, 1887~1951)과 찰스 버나드 노르도프(Charles Bernard Nordhoff, 1887~1947)의 손을 거쳐 해양문학의 고전이 된다. 제1차 세계대전 당시 노르도프는 프랑스에서 구급차를 운전하다가 라파예뜨 비행중대(Lafayette Escadrille)에 들어가 조종사로 복무하던 중에 홀을 만났고, 두 사람은 1920년 함께 타히티로 가서 여러 해 동안 함께 살면서 여러 권의 공저를 남겼다.

어빙 톨버그(Irving Thalberg)가 제작한 1935년 판 「바운티 호의 반란」은 아카데미 작품상을 탔고, 1962년 루이스 마일스톤은 세 시간이 넘어가는 대작을 만들었으며, 다시 20여 년이 지난 다음 멜 깁슨과 앤토니 홉킨스와 로렌스 올리비에는 또다시 「바운티 호」에 동승한다. 최근의 「바운티 호」에서는 블라이가 다른 영화에서처럼 미친 사람이 아니라 지나칠 정도로 완고한 선장으로 그리고 크리스천은 속이 제대로 차지 않은 인물로 보다 현대적인, 또는 보다 역사에 충실한, 재해석이 이루어진다.

바운티 3부작의 2권은 『바다와 싸우는 사나이들(Men Against the Sea, 1934)』로서 블라이 선장이 쪽배를 타고 소수의 부하들과 함께 망망대해를 헤매는 내용이고, 3권은 반란을 일으킨 사람들이 태평양의 작은 섬에서 20 년 동안 살아가는 내용을 담은 『핏케언 섬(Pitciarn's Island, 1934)』이다. 3권은 1956년 「핏케언 섬의 여인들」이라는 영화가 되었다.

홀과 노르도프 원작은 아니더라도 선상 반란이라는 주제를 다룬 영화로는 18세기에 여자들을 식민지로 실어 나르는 배에서 일어난 반란을 다룬 이탈리아 영화 「백인 노예선」, 역병이 생기면서 반란이 일어나는 줄거리의 「태평양 여객선」, 그리고 선상 반란을 진압하는 편에 선 「반란자들」은 존 홀이 주연한 수많은 "머나먼 바다 영화" 가

존 포드의 「허리케인」은 머나먼 섬나라를 무대로 한
현실도피 영화의 대표작으로 꼽힌다.

운데 하나이다.

홀과 노르도프 원작으로서 「바운티 호의 반란」보다 우리나라에 더 널리 알려진 영화가 황홀한 "남국의 연인" 존 홀과 도로티 라무어를 동원한 「허리케인」이다. 현실도피(escapism) 영화의 대표작 「허리케인」은 남태평양 관광 촉진 사진 엽서만큼이나 아름다운 풍경이 줄지어 화면을 채우고, 달빛이 은가루처럼 반짝이는 밤 바다에서 테랑기와 마나마의 사랑이 펼쳐지고, 태양과 바람으로 건강해진 폴리네시아 사람들의 음악과 춤이 펼쳐진다. 그리고 물론 "대형 선풍기"를 돌려서 일으켰다며 전후의 서울 장안에 「킹콩」의 특수효과와 더불어 큰 화제가 되었던 유명한 태풍 장면이 마무리를 한다.

존 포드의 흑백 영화 「허리케인」이 지금 봐도 아름다운 영화인 반면에 미아 패로우의 나중 「허리케인」은 색채와 규모에도 불구하고 감동을 주지 못하는 까닭은 아마도 영화 예술이란 세월이 흐르면서 꼭 발전만 하지는 않았기 때문인지도 모른다.

옛 「허리케인」의 또 한 가지 두드러진 매력은 폴리네시아 원주민보다는 프랑스 여인에 가까운 미모의 소유자였던 주연 여배우 도로티 라무어이다. 라나 터너가 스웨터 차림으로, 그리고 베티 그레이블이 반바지 뒷모습으로, 조세프 카튼은 바지 차림으로 유명했지만, 폴리네시아 여인들이 허리에 두르는 사롱(sarong)과 말랑말랑한 하이비스커스 꽃으로만 몸을 가린 모습으로 1930~40년대를 풍미했던 도로티 라무어는 이름만으로도 남국의 정취를 한껏 풍기고는 했다.

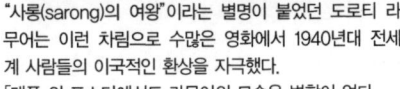
"사롱(sarong)의 여왕"이라는 별명이 붙었던 도로티 라무어는 이런 차림으로 수많은 영화에서 1940년대 전세계 사람들의 이국적인 환상을 자극했다.
「태풍」의 포스터에서도 라무어의 모습은 변함이 없다.

　도로티 라무어(본명 Mary Leta Dorothy Slaton, 1914~1996)는 「애심(哀心, The Eddy Duchin Story, 1956)」으로 우리 귀에 익숙해진 이름인 피아니스트 에디 듀친과도 함께 활동했고, 유랑극단 시대를 거쳐 매혹적인 사롱 차림의 모습을 처음 선보인 영화는 탐험가가 그녀를 문명세계로 데리고 나온다는 내용이 담긴 1936년 「밀림의 공주」였다.

　이어서 수많은 "사롱 영화(sarong drama)"의 단골 주연 여배우 노릇을 했던 그녀는 1927년 길다 그레이(Gilda Gray) 주연으로 선을 보였던 「남해의 알로마」가 다시 제작될 때 존 홀과 짝을 지어 평화로운 섬나라에서 일어나는 혁명을 막기도 하고, 「정글의 사랑」에서는 섬에 불시착한 비행사 레이 밀란드에게서 키스하는 방법을 배우고, 「푸른 수평선 너머」에서는 엄청난 유산을 물려받는 남해의 여왕 노릇을 하고, 음악극 「무지개섬」에서는 오도가도 못하게 된 외지의 뱃사람들과 사랑을 나누고, 「허리케인」에서 테랑기(Terangi)와 함께 금단의 안식처로 도피하기 4년 전에는 「태풍」을 만나 또 다른 남자와 낭만적인 사랑에 빠지기도 했었다.

도로티 라무어가 사롱 영화에서 얼마나 독보적인 존재였던가 하는 점은 그녀가 '도로티 라무어' 역으로 출연한 영화만도 「성조기의 노래(Star Spangled Rhythm, 1942)」, 「버라이어티 걸(Variety Girl, 1947)」, 「신랑 입장(Here Comes the Groom, 1951)」, 「홍콩으로 가는 길(Road to Hong Kong, 1961)」 네 편이나 되며, 세실 B. 드밀의 대작 「지상 최대의 쇼(The Greatest Show on Earth, 1952)」에서도 역시 사롱 차림의 곡예사로 출연했다는 사실로 미루어 쉽게 짐작이 간다.

한편, 활동을 시작한 첫해에 스타로 부상한 미남배우 존 홀(본명 Charles Locher, 1913~79)은 서서히 사양길로 접어들었다가 자살로 생을 마감하는데, 원주민들의 진주를 도둑질해 가는 해적들의 이야기 「파고파고의 남쪽」과 청춘의 샘물과 여해적이 등장하는 황당한 영화 「허리케인의 섬」 등의 사롱물에 출연했다.

'사롱 남녀' 존 홀과 도로티 라무어의 고전 「허리케인」은 1974년 텔레비전 영화로도 선을 보였는데, 여러 인간 군상을 모아 놓고 그들

「파고파고의 남쪽」에서와 마찬가지로 존 홀도 도로티 라무어처럼 남해의 옷차림으로 많은 영화에서 모습을 보였지만, 1950년대로 들어서면서 갑자기 인기를 잃고 사양길로 접어들어 자살로 일생을 마감했다.

의 반응과 뒷얘기를 풀어내는 재난영화(disaster movie)의 형식을 취했다.

그밖의 해양물을 찾아보면 남해의 섬에서 황금과 사랑을 찾는 얘기인 「허리케인 스미드」, 보물을 찾아 헤매는 백인들과 원주민들의 얘기가 담긴 「남해의 흑진주」, 남해의 보물을 찾아 헤매는 선장과 원주민 여인의 사랑에 화산 폭발을 곁들인 「자바의 태풍」, 남해의 해적을 주인공으로 삼은 버트 랭카스터의 활극 「백인 추장」, 군인 버트 랭카스터와 버지니아 메이요가 열대지역의 섬에서 사랑과 거짓을 나누는 「영광에의 탈출」, 과거의 비밀 때문에 시달리는 남자와 까페의 가수가 섬에서 사랑을 나누는 「일곱 명의 죄인」과 화려한 피아니스트 리브라치(Librace)까지 출연시켜서 같은 영화를 다시 만든 「남해의 죄인」도 목록에 오른다.

「함장 호레이쇼(1951)」 그리고 「백경(1956)」과 더불어 1950년대 그레고리 펙의 해양 3부작으로 꼽히는 「세계를 그의 품안에(1952)」는 1850년대 알라스카를 미국이 러시아로부터 1만 달러에 사들이는 데 결정적인 역할을 했다고 알려진 물개 밀렵선장 조나던 클라크(Jonathan Clark)를 주인공으로 내세웠는데, 정략 결혼을 피해 알라스카로 도피하려는 러시아 대공의 딸과 클라크 선장이 벌이는 사랑과 모험이 진진한 영화이다.

영화로 만들기만 하면 돈벌이가 잘 되는 모험소설을 많이 썼던 렉스 비치(Rex Beach, 1877~1949)의 마지막 소설

「세계를 그의 품안에」는 아론 로젠버그와 보든 체이스의 공식이 담긴 흥행 성공작이었다.

을 제작자 아론 로젠버그(Aaron Rosenberg)가 10만 달러의 원작료를
주고 사서 보든 체이스(Borden Chase)에게 각색을 맡겼는데, 서부극
에서 다시 소개하겠지만, 아론 로젠버그 제작에 보든 체이스 각본 그
리고 존 스터지스 감독의 영화라면 헐리우드 키드는 더 이상 따지지
않고 무조건 보러 갔을 정도로 3인이 호흡을 맞춘 활극은 하나같이
빼어난 작품이었다.

벤 에임스 윌리엄스(Ben Ames Williams, 1889~1953)의 원작 소설을
영화로 만든 「형제는 용감하였다」는 미국 포경업의 중심지이며 「백
경」의 무대이기도 한 뉴 베드포드(New Bedford)에서 모든 형제들이
용감하다는 긍지를 가지고 살아가는 유명한 가문에 관한 얘기로서,
이 무렵 한참 인기가 오르던 신인 여배우 앤 블라이트를 두고 형제가
사랑다툼을 한다. 스튜어트 그레인저는 집안에서 미운 오리새끼인
셈이지만, 결국 죽음으로써 "용감했다"는 사실을 증명한다. "형제는

리처드 위드마크의 「해양아(1949)」는 고래잡이를 둘러싼 해양물이다. 가운데 선 소년이 아역배우로 명성
을 날리던 시절의 딘 스토크웰(Dean Stockwell)이다. 클라라 보우의 첫 작품이었던 1922년 판 「해양아」
는 실제로 포경선을 타고 나가 촬영했기 때문에 생동감이 넘친다는 평을 듣고 큰 화제가 되었다.

용감하였다"라는 제목은 프랑스 영화 제목으로 내걸린 "현금에 손대지 마라"와 더불어 한때 서울에서 젊은이들 사이에 유행어로 널리 쓰이기도 했다.

「해양아(海洋兒)」 역시 뉴 잉글랜드에서 포경업을 하는 가문의 사람들이 주인공으로 등장해서 사랑의 갈등과 험난한 바다의 삶을 그려낸 고래잡이 영화이다. 클라라 보우의 첫 출연 작품이기도 한 1922년 판은 실제로 포경선을 타고 나가 촬영해서 담아낸 생생한 분위기로 유명하다.

사람이 작살을 던지는 대신 포를 쏘아 고래를 잡는 포경 영화로는 앨런 래드가 여선장의 아버지를 죽인 자를 찾아 복수를 하도록 도와주는 활극 「영하의 지옥」이 있었다.

찾아보기 ●---

▮ 「바운티 호의 반란(Mutiny on the Bounty, 1935, 미국, 132분)」, 감/Frank Lloyd, 출/Clark Gable, Charles Laughton, Franchot Tone, Herbert Mundin, Donald Crisp, Eddie Quillan

▮ 「바운티 호의 반란(Mutiny on the Bounty, 1962, 미국, 179분)」, 감/Lewis Milestone, 출/Marlon Brando, Trevor Howard, Richard Harris, Hugh Griffith, Richard Haydn, Tarita, Percy Herbert

▮ 「바운티 호(The Bounty, 1984, 미국, 130분)」, 감/Roger Donaldson, 출/Mel Gibson, Anthony Hopkins, Laurence Olivier, Edward Fox, Daniel Day-Lewis, Bernard Hill, Liam Neeson

▮ 「핏케언 섬의 여인들(The Women of Pitcairn Island, 1956, 미국, 72분)」, 감/Jean Yarbrough, 출/James Craig, Lynn Bari, John Smith, Arlen Whelan

▮ 「백인 노예선(White Slave Ship, 1962, 이탈리아, 92분)」, 감/Silvio Amadio, 출/Pier Angeli, Edmund Purdom, Armand Mestral, Ivan Desny

▮ 「태평양 여객선(Pacific Liner, 1939, 미국, 75분)」, 감/Lew Landers, 출/Chester Morris, Wendy Barrie, Victor McLaglen, Barry Fitzgerald

- 「반란자들(The Mutineers 또는 Pirate Ship, 1949, 미국, 60분)」, 감/Jean Yarbrough, 출/Jon Hall, Adele Jergens, George Reeves, Noel Cravat
- 「허리케인(The Hurricane, 1937, 미국, 102분)」, 감/John Ford, 출/Dorothy Lamour, Jon Hall, Mary Astor, C. Aubrey Smith, Raymond Massey, Thomas Mitchell, John Carradine, Jerome Cowan
- 「허리케인(Hurricane, 1979, 미국, 119분)」, 감/Jan Troell, 출/Jason Robards, Mia Farrow, Max von Sydow, Trevor Howard, Dayton Ka'ne, Timothy Bottoms, James Keach
- 「허리케인(Hurricane, 1974, 미국, 78분)」, 감/Jerry Jameson, 출/Larry Hagman, Martin Milner, Jessica Walter, Barry Sullivan, Will Geer, Frank Sutton, Michael Learned, Lonny Chapman, Patrick Duffy
- 「밀림의 공주(The Jungle Princess, 1936, 미국, 85분)」, 감/William Thiele, 출/Dorothy Lamour, Ray Milland, Akim Tamiroff, Lynne Overman
- 「남해의 알로마(Aloma of the South Seas, 1941, 미국, 77분)」, 감/Alfred Santell, 출/Dorothy Lamour, Jon Hall, Lynne Overman, Philip Reed
- 「정글의 사랑(Her Jungle Love, 1938, 미국, 81분)」, 감/George Archainbaud, 출/Dorothy Lamour, Ray Milland, Lynne Overman, J. Carrol Naish
- 「푸른 수평선 너머(Beyond the Blue Horizon, 1942, 미국, 76분)」, 감/Alfred Santell, 출/Dorothy Lamour, Richard Denning, Jack Haley, Walter Abel
- 「무지개섬(Rainbow Island, 1944, 미국, 97분)」, 감/Ralph Murphy, 출/Dorothy Lamour, Eddie Bracken, Gil Lamb, Barry Sullivan, Olga San Juan, Yvonne De Carlo
- 「태풍(Typhoon, 1940, 미국, 70분)」, 감/Louis King, 출/Dorothy Lamour, Robert Preston, Lynne Overman, J. Carrol Naish, Chief Thundercloud
- 「파고파고의 남쪽(South of Pago Pago, 1940, 미국, 98분)」, 감/Alfred E. Green, 출/Victor McLaglen, Jon Hall, Frances Farmer, Olympe Bradna, Gene Lockhart
- 「허리케인의 섬(Hurricane Island, 1951, 미국, 70분)」, 감/Lew Landers, 출/Jon Hall, Marie Windsor, Marc Lawrence, Edgar Barrier
- 「허리케인 스미드(Hurricane Smith, 1952, 미국, 90분)」, 감/Jerry Hopper, 출/Yvonne De Carlo, John Ireland, James Craig, Forrest Tucker

▎「남해의 흑진주(Pearl of the South Pacific, 1955, 미국, 86분)」, 감/Allan Dwan, 출/Virginia Mayo, Dennis Morgan, David Farrar, Murvyn Vye

▎「자바의 태풍(Fair Wind to Java, 1953, 미국, 92분)」, 감/Joseph Kane, 출/Fred MacMurray, Vera Ralston, Victor McLaglen, Robert Douglas, Philip Ahn

▎「백인 추장(His Majesty O'Keefe, 1953, 미국, 92분)」, 감/Byron Haskin, 출/Burt Lancaster, Joan Rice, Benson Fong, Philip Ahn

▎「영광에의 탈출(South Sea Woman, 1953, 미국, 99분)」, 감/Arthur Lubin, 출/Burt Lancaster, Virginia Mayo, Chuck Connors, Arthur Shields, Paul Burke

▎「일곱 명의 죄인(Seven Sinners, 1940, 미국, 87분)」, 감/Tay Garnett, 출/Marlene Dietrich, John Wayne, Albert Dekker, Broderick Crawford, Anna Lee

▎「남해의 죄인(South Sea Sinner, 1950, 미국, 88분)」, 감/D. H. Bruce Humberstone, 출/Macdonald Carey, Shelley Winters, Luther Adler, Frank Lovejoy, Librace

▎「세계를 그의 품안에(The World in His Arms, 1952, 미국, 104분)」, 감/Raoul Walsh, 출/Gregory Peck, Ann Blyth, John McIntire, Anthony Quinn, Andrea King, Carl Esmond, Sig Ruman

▎「형제는 용감하였다(All the Brothers Were Valiant, 1953, 미국, 101분)」, 감/Richard Thorpe, 출/Robert Taylor, Stewart Granger, Ann Blyth, Keenan Wynn, James Whitmore, Lewis Stone

▎「해양아(Down to the Sea in Ships, 1922, 미국, 83분)」, 감/Elmer Clifton, 출/William Walcott, Marguerite Courtot, Clara Bow, Raymond McKee

▎「해양아(Down to the Sea in Ships, 1949, 미국, 120분)」, 감/Henry Hathaway, 출/Richard Widmark, Lionel Barrymore, Dean Stockwell, Cecil Kellaway, Gene Lockhart

▎「영하의 지옥(Hell Below Zero, 1954, 미국, 91분)」, 감/Mark Robson, 출/Alan Ladd, Joan Tetzel, Basil Sydney, Stanley Baker

헨리 핏쯔(Henry C. Pitz)의 삽화를 보면 북방인 바이킹들이 험난한 바다를 어떻게 이겨 가면서 살았는지가 생생한 모습으로 나타난다. 두 번째 그림에서는 에이레에 서 약탈해 온 하프를 들고 음유시인 (skald)이 족장에게 시를 낭송한다.

오딘을 섬기는 '해적' 바이킹

　'바이킹'이라고 하면 지금은 유원지 놀이터와 만화 등을 통해 어린 아이들에 이르기까지 모르는 사람이 거의 없지만, 「스파르타쿠스 (1960)」에 2년 앞서 커크 더글라스와 토니 커티스가 맞주연을 했던 리처드 플레이셔 감독의 영화 「바이킹」이 수입되기 전에는 예술, 문화, 전쟁 그리고 죽은 자들의 신 오딘(Odin)을 섬기면서 북반구의 바다를 주름잡았던 용감무쌍한 그들에 대해서 한국인들은 거의 아는 바가 없었다.

　당시에는 중세(서기 400~1400년)를 배경으로 한 사극이 워낙 많기는 했지만, 그런 중에서도 에디슨 마샬(Edison Marshall)의 소설을 커크 더글라스가 제작한 「바이킹」은 충격에 가까운 시각적 경험이었다. 지구가 평평하다고 믿었던 시절에 밤하늘의 별만 보고 방향을 찾아 길다란 외돛배(long ship)로 북반구의 바다를 정복했던 용감무쌍한 디오뉘소스적 영웅들, 무지막지한 술판과 호방한 언행, 뿔달린 투구와 우람한 몸집에 둥근 방패를 들고 (8~9세기에) 영국을 정복하러 나선 북방인들(Norsemen), 칼을 손에 든 채로 싸우다 죽어야만 발할라 (Valhalla)에 이른다고 믿으며 오딘의 이름을 소리쳐 부르고 늑대굴로 뛰어드는 라그나의 장렬한 최후, 도끼를 던져 만든 '사다리'를 타고 두 번째 성문을 기어오르는 '애꾸눈' 아이나(Einar, 커크 더글라스), 제이미 리 커티스의 아빠와 엄마인 토니 커티스(노예)와 재니트 리(웨일스 공주)의 벽허물기 사랑, 그리고 비록 한 사람은 라그나(어네스트 보그나인)의 적자(嫡子)요, 다른 하나는 영국 왕족을 강간해서 우발적으로 태어난 사생아이지만 어쨌든 형제간인 줄도 모르고 목숨을 건 마지막 극적인 사투를 벌이는 숙명의 주인공들—그만하면 참으로 볼 만한 영화였다.

이렇게 단 한 편의 영화로 갑작스러운 명성을 얻게 된 바이킹은 후광을 발휘하기 시작하여, 타타르족이 볼가 강을 침공하는 내용을 담은 영화의 제목까지도 우리나라에서는 「바이킹족의 혈투」가 되었다.

'바이킹'이라는 말은 옛 스칸디나비아어에서 "항구를 떠나다"라는 뜻으로서 '해적(Vikingr)'을 뜻했으며, 지금은 서기 800년부터 1050년경에 이르는 기간 동안 약탈이나 정복을 위해 고향을 떠난 스칸디나비아인들을 지칭하는 어휘가 되었다. 당시 스칸디나비아에는 정복군(征服軍)을 조직하고 이끌 만한 지도자가 많았다고 생각되며, 그 가운데 아이슬란드 문학에서 가장 전설적인 영웅이 영화 「바이킹」의 주인공 라그나(Ragnar Lodbrok)였는데, 영화에서는 라그나에게 외아들 아이나뿐이지만, 사실은 세 아들을 두었다고 한다. 11세기가 되자 노르웨이와 스웨덴의 바이킹은 쇠망하고, 덴마크에서 정복의 역사를 이어간다.

아이슬란드 등을 정복한 바이킹은 노르웨이 부족들이었다. 처음 바이킹이 아이슬란드와 그린란드를 발견했을 때는 온천이 나와 따뜻하고 살기 좋은 땅에는 남들이 욕심을 내지 못하도록 '얼음나라

커크 더글라스가 제작한 영화 「바이킹」의 마지막 장면에서 이복 형제인 두 사람이 사투를 벌인다. 왼쪽은 이탈리아에서 제작한 「바이킹」의 포스터

(Iceland)'라는 이름을 붙이고, 얼음뿐인 불모지에는 오히려 '푸른나라(Greenland)'라고 해서 기만 작전을 썼다는 얘기도 전해진다.

영화 「바이킹」에서 토니 커티스가 맡았던 역은 에릭(Erik)이었으며, 「정복자 에릭」은 10세기를 배경으로 한 사랑과 모험의 바이킹 영화이고, 「바이킹 에릭」은 수정주의적 풍자를 담았다. 에릭의 아들 레이프 에릭손은 크리스토퍼 콜럼부스보다 훨씬 전인 서기 1000년경 서쪽으로 항해하여 이미 아메리카를 발견하고는 그곳에서 자라는 포도나무를 보고 '포도나라(Vinland)'라는 이름을 지어 놓았다. 문학 작품에서는 지금도 가끔 아메리카를 얘기할 때 '포도나라'라고 바이킹 이름을 쓰기도 한다.

영화에서처럼 바이킹은 영국을 정복하기 위해 여기저기 끊임없이 약탈하고 공략하다가 878년 웨섹스의 알프레드 대왕과 평화 협정을 맺기도 한다. 활극영화 수준에서 머문 「대왕 알프레드」의 주인공이

아메리카 대륙을 발견한지 3 년 후 '포도나라'에 본거지를
마련하는 레이프 에릭손의 모습 역시 헨리 핏쯔의 삽화이다.

바이킹에게 끝까지 굴하지 않았던 웨섹스(Wessex)의 왕이다.

바이킹을 무마하기 위해 프랑스 북부에 내어 준 봉토에 거주한 사람들은 노르만족이 되고, 그들이 살던 땅이 제2차 세계대전 당시 D 데이 상륙작전으로 유명한 노르망디이다. 노르만족의 윌리엄 공은 결국 영국을 정복한 다음 기독교도가 되었으며, 그들의 전통이 찬란한 기사도(騎士道, chivalry)를 낳는다.

로빈 후드의 전설에서 앵글로－색슨과 노르만족의 대립이 부각되는 까닭 역시 이렇게 알프레드 대왕과 윌리엄 공을 거치는 역사에 바탕을 둔다. 그리고 "흉악무도한 해적"으로 재현되는 바이킹이 기독교의 전파에 기여하고 기사도의 탄생에서 중요한 역할을 했다는 역사적 사실은 전설의 왜곡이 역시 얘기를 전하는 사람의 시각에 따라 얼마나 크게 좌우되는지를 잘 보여 준다.

어쨌든 폭력적인 면을 계속해서 살펴보자면, 844년에는 바이킹이 에스파냐를 많이 괴롭혀서 리스본과 세빌리아 등지를 유린했으며, 지중해와 이탈리아를 거쳐 더 남쪽으로 내려가 모로코 해안까지 이르렀으나, 이슬람 교도인 무어인들에게는 별로 큰 위협이 되지를 못했다.

브리타니와 노르웨이의 빼어난 경관을 기막히게 화면에 담았던 「바이킹」의 촬영감독 재크 카디프는 무어인(시드니 푸아티에)과 바이킹(리처드 위드마크)을 주인공으로 내세운 또 다른 유명한 바이킹 영화

「롱쉽」을 연출했는데, 해변의 전투나 거대한 종이 울리는 소리 따위의 호기심거리는 제공하지만, 어딘가 커크 더글라스가 제작한 「바이킹」을 많이 베낀 듯한 인상을 주고, 오스카 호몰카도 어네스트 보그나인(라그나)을 자꾸 연상시킨다.

바이킹에게 짓밟혔던 에스파냐는 나중에 아랍의 이슬람군에게 점령을 당하고, 그에 대해서 3백 년 후에 이루어진 기독교의 반격은 십자군 전쟁의 형태를 취한다. 그리고 기독교 세계와의 대결을 거치며 "적의 입에서 알라라는 소리가 나올 때까지 죽여라"던 이슬람의 살벌한 가르침은 뉴요크의 최고층 건물을 공격한 지하드의 계명으로 지금도 살아 있다.

기타 바이킹 영화로는 고향땅을 짓밟은 바이킹에게 주인공이 보복을 한다는 내용과는 어딘가 주객이 전도된 듯싶은 제목을 우리말로 붙여 주었던 「해적왕 바이킹(본디 제목은 "바이킹족의 최후"임)」, 11세기 바이킹 왕자가 인디언들에게 납치된 아버지를 구출하러 북아메리카로 간다는 황당한 줄거리와 잘 어울리게 6백만 불의 사나이를 주연으로 발탁한 「북방인」, 그보다도 더 황당한 「바이킹 여자들과 바닷뱀」은 쓰레기 영화 전문으로 악명이 높은 로저 콜만(Roger Corman)의 작품이고, 「바이킹 여왕」에서는 로마의 통치를 받던 시절 옛 잉글랜드에서 무정부주의자들이 백성을 선동하여 유혈 봉기를 일으킨다.

바이킹이라는 말이 제목에 들어가는 영화들은 대부분 싸구려 오락물이기 쉬운데, 로저 콜만의 「바이킹 여자들과 바닷뱀」(위)이 그런 대표적인 예이다. 1928년 MGM에서 제작한 "총천연색(100% Technicolor)" 「바이킹」(아래)의 포스터 역시 비슷한 인상을 준다.

'원조' 「바이킹」에는 인상적인 장면이 여럿이지만, 특히 마지막 장례식이 볼 만했다. 아이나의 시체를 실은 배를 바다로 떠내려 보낸 다음 바닷가에서 수많은 불화살을 쏘아 화장을 하는데, 하늘과 바다가 온통 낙조로 붉게 타오른다. 그리고 「로케트 지브롤터」에서는 병으로 곧 죽으리라는 비밀을 간직한 채 77회 생일을 맞은 주인공 버트 랭카스터가 아름다운 바이킹 장례식을 동경한다.

그의 생일을 축하해 주기 위해 바닷가 마을로 모여든 아들과 딸과 사위 등 제2 세대는 하나같이 착하기는 하지만 저마다 사업이 바쁘거나 살아가는 고민이 많고, 특히 여자들은 너도나도 성욕이 지나치게 왕성하고, 틈이 나면 떼를 지어 해수욕장에 나가 살을 태우기에 바빠서 아버지의 마음을 전혀 알지 못하지만, 여덟 명의 손자들, 특히 가장 나이가 어린 다섯 살배기 매콜리 컬킨은 해 저문 바닷가에 둘러앉아 할아버지에게서 바이킹 장례식 얘기를 들은 다음, 그리고 우연히 할아버지의 병에 대한 비밀을 알게 된 다음, 바이킹 장례식을 치르기 위한 외돛배와 불화살 등 일체 장비를 마련해서 할아버지에게 생일 선물로 줄 계획을 실천에 옮긴다.

겉으로 보기에는 건강하기 짝이 없는 아버지가 그토록 병이 심한 줄 몰랐던 자식들이 마당에서 생일 잔치를 준비하는 동안, 1950년대 매카티 선풍 당시 공산주의자로 몰려 글을 쓰지 못하는 곤욕을 치렀던 작가 버트 랭카스터는 딸에게서 선물로 받은 프레드 아스테어 영화의 비디오 테이프를 틀어 놓고 조용히 숨을 거둔다.

바닷가에서 놀다가 할아버지에게 변이 났음을 육감으로 알아챈 매콜리 컬킨은 다른 손자들과 함께 집으로 달려가고, 짧은 회의를 거쳐 "땅에 묻으면 벌레들이 내 시체를 먹어치울 테니까 가족 묘지에 매장되기가 싫다"고 했던 할아버지의 마음을 헤아려 부모들 몰래 시신을 이불로 둘둘 말아 차에 싣고 바다로 나가 바이킹 장례식을 치러 준다.

에이모스 포우(Amos Poe)가 대본을 쓴 이 영화에서는 가족이 밤새

「로케트 지브롤터」는 손자들이 늙은 작가의 바이킹 장례식을 위해서 마련한 쪽배의 이름이다.

도록 불타는 배를 지켜보는 마지막 장면 동안 주인공이 인생에 대해서 한 시적인 얘기가 배경에 깔린다. 인생은 바다이니 죽음을 기뻐하자는 말도 나오고. 그래서 캐나다 출신의 대니얼 피트리 감독이 아이들을 잔뜩 모아 놓고 만든 「로케트 지브롤터」는 작은 감동들이 심심치 않다. "로케트 지브롤터"는 콜킨이 백사장에서 우연히 발견한 낡은 쪽배에 적힌 이름을 칠이 벗겨져 읽기가 어려워 대충 짐작으로 꿰어맞춰 아이들이 배를 보수하는 과정에서 새로 써넣은 글이다.

「지브롤터에서 온 뱃사람」은 베트남 태생 프랑스의 여류소설가이며 영화 연출도 많이 했던 마르그리뜨 뒤라스(Marguerite Duras, 본명 Marguerite Donnadieu, 1914~96)의 원작 소설을 영화로 만든 작품으로서, 신화적인 분위기를 풍기는 음란한 기질의 여주인공이 이상형이라고 생각하는 뱃사람과의 재회를 꿈꾸며 바다에서 방랑한다는 내용이다.

뒤라스의 소설 가운데 바다를 무대로 한 영화가 되어 유명해진 작품은, 프랑스 원작("Un Barrage contre le Pacifique")에 프랑스의 르네

끌레망 감독임에도 불구하고, 이탈리아와 미국 합작으로 분류되는 「해벽(海壁)」이다. 「애정(哀情)의 쌀(1948)」에서 논으로 일을 나갔던 실바나 망가노가 여기에서는 험한 바다(태평양)로부터 논을 지키려고 필사적인 투쟁을 벌이는 강인한 어머니 밑에서 다시 고생을 한다. 참으로 한국적인 주제였다.

찾아보기 ●--

Murray, Carita, Donald Houston, Andrew Keir

▌「로케트 지브롤터(Rocket Gibraltar, 1988, 미국, 100분)」, 감/Daniel Petrie, 출/Burt Lancaster, Suzy Amis, Patricia Clarkson, Frances Conroy, Sinead Cusack, John Glover, Kevin Spacey, Macaulay Culkin

▌「지브롤터에서 온 뱃사람(The Sailor From Gibraltar, 1967, 영국, 89분)」, 감/Tony Richardson, 출/Jeanne Moreau, Ian Bannen, Vanessa Redgrave, Zia Mohyeddin, Hugh Griffith, Orson Welles, Umberto Orsini, John Hurt

▌「해벽(The Sea Wall, 바뀐 영어 제목 This Angry Age, 1958, 이탈리아-미국, 111분)」, 감/René Clement, 출/Silvana Mangano, Anthony Perkims, Alida Vali, Richard Conte, Jo Van Fleet, Nehemiah Persoff

「보물섬」의 도입부에 나오는 삽화로 서, 빌리 본스가 갑자기 공포감에 빠지는 모습을 짐 호킨스가 이상한 눈으로 지켜보는 장면이다. 스티븐슨(아래)은 아들과 장난을 치다가 「보물섬」의 착상이 떠올라 떼부자가 되었다.

짐 호킨스와 롱 존 실버

헐리우드 키드의 성장기는 전쟁으로 인해 유엔군이 진주하면서 (사실은 미국 문화가 대부분이었지만) '서양 문화'가 처음 대규모로 이 나라에 유입되던 무렵이었고, 그래서 영화에 자주 나오는 '별거'나 문학 작품에 나타나는 '주치의(主治醫)' 같은 개념이나 단어가 아직 우리들의 귀에 퍽 생소했었다.

하지만 외국 삽화를 그대로 베껴 넣은 아동 소설과 미군 부대에서 흘러나온 만화 그리고 변두리 동네 극장 화면에서 필름이 너무 낡아 비가 쏟아지는 영화를 통해서 우리는 여러 서양 이름을 잘 알았는데, "흑기사" 아이반호와 "삼총사"의 친구 다르따냥, "괴도" 아르셴 루뺑, 소년 탐정단의 에밀이 그런 주인공이었고, 사내아이들이라면 짐 호킨스(Jim Hawkins)와 롱 존 실버(Long John Silver)가 누구인지도 대부분 잘 알았다.

마지막 두 사람은 물론 동서양을 막론하고 어린이들, 특히 사내아이들이 가장 먼저 접하게 되는 문학 작품 가운데 하나인 로버트 루이스 스티븐슨(Robert Louis Balfour Stevenson, 1850~1894)의 소설 『보물섬』의 주인공이다.

스코틀랜드 작가 스티븐슨은 평생 폐결핵에 시달릴 만큼 병약했으면서도 널리 항해를 하며 모험에 찬 삶을 보냈으며, 『신(新) 천일야화 (New Arabian Nights, 1882)』 등의 작품을 발표했고, 『보물섬』의 대단한 성공으로 엄청난 부와 명예를 한꺼번에 얻었다. 아들(Lloyd)이 그려 놓은 섬 지도에 장난삼아 여기저기 지명을 적어넣다가 착상이 떠올라 1881년 9월부터 잡지 〈청년(Young Folks)〉에 『바다의 요리사』라는 제목으로 연재했다가, 앞에 제1편 『노해적(老海賊)』을 붙이고 전 6편으로 엮어 1883년 단행본으로 출판한 소설이 『보물섬(Treasure Island)』이다. 짐 호킨스 소년이 어머니의 여관에 투숙한 늙은 해적 빌리 본스 (Billy Bones)에게서 얻은 보물섬 지도를 가지고 해적이 숨겨둔 보물을 찾아 항해를 떠나는 얘기가 환상을 자극하고, 배에 탄 선원 대부분이 사실은 평범한 뱃사람이 아니라 보물을 찾아낸 다음 가로채려는 해적단이어서, 그들의 흉악한 반란 음모가 극적인 긴장감을 자아낸다.

『보물섬』은 영화로도 더할 나위 없는 소재여서 무성영화로 네 번이나 제작되었고, 1934년 영화에서는 훗날 서부극 「악한 바스콤(Bad Bascomb, 1946)」으로 우리나라에 널리 알려졌으며 참으로 지저분하게 생긴 월레스 비어리가 앵무새를 어깨에 얹고 다니는 외다리 롱 존 실버 역을 맡았으며, 아역배우로 유명했던 재키 쿠퍼가 출연했다.

월레스 비어리의 롱 존 실버 연기도 유명했지만, 1950년 월트 디즈니의 「보물섬」에 발탁된 무대 출신 영국 배우 로버트 뉴턴(Robert Newton, 1905~56)의 이름은 지금까지도 희극적인 의미에서 롱 존 실버와 동의어로 통한다. 짝짝이 통방울눈에 지저분할 정도로 탁한 목소리, 큼직한 주먹코에 전반적으로 못생긴 얼굴, 그리고 술이 모자라는 듯 걸핏하면 입맛을 다시던 그는 세상을 떠나기 2년 전인 1955년

바이런 해스킨의 「보물섬」(왼쪽)에서 망루 꼭대기까지 쫓겨 올라간 짐 호킨스가 해적을 쏘아 죽인다. 오른쪽 사진의 「보물섬」에서는 오손 웰스가 주로 상반신만 '출연'했다.

에도 역시 바이런 해스킨 감독의 「롱 존 실버(Long John Silver)」에서 주연을 맡았고, 이듬해 이 영화는 30분짜리 26 회분의 오스트렐리아 텔레비전 연속물로 발전했다.

뉴턴은 술 때문에 많은 고생을 했는데, 1944년 「깁슨 가족 연대기(This Happy Breed)」의 출연 계약서에는 9천 파운드의 출연료에서 술이 취한 채 촬영장에 나타날 때마다 5백 파운드를 제한다는 항목이 포함되었었다고 한다. 어쩐지 롱 존 실버 연기가 지나치게 '실감'이 난다고 머리가 끄덕여지는 대목이다.

회화적인 배경 분위기에 음산하고 괴이한 등장인물들(Black Dog, Blind Pew 등)을 심어 놓은 다음 똘똘이 짐 호킨스 역을 통통하고 귀여운 아이 바비 드리스콜에게 맡긴 선택 역시 디즈니다웠다. 더구나 해적들에게 빼앗긴 배를 어른들이 잠든 사이 혼자 바다로 나가 망루 꼭대기까지 쫓겨 올라가는 위기를 거치면서 소년이 되찾는 장면은 「보물섬」 독자와 관객층이 어린 주인공과 동일시를 하기에는 대단히 효과적인 미끼였다.

1972년도 영국 영화 「보물섬」에서는 오슨 웰스가 롱 존 실버 노릇을 했는데, '외다리 연기'가 문제였다. 지금이야 「포레스트 검프」에서

모든 「보물섬」 영화 가운데 가장 인상적인 롱 존 실버는 이 포스터에 특징이 잘 나타난 로버트 뉴턴의 모습이었다.

처럼 멀쩡한 두 다리도 화면에서 말끔히 잘라낼 만큼 기술이 발달했지만, 지금으로 부터 50 년 전에는 「백경」의 에이하브 선장이나 「보물섬」의 롱 존 실버 역을 맡은 배우는 다리를 뒤로 접어 붙여 단단히 묶어 놓고는 촬영에 임했었다. 그런데 오손 웰스가 너무 뚱뚱한 나머지 그렇게 하기가 힘들었고, 그래서 이 영화는 롱 존 실버를 대부분 상반신만 화면에 담아야 했다.

「보물섬」은 1990년에도 프레이저 헤스톤 각본, 제작, 감독에 그의 아버지 찰톤 헤스톤이 주연을 맡았으며, 1962년 「바운티호의 반란」에 사용했던 배를 재활용해서 텔레비전 영화로 다시 만들게 된다. 디즈니의 가족적인 감각을 없애 버린 헤스톤 부자의 영화에서는 짐 호킨스가 다 성장한 청년으로 나오고, 빌리 본스 역을 맡은 올리버 리드와 드라큘라보다 훨씬 무서운 모습으로 장님 퓨 역을 해낸 크리스토퍼 리도 과장된 사실주의 연기를 보인다. 로버트 뉴턴의 유형(type)적 연기와 롱 존 실버에 대한 찰톤 헤스톤의 해석도 비교하는 재미가 괜찮다.

하필이면 유고슬라비아에서 촬영한 커크 더글라스 주연 감독의 「스칼라왝」은 「보물섬」의 무대를 서부로 옮겨 놓은 영화로서, 마크 레스터가 '짐 호킨스' 역을 맡았다. 「잃어버린 계곡의 보물」도 역시 미국의 서부를 무대로 삼았으며, 보물을 발견했더니 불행만이 찾아오더라는 내용을 담았는데, 스티븐슨의 소설이 원작이다.

1991년에는 칠레의 감독 라울 루이즈(Raul Ruiz)가 「보물섬」을 '요란한 실험 영화'로 만들었다는 얘기도 전해진다.

1954년 E. A. 뒤퐁 감독이 만든 「보물섬으로 돌아가다(Return to Treasure Island)」는 스티븐슨의 소설을 현대화한 영화로 (제프리 헌터의 동생인) 태브 헌터와 돈 애덤스가 주연했다. 돈 애덤스는 우리나라에서도 방영되었던 텔레비전 희극 첩보물 「스마트에게 맡겨라(Get Smart)」에서 구두 무전기를 신고 다니며 온갖 실수를 다 저지르는 명청 007 역으로 무척 웃기던 배우였다. 보물 지도를 손에 넣은 아이들이 악당 빅 모로우에게 쫓기며 온갖 모험을 벌이는 디즈니 영화 「두 소년과 보물지도」도 보물찾기가 주제이다.

　　공포영화에서 자세히 다루겠지만 여러 차례 영상화 된 「제킬 박사와 하이드 씨(Dr. Jekyll and Mr. Hyde)」의 원작이기도 한 스티븐슨의 다른 소설이 화면으로 옮겨간 영화로는 외딴 섬으로 표류한 세 남자와 한 여자가 광인을 만나서 모험을 벌이는 「썰물」, 「썰물」을 다시 영화로 만든 「모험의 섬」, 괴물영화의 양 거두 보리스 카를로프와 벨라 루고시가 맞공연했던 로버트 와이즈 감독의 유명한 공포물 「시체 도둑」, 잔인한 폭군 찰스 로톤이 죽은 애인에 대한 보복으로 가족을 감금하기는 하지만 별로 무섭지 않은 공포물 「이상한 문」, 그리고 「신천일야화」에 실린 「자살 클럽(The Suicide Club)」을 특이한 흑색 희극으로 만든 「2인분의 말썽」도 있다.

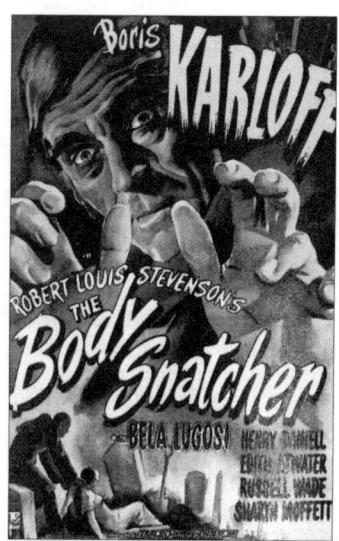

의학 연구용으로 시체를 매매하기 위해 무덤까지 파헤치는 사람이 주인공인 괴기영화 「시체 도둑」은 스티븐슨의 단편소설로 만든 영화이다.

　　그러나 스티븐슨은 역시 시대물로 널리 알려졌으며, 빅토리아 왕조의 영국을 무대로 유산 상속을 둘러싸고 음모와 갈등에 휘말리는 가족을 주인공으로 내세운 1888년의 동명 소설을 브라이언 포브스 감독이 흑색 희극으로 엮어놓은 「엉뚱한 상자」도 이 계열에 들어간다.

보다 본격적인 스티븐슨 사극을 찾아보면 활극 전문 고든 더글라스 감독의 연출에 따라 멋진 기사가 대활약을 벌이는 「검은 화살」을 거쳐, 1745년 영국에서 제임스 2세를 옹립하려는 두 번째 반란(Second Jacobite Rebellion)을 배경에 담은 신나는 활극 「발란트레이 경」에 이른다.

그러나 파란만장한 스코틀랜드의 투쟁과 모험을 정면으로 다룬 작품으로는 1886년에 출판된 『유괴(Kidnapped)』를 꼽아야 한다. 『유괴』는 18세기 스코틀랜드를 무대로한 역사소설로, 형을 살해한 다음 유산을 노리는 숙부의 농간에 납치를 당해서 노예 신세가 되어 항해를 하는 청년 데이비드 발포어(David Balfour)가 제임스 2세 지지파인 앨런 브레크(Alan Breck)를 만나 온갖 모험을 벌인다는 줄거리인데, '신출귀몰 핌퍼넬'을 연상시키는 브레크는 스티븐슨이 창조한 주인공들 가운데 가장 성격묘사가 뛰어난 인물이라고 알려졌다. 그러나 영화로 보면 브레크는 영국에 대항해서 투쟁하는 스코틀랜드 북부 고지대인(Highlander)으로 훨씬 더 강하게 부각된다.

「유괴」는 1948년 윌리엄 보딘 감독에 아역 배우로 명성을 얻었던 로디 맥도월 주연으로 영화화되었고, 1960년에는 원작자와 이름이 같은 로버트 스티븐슨 감독으로 원작에 대단히 충실하게 월트 디즈니가 다시 제작했으며, 1971년에는 영국에서 델버트 만 감독의 손에 세 번째 영화가 되었다. 워너 박스터와 프레디 바톨로뮤가 1750년대 스코틀랜드와 영국을 무대로 모험을 벌였던 1938년 「유괴」는 제목만 같았지 스티븐슨의 소설과는 별로 관계가 없어 보이는 활극이었다.

1997년에 다시 만나 대단히 인상적인 텔레비전 영화 「오딧세이」의 기획과 주연을 맡은 프란시스 포드 코폴라와 아만드 아싼티의 최신판 텔레비전 영화 「유괴」는 숲과 바다와 들판을 누비며 (특히 마지막 장면에서 절벽으로 마차를 몰고 가는 장면 등) 검객 브레크가 종횡무진

「유괴」에 등장하는 앨런 브레크는 스티븐슨의 붓끝에서 창조된 등장인물들 가운데 가장 성격묘사가 뛰어난 검객이다.

맹활약을 벌이지만, 너무 길고(195분) 집중력이 모자라서인지 끝까지 보려면 많은 인내심이 필요하다.

　감독과 주연 배우 모두 사극과는 별로 맞지 않는 「철갑(鐵匣)」 역시 제임스 2세의 옹립을 둘러싼 활극이다.

찾아보기 ●--

Christopher Lee, Clive Wood

▌ 「스칼라왝(Scalawag, 1973, 미국, 93분)」, 감/Kirk Douglas, 출/Kirk Douglas, Mark Lester, Don Stroud, Neville Brand, Lesley-Ann Down, Danny DeVito

▌ 「잃어버린 계곡의 보물(The Treasure of Lost Canyon, 1952, 미국, 82분)」, 감/Ted Tetzlaff, 출/William Powell, Julie Adams, Rosemary DeCamp, Charles Deake, Tommy Ivo

▌ 「두 소년과 보물지도(Treasure of Matecumbe, 1976, 미국, 117분)」, 감/Vincent McEveety, 출/Robert Foxworth, Joan Hackett, Peter Ustinov, Vic Morrow, Jane Wyatt, Johnny Doran

▌ 「썰물(Ebb Tide, 1937, 미국, 94분)」, 감/James Hogan, 출/Frances Farmer, Ray Milland, Oscar Homolka, Lloyd Nolan, Barry Fitzgerald

▌ 「모험의 섬(Adventure Island, 1947, 미국, 66분)」, 감/Peter Stewart(Sam Newfield), 출/Rory Calhoun, Rhonda Fleming, Paul Kelly, John Abbott, Alan Napier

▌ 「시체 도둑(The Body Snatcher, 1945, 미국, 77분)」, 감/Robert Wise, 출/Boris Karloff, Bela Lugosi, Henry Daniell, Edith Atwater, Russell Wade

▌ 「이상한 문(The Strange Door, 1951, 미국, 81분)」, 감/Joseph Pevney, 출/Charles Laughton, Boris Karloff, Sally Forrest, Richard Stapley, Michael Pate, Alan Napier

▌ 「2인분의 말썽(Trouble for Two, 1936, 미국, 75분)」, 감/Walter Ruben, 출/Robert Montgomery, Rosalind Russell, Frank Morgan, Luois Hayward

▌ 「엉뚱한 상자(The Wrong Box, 1966, 영국, 105분)」, 감/Bryan Forbes, 출/John Mills, Ralph Richardson, Michael Caine, Peter Cook, Dudley Moore, Nanette Newman, Wilfred Lawson, Peter Sellers

▌ 「검은 화살(The Black Arrow, 1948, 미국, 76분)」, 감/Gordon Douglas, 출/Luois Hayward, Janet Blair, George Macready, Edgar Buchanan, Paul Cavanaugh

▌ 「검은 화살(The Black Arrow, 1985, 미국, 93분)」, 감/John Hough, 출/Oliver Reed, Fernando Taylor, Benedict Taylor, Stephen Chase, Donald Pleasence

▌ 「발란트레이 경(The Master of Ballantrae, 1953, 미국, 89분)」, 감/William Keighley, 출/Errol Flynn, Roger Livesey, Anthony Steel, Yvonne Furneaux

▌ 「발란트레이 경(The Master of Ballantrae, 1984, 미국, 150분)」, 감/Douglas

Hickox, 출/Richard Thomas, Michael York, John Gielgud, Brian Blessed, Timothy Dalton, Nicholas Grace

▌「유괴(Kidnapped, 1938, 미국, 90분)」, 감/Alfred L. Werker, 출/Warner Baxter, Freddie Bartholomew, Arleen Whelan, C. Aubrey Smith, Reginald Owen, John Carradine, Nigel Bruce

▌「유괴(Kidnapped, 1948, 미국, 80분)」, 감/William Beaudine, 출/Roddy McDowall, Sue England, Dan O'Herlihy, Roland Winters, Jeff Corey

▌「유괴(Kidnapped, 1960, 미국, 97분)」, 감/Robert Stevenson, 출/Peter Finch, James MacArthur, Bernard Lee, John Laurie, Finlay Currie, Peter O'Toole

▌「유괴(Kidnapped, 1971, 영국, 80분)」, 감/Delbert Mann, 출/Michael Caine, Trevor Howard, Jack Hawkins, Donald Pleasence, Gordon Jackson

▌「유괴(Kidnapped, 1995, 미국, 195분)」, 감/Ivan Passer, 출/Armand Assante, Brian McCardie, Patrick Malahide, Michael Kitchen, Brian Blessed

▌「철갑(The Iron Glove, 1954, 미국, 77분)」, 감/William Castle, 출/Robert Stack, Ursula Thiess, Richard Stapley, Charles Irwin, Alan Hale, Jr.

비디오 가게에서 잘 나가는 영화의 목록을 살펴보면
수많은 '하이랜더'가 나와서 맹활약을 벌인다. 도대
체 "고지대인(高地帶人, Highlander)"이란 누구일까?

하이랜더(Highlander)의 정체

　"전설의 시대"에 '검과 마법의 세계'에서 이미 살펴보았듯이, 1986년 세상에 나온 「하이랜더」는 1991년과 1994년에 극장용 영화로 두 번이나 속편이 나오고, 이어서 텔레비전 연속물로도 제작되었으며, 그래도 모자라서 만화영화까지 뒤따랐다. 그렇다면 이토록 대단한 성공을 기록한 「하이랜더」가 얼마나 훌륭한 '작품'인지 '원조' 격인 첫 번째 영화 「하이랜더」를 잠시 살펴보자.

　록 음악 비디오를 만들던 오스트렐리아 감독(럿셀 멀카이)의 솜씨가 돋보일 만큼 요란한 소음(음악)과 더불어 뉴요크의 매디슨 스퀘어 가든에서 벌어지는 프로 레슬링(미리 안무한 구경거리 폭력)으로 하이랜더의 오뒷세이아는 시작된다. 내용을 보면 한 사람만 남을 때까지 전사들이 목숨을 다해서 싸워야 한다는 비디오 게임식 줄거리이다. 그런데 전사들은 (물 속에서도 호흡을 하면서) 죽지 않는 불사신이기 때문에, 중세 말(1536년)에 시작하여 제2차 세계대전 때는 독일군의 총을 무더기로 맞고, 1783년 미국 보스턴의 결투에서 무수히 칼에 찔리고, 베트남에서도 무사히 생존해서 마침내 결전의 날(the gathering)에 이른다. 참으로 어마어마한 얘기이다.

시각적인 기쁨을 주기 위한 장치 또한 어지러울 만큼 현란해서, 싸이보그 기사들이 고원의 절벽에서 검을 휘두르고, "누가 영원히 살고 싶어하나요?"라는 철학'적' 비슷한 노래도 나오고, 뉴요크의 지하 차고에서는 러시아 스테프 지대에서 온 검객 커건과의 사무라이 결투가 벌어지고, 엑스트라들이 여기저기서 공중제비를 돌고, 세워 놓은 자동차들이 이유도 없이 단체로 흔들리고, 전깃불이 걸핏하면 번쩍거리고, 유리창들이 터져 나가고, 기원전 593년에 일본에서 만든 톨리도 살라만카라는 보검도 등장하고, 이집트 태생으로 에스파냐에서 활약하다 이유도 없이 홀연히 스코틀랜드에 나타나 주인공에게 생존법(survival)을 가르치다가는 결국 목이 뎅겅 날아가 죽어 버리는 2437살의 라미레스 사부님(숀 코너리)도 등장한다.

성격(character)조차 없는 등장인물(character)들이 벌이는 동기없는 행동으로 점철된 「하이랜더」를 보고 나면 여러 편의 영화를 본 듯한 착각에 빠지기 쉽지만, 사실은 한 편의 영화도 보지 못한 셈이다. 자질구레한 인터네트적 지식을 지나치게 열심히 써먹기 때문이다. 얕은 지식을 잡다하게 수집해서 튀겨 놓은 이런 준비 안 된(기초적인 바탕이 없는) 영화의 황당무계함은 상상력의 모험이 아니라 상상력의 결핍에서 나온 산물이다. 그렇기 때문에 아무리 온갖 흉내를 다 내더라도 '창작'이 전혀 보이지를 않는다. 중학교 2학년 수준의 지능이라면 재미있어 할 만한 이런 옮어먹기(exploitation) 영화를 보면 인류는 아직도 발전할 여지가 많다는 안도감이 느껴지기도 한다.

「하이랜더」 2편에서는 한 술 더 떠서 중세 기사 코너 매클라우드(Conor MacCloud)가 2024년 미래로 가서 파괴된 오존층을 대신하는 방어막을 어쩌고저쩌고 한다는 공상과학 영화로 변질되고, 3편에서는 매클라우드가 다시 현재로 돌아와 뉴요크에서 몽고의 마법사와 대결을 벌인다. 이렇듯 논리가 통하든 말든 온갖 영화거리 재료를, 주로 시각적인 면에서, 닥치는 대로 총동원한 「하이랜더」의 원자재 가운데 첫째를 꼽는다면, 당연히 제목으로 내세운 역사적인 '하이랜더'이겠다.

'하이랜더(하일랜더)'란 "높은 땅에서 사는 사람(高地帶人)"이라는 뜻으로 본디 보통명사였지만, 문학이나 영화에서 대문자를 써서 고유명사로 만들면 전세계의 고지대 사람들 중에서도 용맹한 스코틀랜드 북부의 투사를 의미하게 된다. 어째서 그렇게 되었는지를 알아보려면 스코틀랜드의 역사가 시작된 1세기로 돌아가야 한다.

로마 제국은 이때 영국 남부를 정복하여 브리타니아(Britannia)라 명명하고 통치하지만, 북부의 야만족들은 저항을 계속하며 브리타니아를 공격한다. 「브레이브하트」에서 멜 깁슨이 그랬듯이 몸에 칠을 하고 전투에 임했던 북부인을 로마인들은 라틴어의 'pictus'에서 따온 표현인 '픽트족(Picts)'이라고 불렀으며, 로마의 황제 하드리아누스(Publius Aelius Hadrianus, 통치 기간 117~138)가 그들을 막아내기 위해 지은 영국판 만리장성의 일부가 아직도 스코틀랜드 접경지대에 그대로 남아 있다.

5세기에는 기독교인이었던 켈트족이 에이레에서 이주해 오는데, 그들이 스코트족(Scots)이다. 스코틀랜드라는 이름이 붙은 때는 10세기경이었으며, 1066년 노르만족이 영국을 정복하자 잉글랜드의 앵글로-색슨족이 스코틀랜드의 저지대(the Scottish Lowlands)에 정착한다. 1296년 국경을 넘은 잉글랜드의 에드워드 1세가 왕위 계승자인 존을 포로로 잡은 다음 왕위에 오르자 스코트족은 항거를 시작하는데, 이때 반란군의 지도자가 「브레이브하트」의 주인공 윌리엄 월레스(William Wallace)이다.

오스트렐리아 배우 멜 깁슨(오른쪽 위)
이 헐리우드로 가서 스코틀랜드의 전설
적인 영웅 윌리엄 월레스에 관한 영화
「브레이브하트」를 만드느라고 진두지휘
를 한다. 아래 사진은 완성된 영화의 전
투 장면, 그리고 왼쪽은 미국에서 제작
한 포스터이다.

　　폭력보다는 지혜를 배우겠다며 잉글랜드에 대한 투쟁에 불참해 오
던 윌리엄은 결혼 초야에 아내가 영주에게 몸을 바쳐야 하는 악법이
싫어서 비밀 결혼을 했다가 탄로나자 신부가 처참한 죽음을 당하고,
그래서 분연히 떨쳐 일어나 결국 식민지 스코틀랜드를 해방시키려는
반란의 선봉에 선다. '폭도' 월레스에 대한 전설이 생겨나고 정략 결
혼을 통해 프랑스에서 건너온 왕비(소피 마르소)도 해적 헨리 모건을
우상화하는 산타 로자처럼 은근히 적과의 동침을 꿈꾸는 듯한 암시
를 주지만, 사랑 얘기는 흐지부지 끝나 버리고, 패트릭 헨리를 미리
표절하여 "자유가 아니면 죽음을 달라"고 외치던 윌리엄은 승승장구
'양산박' 동지들과 힘을 모아 요크 성을 함락시키고 맹활약을 벌이다
가 급기야는 잉글랜드를 치러 나선다.
　　그러나 잉글랜드의 우산 밑에서 실리를 찾으려는 현실적인 시각에서 현상유지를 원하는 기회주의자 호족들의 이해관계가 서로 엇갈리면서 단합은 이루어지지 않고, 배반을 당해 쫓기는 몸이 된 윌리엄은 배반한 호족들에게 복수를 한 다음 다시 에드워드 왕의 연합군과 최후의 결전을 벌인다. 포로가 된 그는 결국 처형장으로 끌려가 네 토막으로 잘리는 참혹한 죽음을 맞는다.

실존 인물 윌리엄 월레스(1270?~1305)는 젊은 시절 잉글랜드인에게 모욕을 당한 보복으로 살인을 한 다음 쫓기는 몸이 되자 동지들을 규합하여 반란을 일으키고는 1297년 9월 11일 스털링 다리의 전투에서 영국군을 스코틀랜드 밖으로 몰아내지만, 두 차례에 걸친 귀족들의 배반으로 인해 1928년 산으로 피신했다가 결국 포로가 되어 죽음을 맞으며, 참수한 머리는 런던 다리에 내걸린다. 그가 일으킨 반란은 몇 년 더 계속된 다음 로버트 브루스(Robert Bruce, 1274~1329)의 투쟁에 힘입어 1328년 스코틀랜드는 마침내 독립을 쟁취하기에 이른다. 브루스는 왕위에 오른 다음해에 나병으로 사망하는데, 영화에서는 그의 아버지가 나환자로 나온다.

중세 후반기에 스코틀랜드는 나약한 왕권과 막강한 토호들 사이에서 끊임없는 갈등이 빚어지고 국경 분쟁도 계속되는데, 1503년 스코틀랜드의 제임스 4세가 잉글랜드 헨리 7세의 딸 마거리트와 결혼하여 1603년 결국 왕권이 통합된다. 하지만 그에 앞서서 헨리 8세가 프랑스와 전쟁을 벌이는 틈을 타서 제임스 4세는 잉글랜드를 침공했다가 오히려 처참한 최후를 맞고, 제임스 5세가 죽은 다음에는 어린 메어리 스튜어트가 스코틀랜드의 여왕이 된다.

그러나 이때 종교개혁이 유럽을 휩쓸고 영국도 그 물결에 합류하지만, 스코틀랜드는 가톨릭을 고수한다. 젊은 여왕 메어리가 프랑스로 간 사이에 종교 개혁가 존 녹스(John Knox)는 제네바에서 스코틀랜드로 돌아와 메어리를 축출하고, 여왕은 잉글랜드로 도피했다가 엘리자베드 1세의 포로가 된 다음 처형을 당한다. 경쟁 관계였던 이두 여왕을 주인공으로 삼은 영화가 1936년 존 포드 감독의 사극 「스코틀랜드의 메어리 여왕」이고, 같은 내용이 1971년에 「스코트인의 여왕 메어리」라는 제목으로 다시 영화로 만들어진다. 엘리자베드 1세가 등장하는 영화들은 잉글랜드 역사에서 나중에 따로 다루겠다.

엘리자베드 여왕이 사망한 다음 메어리 스튜어트의 아들 제임스 6세가 잉글랜드의 왕위를 물려받아 '제임스 1세'가 되어 두 국가는 같은 왕의 통치를 받았지만, 스코트인들은 통상 교역 등에서 소외를 당한다. 존 녹스가 전파한 장로교파였던 스코틀랜드에 찰스 1세가 즉위한 다음 성공회를 강요하자 스코트인들은 다시 무기를 들었고, 잉글랜드에서 내란이 벌어지자 스코틀랜드는 청교도 편을 든다. 그럼에도 불구하고 올리버 크롬웰은 찰스 1세를 처형한 다음 스코틀랜드로 진주하여 강압 통치를 행한다.

스튜어트 왕조의 제임스 2세가 쫓겨난 다음에도 고지대인들은 충성심을 버리지 않고, 1715년에는 프랑스 왕국이 잉글랜드의 '제임스 3세'라고 선포한 제임스 스튜어트를 옹립하려는 시도를 했다가 실패로 끝나고, 1745년에는 다시 '멋쟁이 찰리 왕자님(Bonnie Prince Charlie)'이라는 별명이 붙은 찰스 에드워드(Charles Edward, 1720~88)를 위한 투쟁을 벌인다. 이렇듯 추방 당한 제임스 왕을 위해 싸운 사람들로는 로버트 루이스 스티븐슨의 「유괴(Kidnapped)」에서 맹활약을 벌이는 앨런 브레크와 발란트레이 경(The Master of Ballantrae)이 포함된다.

「쾌걸 핌퍼넬」 역을 맡기도 했던 데이비드 니븐 주연의 「멋쟁이 찰리 왕자님」은 개봉 당시 2시간 20분짜리 영화였으나 관객의 반응이 별로 좋지 않아 118분으로 단축했고, 텔레비전에서는 다시 여기저기 잘려나가 100분짜리 흑백으로 방영되었다.

스코틀랜드와 잉글랜드의 오랜 대결은 1707년 양국의 의회가 통합령(the Act of Union)에 합의하여 갑자기 끝나게 되고, 그레이트 브리튼 왕국(the Kingdom of Great Britain)이 탄생한다. 대영제국은 팽창하고, 스코트인들도 영국의 발전에 적극 참여한다.

현대 소설을 처음 써서 역사소설의 아버지가 된 월터 스코트

18세기 말은 스코틀랜드의 가장 창조적인 시대로 알려진다. 데이비드 흄(David Hume)이 철학과 역사에서 세계적인 명성을 얻고, 애덤 스미드(Adam Smith)는 정치경제학에서, 그리고 로버트 번스(Robert Burns)는 시문학으로 역시 두각을 나타내며, 다음 세대에서는 월터 스코트 경이 소설 문학을 통해 스코틀랜드의 역사를 세상 사람들에게 알리는 역할을 한다.

1714년에는 조지 1세가 등극하는데, 이때 제임스 스튜어트를 옹립하려는 고지대인들의 투쟁을 기둥줄거리로 삼은 월터 스코트 경(Sir Walter Scott, Bart., 1771~1832)의 소설이 『로브 로이(Rob Roy, 1817)』였다.

영국에서 '현대 소설'을 처음 썼으며 역사소설의 아버지이기도 한 월터 스코트는 어려서 병을 앓고 난 다음 평생 다리를 저는 불구의 몸으로 살았다. 그리스어 실력이 나빠서 선생들에게서는 신통치 않은 학생이라는 취급을 받았었어도 라틴어, 프랑스어, 독일어, 에스파냐어, 이탈리아어를 잘했던 그는 좋아하는 작가들의 글을 여러 언어로 널리 섭렵했다.

법률을 공부한 다음 아버지 밑에서 변호사 활동을 시작한 그는 생활이 풍족했고, 여가를 이용하여 말을 타고 친구들과 시골로 여행하며 옛 전투의 유적지나 성과 요새 등을 탐험하며, 전해 내려오는 얘기들을 채집했다. 26살에 그가 결혼한 샬로트(Charlotte Charpentier)는 프랑스 혁명 때 목숨을 잃은 왕당파의 딸이었다.

「마지막 음유시인의 노래(The Lay of the Last Minstrel, 1805)」로 그는

우선 시인으로서 필명을 드날렸는데, 민간 전설에 등장하는 헨리 8세 시대의 젊은 '하이랜더' 로친바(Lochinvar)를 주인공으로 삼은 낭만적인 서술시(敍述詩)「마르미온 경(Marmion, A Tale of Flodden Field)」에서 플로덴 들판의 전투 장면을 쓸 때는 말을 타고 달리면서 시를 지었다고 한다. 그러나 바이런에게 시에서 밀리던 그는 1812년 트위드 강(River Tweed) 가에다 "산 속의 농장" 애보츠포드(Abbotsford)를 짓고 이주하여 여러 해 전에 쓰다 만 원고를 완성, 1814년 그의 대표적 연작 '웨이벌리 소설(Waverley novels)'의 첫 작품을 발표한다.

조지 4세로부터 준남작(baronet)의 작위를 받기도 한 그는 엄청난 성공을 거두며 결국 '문호(文豪)'라는 칭호를 듣기에 이른다. 작품의 흐름이나 '이야기'에 방해가 된다면 작가는 역사의 내용까지도 바꿀 권리를 누려야 한다고 믿었던 그는 스코틀랜드의 역사와 전설에서 대부분의 소설 자료를 구했고, 유럽에서도 인기가 대단해 발자크와 톨스토이에게 많은 영향을 끼쳤다. 하지만 출판에 잘못 손을 댔다가

월터 스코트가 '웨이벌리 소설'을 집필했던 그의 저택 애보츠포드 전경

파산한 그는 불행한 말년을 보냈고, 엄청난 부채는 사후 15 년이 되어서야 작품의 모든 판권을 팔아 넘겨 겨우 정리하게 된다.

구성과 줄거리와 등장인물이 방대하고 다채로운 그의 문학에서 대표작은 아무래도 웨이벌리 소설이겠지만, 세상에 가장 널리 알려진 작품은 역시 『아이반호(Ivanhoe, 1819)』로서, 노르만족에게 정복된 색슨족의 부활을 꿈꾸는 아이반호의 아버지, 사자왕 리처드가 십자군 원정을 떠난 다음 왕위를 노리는 존 왕, 주인공 윌프레드를 사랑하는 색슨 공주 로위나와 윌프레드가 사랑하는 유대인의 딸 레베카가 엮어 내는 사랑의 삼각관계 등 흥미진진한 얘기가 얽히며, 로빈 후드도 등장한다. 흑기사(黑騎士)로 변장하고 나타나는 인물은 사자왕 리처드이고, 그래서 우리나라에서는 소설이나 영화가 처음에는 「아이반호」보다 「흑기사」라는 제목으로 더 잘 알려졌었다.

「흑기사」는 1982년 텔레비전 영화로 다시 선을 보였고, 1995년에는 「젊은 아이반호」가 나타났는데, 영화를 보면 '젊은'이 아니라 '어린'이라고 해야 옳겠다. 십대 취향으로 만든 「젊은 아이반호」에서는 나약하기 짝이 없고 몸에서 "졸도할 정도로 악취가 나는" 아이반호에다가, 웬만한 남자보다는 훨씬 용맹스럽고 단검과 촛대를 자유자재로 무기처럼 구사하는 여성상위적 로위나(Rowena)가 주인공이고, 진짜 주인공인 레베카는 간 곳이 없는가 하면 로빈 후드의 친구 터크 승려(Friar Tuck)가 맹활약이다.

수정주의 서부극 이후 자주 등장하는 지저분한 주인공들 속에서 우뚝해 보이는 흑기사는 사자왕 리처드가 아니라 나무꾼 펨브로크(Pambroke)이며, 펨브로크는 젊은 아이반호에게 성룡의 「취권」 식으로 무술을 가르치는 사부님이다. 현대화하는 장난 예술 속에서 흑기사의 전설은 고사(枯死)하고, 무분별하게 경망한 희극적 분위기는 어딘가 자꾸만 서툴러서 멜 브룩스의 30분짜리 로빈 후드 텔레비전 영

「흑기사(또는 아이반호)」는 「원탁의 기사」,
「고성의 검호」와 더불어 1950년대 로버트
테일러의 3대 역사활극으로 꼽혔다.

화("When Things Were Rotten")가 참으로 그
리워지게 한다.

「고성(古城)의 검호(劍豪)」 역시 「흑기사」나
마찬가지로 리처드 도프 감독에 로버트 테일러
가 주연한 월터 스코트 원작의 1955년 영화이
다. 15세기 루이 11세의 프랑스가 시대적인 배
경이며, 용감하고 젊은 스코틀랜드 기사 퀜틴
더와드의 모험, 이사벨라 백작부인(영국 배우 케
이 켄돌)과의 사랑이 아름다웠고, 종탑에서 밧
줄에 매달려 칼을 휘두르며 싸우는 장면은, 앞
에서 얘기했듯이, 검술의 3대 걸작에 들어간다.

월터 스코트의 또 다른 유명한 주인공 '하이랜
더' 로브 로이는 스코틀랜드 판 로빈 후드로서,
본명은 로버트 맥그리거(Robert Macgregor, 1671~1734)이다. '로이'는
에이레 고지대 켈트족 말로 '빨갛다'는 뜻이며, 그의 붉은 머리 때문에
붙은 별명이다. 로브 로이는 22살에 맥그리거 가문의 족장이 되어 축
산업에 실패한 다음 빚을 갚지 못해 몬트로즈 공작에게 땅을 빼앗기고
쫓겨나자 부하들을 모아 투쟁을 시작한다.

월터 스코트도 그의 소설에서 주인공으로 삼았던 「로브 로이」 얘기
를 1954년 월트 디즈니가 영화로 만든 「호족(豪族)의 성(城)」은 비슷
한 시기에 제작된 다른 '세계명작' 디즈니 영화 「보물섬(Treasure
Island, 1950)」이나 「로빈 후드(The Story of Robin Hood and His Merrie
Men, 1952)」와 마찬가지로 유화(油畵)처럼 청명하고 화려하게 구성한
화면에 역사 관광 분위기를 북돋우는 풍속화를 한참 펼쳐 보이다가,
일제시대 우리나라에서 그랬듯이 창씨개명을 요구하는 잉글랜드에
맞서 토호 세력 맥그리거 가문의 로브 로이가 투쟁을 벌인다는 내용

으로 흘러간다.

「브레이브하트」의 주인공 윌리엄 월레스처럼 평화주의자였던 로브 로이가 잉글랜드의 폭정에 밀려 마지못해 칼을 든다는 전제를 내세우는데, 홍길동 식으로 신출귀몰하며 유격전을 펴던 그를 주인공으로 삼아 언론인이요 작가였던 대니얼 데포(Daniel Defoe, 1659?~1731)가 1페니짜리 소설을 쓰자 어떻게 삽시간에 런던에서 영웅(living legend)이 되는지를 보여 주는 장면이 퍽 재미있다. 이 영화의 영어 제목은 1723년에 날개돋친 듯 팔려 나갔다는 데포의 베스트셀러(『The Highland Rogue, or the Miraculous Actions of Rob-Roy Mac · Gregor』)에서 따다 붙였다.

1995년에 다시 영화에 등장한 「로브 로이」는 애국적인 민족의 영웅과는 거리가 먼 인물로서, 가난에 시달리던 스코틀랜드 사람들이 아메리카로 줄지어 이민을 떠나던 무렵, 사업 자금을 몬트로즈 영주에게 빌리려다 음모에 말려들어 돈은 구경도 못하고 아내까지 겁탈을 당한 다음 한풀이를 한다는 개인적인 복수담의 주인공이 된다. 소

최신판 로브 로이 영화의 한 장면과 포스터

설을 살리기 위해서는 역사적인 사실까지도 가공을 서슴지 않았던 월터 스코트의 시각과, 가족이 함께 모여 즐거워하면서 보게끔 만들어 어느 정도의 허풍이 담긴 디즈니의 낙관적 사극과, 서부극에서부터 나타나기 시작한 수정주의 역사관은 삼각관계로 비교해 볼 만한 감각의 변화라고 하겠다.

로브 로이 시대의 스코틀랜드인들이나 마찬가지로 1739년 흉년으로 전체 인구 가운데 5분의 1이 굶어 죽고 1856년 대기근으로 다시 1백 20만 명이 사망하자 이어지던 굶주림을 벗어나려고 에이레에서도 아메리카로 이민을 떠난 사람이 많았다. 그들 가운데 미국의 경제 공황을 거치면서 다시 역이민을 한 가족이 고향으로 돌아간 다음에도 고질적인 종교적인 갈등으로 역경과 고난을 벗어나지 못한다는 슬픈 내용을 담은 영화가 1998년 앨런 파커(Alan Parker) 감독이 만든 「안젤라의 재(Angela's Ashes)」이다.

영국은 흉년과 기근으로부터 벗어나기 위해 북 에이레를 중심으로 산업화를 추진하는 과정에서 개신교인들을 이주시키고 구교도들을 소홀히 함으로써 종교분쟁의 새로운 씨앗을 심어 놓았다. 프랭크 맥코트의 퓰리처 수상작을 영화로 만든 「안젤라의 재(灰)」는 그러나 부패한 권력으로 그려진 가톨릭이 지배하는 곳에서 거꾸로 신교도가 핍박을 받는 특별한 시각에서 얘기하는 작품이다.

찾아보기 ●--

▌「하이랜더(Highlander, 1986, 미국, 111분)」, 감/Russell Mulcahy, 출/Christopher Lambert, Roxanne Hart, Clancey Brown, Sean Connery

▌「하이랜더 2(Highlander Ⅱ : The Quickening, 1991, 미국, 88분)」, 감/Russell Mulcahy, 출/Christopher Lambert, Virginia Madsen, Michael Ironside, Sean Connery

▮「하이랜더 3(Highlander—The Final Dimension, 1994, 미국-캐나다, 99분)」, 감
/Andy Morahan, 출/Christopher Lambert, Mario Van Peebles, Deborah
Unger, Mako, Raoul Trujillo

▮「브레이브하트(Braveheart, 1995, 미국, 177분)」, 감/Mel Gibson, 출/Mel Gibson,
Sophie Marceau, Patrick McGoohan, Catherine McCormack, Brendan
Gleeson, James Cosmo, David O'Hara, Angus McFadyen, Ian Bannen

▮「스코틀랜드의 메어리 여왕(Mary of Scotland, 1936, 미국, 123분)」, 감/John Ford,
출/Katharine Hepburn, Frederic March, Florence Eldridge, John Carradine,
Douglas Walton

▮「스코트인의 여왕 메어리(Mary, Queen of Scots, 1971, 미국, 128분)」, 감/Charles
Jarrott, 출/Vanessa Redgrave, Glenda Jackson, Patrick McGoohan, Timothy
Dalton, Nigel Davenport, Trevor Howard, Ian Holm

▮「멋쟁이 찰리 왕자님(Bonnie Prince Charlie, 1948, 영국, 140분)」, 감/Anthony
Kimmins, 출/David Niven, Margaret Leighton, Jack Hawkins, Judy Campbell,
Finlay Currie, Morland Graham

▮「흑기사(Ivanhoe, 1952, 미국, 106분)」, 감/Richard Thorpe, 출/Robert Taylor,
Elizabeth Taylor, Joan Fontaine, Emlyn Williams, George Sanders, Robert
Douglas, Finlay Currie, Guy Rolfe, Basil Sydney

▮「흑기사(Ivanhoe, 1982, 미국, 150분)」, 감/Douglas Camfield, 출/James Mason,
Anthony Andrews, Sam Neill, Michael Hordern, Olivia Hussey, Lysette
Anthony, Julian Glover

▮「젊은 아이반호(Young Ivanhoe, 1995, 미국, 91분)」, 감/R. L. Thomas, 출/Stacy
Keach, Nick Mancuso, Kris Holdenried, Rachel Blanchard, Mattew Daniels,
Tom Rack, James Bradford

▮「고성의 검호(Quentin Durward, 1955, 미국, 101분)」, 감/Richard Thorpe, 출
/Robert Taylor, Kay Kendall, Robert Morley, George Cole

▮「호족의 성(Rob Roy, the Highland Rogue, 1954, 미국, 85분)」, 감/Harold
French, 출/Richard Todd, Glynis Johns, James Robertson Justice, Finlay
Currie, Michael Gough

▮「로브 로이(Rob Roy, 1995, 미국-스코틀랜드, 139분)」, 감/Michael Caton-Jones,
출/Liam Neeson, Jessica Lange, John Hurt, Tim Roth, Eric Stoltz, Andrew
Keir, Brian Cox, Brian McCardie

「아일랜드의 연풍」(아래)에서 존 포드가 재현한 에이레의 밝고 유쾌한 현실은 너무나 낭만적이어서, 그곳 역사를 입체적으로 접할 기회가 없었던 한국의 관객으로 하여금 「지옥에서 악수하라」(위) 같은 보다 진지한 영화의 내용을 제대로 이해하지 못하게 가로막았다.

낭만의 에이레

세계사나 지리에 따로 신경을 쓰지 않는 일반인들이라면 영국과 영연방과 대영제국이 같은 뜻인지 아닌지, 그리고 잉글랜드와 브리튼과 그레이트 브리튼은 서로 어떻게 다른지 알기가 어렵다. 그리고 벨파스트(Belfast)에서는 왜 그렇게 폭탄이 자주 터지고는 했는지 그것은 더욱 이해하기가 힘들다.

그래서 1920년대 북 에이레의 수도 벨파스트에서 제임스 캐그니가 이끄는 반란군의 투쟁에 미국 청년(돈 머리)이 가담하게 되는 과정을 그린 「지옥에서 악수하라」가 우리나라에 수입되었을 때는 에이레의 민족주의자들이 영국에 항거하기 위해 조직했다는 공화국군 IRA(Irish Republican Army)에 관해서 자세한 설명을 프로그램에 싣기도 했는데, 그래도 역사적 배경을 이해하기가 어려워서였는지 영화가 별로 인기를 끌지 못했었다.

에이레는 영어로 '아이얼랜드(Ireland)'가 맞는 발음이겠으나 우리나라에서는 언론 매체에서부터 일반인까지 '아일랜드(섬)'라고 대부분 아예 이름부터 잘못 발음하거나 표기한다. 물론 올바른 표기법은 '에이레(Eire)'이다. 앞에서 살펴보았듯이 에이레라면 로마 제국이 브리튼을 정복했을 때도 발을 들여놓지 못했고, 앵글로-색슨의 침략도 받지 않으며 서부 유럽에서 가장 찬란한 문명국 가운데 하나로 손꼽히던 곳이다. 그러다가 8세기 말에 북방인들의 노략질에 시달렸으며, 1169년 헨리 2세의 정복이 시작되고, 1541년 헨리 8세가 에이레의 왕임을 포고하기에 이른다.

1641년에 자유를 찾기 위한 반란이 일어났으나 올리버 크롬웰의 청교도군에게 무자비한 진압을 당하고, 1798년의 봉기 또한 실패하며, 통합령에 의해 1801년 영국(the United Kingdom of Great Britain)의 일부가 된다. 1823년 가톨릭 세력에 의해 해방을 위한 투쟁에 다시 불이 붙고 1916년 무장한 에이레 지원병들이 더블린에서 독립 선언을 하며, 1948년 4월 18일 마침내 에이레 섬에서 6분의 5가 해방되지만, 북 에이레는 그대로 영국의 일부로 남는다.

대영제국의 찬란한 영광 뒤켠에서 스코틀랜드와 더불어 에이레가 겪어야 했던 이러한 고난의 역사가 영화에 별로 반영되지 못한 까닭은, 얼스터(Ulster) 대학교 매체학(media studies) 마틴 매클룬(Martin McLoone) 교수의 분석을 따르자면, 지금까지 에이레를 다룬 2천 편 가량의 작품 가운데 에이레인들의 손으로 직접 만든 영화가 10분의 1밖에 되지 않으며, 그나마도 대부분이 최근 20년 사이에 제작된데다가, 피흘림보다는 낭만적인 민족의 기질을 조명하는 내용이 많기 때문이었다.

에이레는 1845년에 인구가 6백만이었으나 이민의 열풍이 불면서 해외로 떠난 사람이 워낙 많아 지금은 3백만도 되지 못하고, 그래서 에이레 혈통의 후손은 에이레보다 오히려 미국에 더 많이 산다고 한다. 헐리우드에서만도 토마스 밋첼, 제임스 캐그니, 렉스 잉그람, 모린 오하라, 스펜서 트레이시, 존 포드 같은 에이레 출신의 영화인이 많았고, 그들은 피흘림의 역사보다는 이른바 '에이레 사람의 정열적인 기질'을 부각하는 데 훨씬 열심이었다.

'에이레 기질'의 대표적인 예는 「바람과 함께 사라지다」의 여주인공 스칼레트 오하라를 꼽겠으며, 노골적이고도 본격적으로 에이레 기질을 주제로 삼은 영화로는 「아일랜드의 연풍(戀風)」이 대표작이라고 할 만큼 유명하다.

「지상에서 영원으로(From Here to Eternity, 1953)」의 프루이트 (Robert E. Lee Prewitt, 몽고메리 클리프트)처럼 상대방 선수를 죽게 만든 충격으로 권투를 그만둔 주인공 숀 손튼(Sean Thornton, 존 웨인)은 미국 이민 생활을 청산하고는 천국이라고 기억했던 그가 태어난 고향 에이레의 이니스프리(Inisfree)로 돌아가 마음의 평화를 찾고 정착하려 한다. 이렇게 향수 영화(nostalgia movie)의 틀을 갖추고 시작되는 「아일랜드의 연풍」은 에이레 계의 연기자를 다수 동원하고 현지로 가서 촬영을 해서, 이민 후손들의 고향 생각을 자극하며 개울이 흐르는 돌다리와 푸르른 숲이 담긴 아름다운 풍경을 배경에 깔고, 여자들의 모자를 걸어 놓는 이니스프리 경마와 교제를 선포하고 시작하는 연애 의식 따위 풍습을 무척 열심히 보여 주기도 하고, 심지어는 빅터 영(Victor Young)의 음악에 풍적(bagpipe) 소리를 곁들이고 에이레 민요("The Wild Colonial Boy", "The Humour Is on Me Now", "Mush Mush〔Tread on the Tail of Me Coat〕)"까지 중간중간 들려준다.

왁자지껄 맥주를 마시며 떠들기를 좋아하는 에이레 기질은 주인공이 캐슬타운(Castletown) 역에 도착하는 첫 장면에서부터 본격적으로 시작되고, 미운 사람의 이름을 장부에 적어 두는 레드 윌 다나허(Red Will Danaher, 빅터 매클라글렌)의 호쾌한 원시인적 성격, 그리고 불같은 성미의 "빨강머리" 여주인공 메어리 케이트 다나허(모린 오하라)의

「아일랜드의 연풍」에서 여주인공(왼쪽의 모린 오하라)은 에이레의 전통대로 지참금을 가져가겠다는 고집을 부리고, 오빠(식탁에 앉은 빅터 매클라글렌)는 돈을 안 주겠다고 버티는 바람에, 자존심을 건 엄청난 싸움이 벌어진다. 이 영화는 요즈음의 여권주의적인 시각으로 다시 분석하면 새롭고 재미있는 몇 가지 문제 제기가 가능하다.

'말띠 말괄량이' 모습은 이 영화로 인해서 오랫동안 에이레인의 표본처럼 여겨졌었다. 그리고 "노르만족이 올 때부터 수백년 동안" 전해 내려온 전통을 상징하는 지참금에 대한 토속 관념은 영화의 기둥줄거리 노릇을 하고, 지참금과 자존심이 걸린 숀과 레드 월의 엄청난 주먹싸움은 헐리우드 영화사에서 가장 유명한 격투 장면 가운데 하나가 되었다.

『홀리월의 영화 인명록(Halliwell's Who's Who in the Movies)』이 선정한 "기억에 남는 격투 장면" 가운데 첫 번째는 「폭력 대 폭력(The Spoilers)」으로서, 다섯 번 영화로 만들어질 때마다 마지막 진흙탕 속에서 치고받는 장면이 점점 더 격렬해졌다. 「아일랜드의 연풍」이 두 번째, 그리고는 「아일랜드의 연풍」에서나 마찬가지로 존 웨인이 모린 오하라를 길들이느라고 볼기를 때리는 장면까지 나오는 「매클린톡 (McLintock!)」, 존 웨인과 스튜어트 그레인저 공연에 광산촌이 무대인 「알라스카(North to Alaska)」, 술집에서 난장판 싸움이 벌어지는 「그레이트 레이스(The Great Race)」, 건장한 두 사나이(Gregory Peck,

Charlton Heston)가 기진맥진할 때까지 싸우던 「위대한 서부(The Big Country)」, 가게에서 패싸움이 벌어지는 「셰인(Shane)」, 글렌 포드가 얼굴도 모르는 믹키 쇼네시를 술집으로 찾아가 다짜고짜 두들겨 패는 「대결(The Sheepman)」, 여자들이 머리채를 휘어잡고 싸움을 벌이는 「데스트리(Destry Rides Again)」, 그리고 열 번째로는 말론 브란도가 만신창이로 얻어맞는 「워터프론트(On the Waterfront)」를 꼽았다.

「아일랜드의 연풍」은 지금의 여성주의 시각에서 본다면 캐슬타운 역에서부터 존 웨인이 모린 오하라를 5 마일(15 리)이나 개처럼 질질 끌고 가는 장면이 끔찍한 전근대적 여성관의 극치이겠다. 그리고, 나아가서 한 가지 더 주목해야 할 점은, 에이레인에 대한 지나친 미화작업이다. 도대체 이니스프리 마을에서는 IRA 출신의 청년을 포함한 모든 사람이 지극히 선량하기만 하다. 심지어 가톨릭인 로너간 신부(Father Peter Lonergan, 워드 본드)는 성공회의 신부(Rev. Cyril "Snuffy" Playfair)를 돕기 위해 온 동네 사람들 모두가 신교도인 것처럼 연극을 꾸미기도 한다. 종교 갈등으로 벨파스트에서는 구교와 신교 사이에 그토록 많은 폭력이 자행되었는데도 말이다.

요즈음 우리나라 방송극을 보면 아예 그 유명한 주제가까지 도용해다가 선전에 동원한 「남과 여」나 「사랑의 유람선」 또는 「태양은 가득히」처럼 다른 작품의 제목을 베껴먹는 경우가 많은데, KBS-TV에서 「아일랜드의 연풍」이라는 똑같은 제목으로 보여준 「과부들의 언덕」 역시 비슷한 경우였다. 비록 미망인들이 단체로 찾아가는 공동묘지의 풍경이나 이니스프리 경마대회 대신 열리는 요트 경기 그리고 규칙과 곁눈질과 엿듣기와 입방아가 난무하는 공동체에 대한 묘사 등이 비슷한 분위기를 풍기기는 하지만, 두 작품은 내용이나 주제가 전혀 다른 영화이다.

「과부들의 언덕」은 과부촌의 오만하고 안하무인격인 '여성 유지'

가 동네 체면을 생각해서 캐더린(미아 패로우)에게 사생아를 낳아 키우지 말고 양녀로 보내도록 강요한 데 대해 품어온 원한을 30년이 지난 다음에야 해소한다는 희극적 복수극인데, 미국에서 성장하고 프랑스 장교와 결혼했다가 미망인이 된 젊은 잉글랜드 미망인 에드위나 여사(나타샤 리처드슨)가 마을로 이사를 오면서부터 벌어지는 상황이 마치 서부영화식 추리극의 얼개를 갖추었다. 마지막 장면에서 유람선의 가수가 "나의 어머니시여!"라고 에이레 민속 노래를 부르는 장면은 「로즈메리의 아기」에서 미아 패로우가 자장가를 부르는 마지막 장면만큼이나 인상적이다.

　해적영화 「정염(情炎, French Man's Creek, 1944)」, 「힛치코크의 새 (The Birds)」, 「속죄의 희생자(The Scapegoat)」, 「레베카(Rebecca)」 등의 원작자로 유명한 소설가 다프네 뒤 모리에의 소설을 영화로 만든 「굶주림의 언덕」은 19세기 어느 에이레 집안의 가족사이다.

　미셸 디온(Michel Deon)의 베스트셀러 소설을 영화로 만든 「자줏빛 택시」는 자줏빛 택시를 운전하는 괴짜 의사를 위시하여 외국에서 에

「자줏빛 택시」는 외부로부터 에이레로 들어온 사람들의 모습을 살펴본다.

이레로 흘러들어온 다양한 사람들의 행각을 그린다.

그러나 에이레는 그렇게 꿈과 낭만의 나라만은 아니었다.

찾아보기 ●--

▌「지옥에서 악수하라(Shake Hands with the Devil, 1959, 미국, 110분)」, 감
/Michael Anderson, 출/James Cagney, Don Murray, Dana Wynter, Glynis
Johns, Michael Redgrave, Cyril Cusack, Richard Harris

▌「아일랜드의 연풍(The Quiet Man, 1952, 미국, 87분)」, 감/John Ford, 출/John
Wayne, Maureen O'Hara, Barry Fitzgerald, Victor McLaglen, Mildred
Natwick, Ward Bond, Ken Curtis, Sean McClory

▌「과부들의 언덕(Widows' Peak, 1994, 미국, 101분)」, 감/John Irvin, 출/Joan
Plowright, Mia Farrow, Natasha Richardson, Adrian Dunbar, Jim Broadbent

▌「굶주림의 언덕(Hungry Hill, 1947, 영국, 92분)」, 감/Brian Desmond Hurst, 출
/Margaret Lockwood, Dennis Price, Cecil Parker, Jean Simmons, Eileen
Herlie, Siobhan McKenna

▌「자줏빛 택시(The Purple Taxi, 1977, 프랑스-이탈리아-에이레, 107분 또는 120
분)」, 감/Yves Boisset, 출/Charlotte Rampling, Philippe Noiret, Agostina Belli,
Peter Ustinov, Fred Astaire, Edward Albert

「심야의 탈주」 마지막 시계탑 장면에서 사랑하는 여인과 함께 죽는 "어느 비밀 도당의 수령" 자니 매퀸은 IRA 간부이지만, 캐롤 리드 감독은 아예 "법과 불법 단체의 대결"에는 관심이 없다고 처음부터 밝혀 놓는다.

피흘림의 에이레

에이레의 어두운 역사에서 IRA 투쟁을 다루는 가장 유명한 영화로는, 「지옥에서 악수하라」보다 10여 년 전에 세계적으로 명성을 거둔 「심야의 탈주」가 나왔었지만, 감독(Carol Reed)이 영국인이었기 때문이어서인지 IRA에 관한 언급은 전혀 없고, 영화가 아예 이런 자막으로 시작된다.

이 영화는 "북 에이레의 어느 도시에서 벌어진 정치적 소요를 배경으로 삼았지만, 법과 불법 단체의 대결에는 관심이 없으며 다만 사람들의 마음속에서 생겨나는 갈등을 다룰 따름이다(...political unrest in a city of Northern Ireland. It is not concerned with the struggle between the law and an illegal organisation, but only with the conflict in the hearts of the people...)"

데이비드 린과 더불어 영국 영화의 중흥기를 일으킨 캐롤 리드는 배우 허버트 트리(Herbert Beerbohm Tree)의 사생아로 태어났으며, 다프네 뒤 모리에의 애인이기도 했고, 「우정있는 설복(Friendly Persuasion,

1956)」을 만들 때까지 흑백을 고집했던 미국의 윌리엄 와일러나 마찬가지로 흑백 영상의 미학을 끝까지 믿어서, 「키이(The Key, 1958)」를 시네마스코프로 만들면서도 흑백으로 촬영해 "역시 캐롤 리드"라는 소리를 들었었다.

나중에 추리물에 관한 대목에서 자세히 설명하게 될 에드가 월레스(Edgar Wallace)와 가깝게 지내며 공동 작업을 많이 했던 캐롤 리드 감독은 「심야의 탈주」를 경찰에 쫓기는 범인이라는 공식에 따라, 당시의 선전문처럼 "스릴과 서스펜스의 최고 걸작"으로 만들었으며, 도입부의 자막 설명에서 밝혔듯이 인간 심리의 추적에 공을 많이 들여 고급 심리극 '한탕영화(caper movie)'를 남겼다.

한국에서 개봉 당시 북 에이레의 '어느 도시 비밀 도당의 수령'이라고 소개한 자니 매퀸(제임스 메이슨)은 무기 밀반출 혐의로 체포되어 17년 형을 받고 8개월 복역 중 탈옥하여 6개월간 애인의 집에서 숨어 살다가 지역 조직의 활동 자금을 마련하기 위해 부하 세 명과 함께 공장을 턴다. 하지만 너무 오래간만에 바깥 세상으로 나온 그는 늘 현기증에 시달리고, 그래서 공장에서 도망치다 부상을 당하고 낙오하여 혼자 여덟 시간을 헤매다가, 1천 파운드의 현상금을 노리는 사람들과 경찰에 쫓기다 못해, 결국 자정에 배로 탈출할 계획을 세워 놓았던 애인의 총에 안락사를 당한다.

이 영화는 지하 방공호와 정신나간 화가(「보물섬」의 로버트 뉴턴)의 방 그리고 술집 탁자 등에 나타나는 환상의 묘사가 훗날 힛치코크의 「환상(Vertigo, 1958)」만큼이나 뛰어나고, 리드의 또 다른 걸작 「제3의 사나이」에서도 다시 등장하는 어둡고 좁은 뒷골목의 '그림자 연출' 그리고 제임스 메이슨의 연기가 뛰어나서 극찬을 받았지만, IRA는 이름 한 차례 언급조차 하지 않고, 비가 질퍽거리던 끝에 눈이 펄펄 내리는 시계탑 광장에서 여주인공이 "우린 먼 길을 함께 가요"라고 말하는 극적인 장면으로 끝난다.

이 영화는 단순한 수사극이 아니라 「립 반 윙클」이나 「데이비드 스완」, 심지어는 카프카의 「성」 주변을 헤매는 K의 얘기까지도 연상시킨다. 뭐랄까, 인간의 좌절감을 더듬는 오뒷세이아, 아무도 구원할 수 없는 절망의 끝에 선 인간, 무엇인가 "절대"라는 의식이 느껴지는 영화, 절망이나 고독 같은 부정적인 절대성을 생각하게 한다.

어깨에 총상을 입고 치료를 받지 못해 서서히 죽어 가는 자니, 그는 가야 할 곳은 있어도 갈 수가 없다. 비틀비틀 제대로 걷지도 못하면서 방공호 속에 은신하기도 하고, 빈 마차 속에 숨기도 하면서 그는 한없는 도피의 방황을 계속하지만, 동지들은 술집 주인의 신고를 받아 죽거나 체포되어 그를 구하러 올 사람이 아무도 없어진다. IRA에 호응하지 않는 사람들은 그를 도울 마음은 없지만 보복이 두려워 감히 신고를 하지도 못하고, 이런 야릇한 상황 속에서 자니는 우발적인 운명의 힘에 의해서 계속 위기를 모면한다.

주인공은 이렇듯 빈사상태에서 비틀거리고 돌아다니며 맥주거품과 방공호와 화실에서 환각에 시달리고 몽롱한 의식 속에 빠져 있는 사이에 오히려 주변 사람들이 바쁘다. 자니의 집에 몰려온 수사관들을 구경하는 동네 조무래기 아이들, 자기도 모르는 사이에 자니를 경찰 포위망에서 탈출시키는 마부, 그를 치료하겠다고 집으로 데리고 가는 간호원. 이런 주변의 인물들 가운데 가장 두드러진 두 사람은 화가 루키와 새장수 쎌 영감이다. 새장수는 자니를 경찰에 넘겨 주면 천 파운드를 받을 수 있으리라며 신부와 몸값을 흥정하다가 상금 대신 "귀중한 믿음을 당신 마음에 심어 주겠다"니까 "그 믿음이 방세도 내주고 맥주값도 내느냐? 믿음을 현금으로 환산하면 얼마냐?"고 묻는다. 그는 "신앙"이라는 개념을 이해조차 못한다.

「심야의 탈주」는 20년 후 시드니 푸아티에가 주연을 맡아 흑인 지하 운동 영화로 둔갑한 「길잃은 사나이」가 되어 다시 선보인다.

비평가들의 관심을 끌었던 '본격적 IRA 영화'로는 북 에이레를 무대로 삼아 열아홉 살의 청년이 IRA 대원으로서 살해에 가담했던 사람의 미망인과 사랑한다는 내용을 담은 「칼」이 1984년 영국에서 나왔다.

켄 로치 감독의 「비밀 전략」역시 영국 영화로서, 1980년대 초 벨파스트에 파견된 CID 수사관 케리건(Kerrigan, 브라이언 콕스, John Stalker가 모델이라고 함)이 시민 자유 연맹(League of Civil Liberties)에서 일하던 미국인 변호사 폴 설리반(Paul Sullivan) 살인 사건의 진실을 파헤치는 내용이 담긴 정치 추리물이다. 켄 로치는 영국에 대한 비판적인 시각으로 유명하고, 이 영화에서는 배우가 아닌 현지 벨파스트 사람들을 여럿 출연시키기도 했다.

IRA와 에이레의 현실을 다루어서 세계적인 명성을 얻은 최초의 에이레인 감독은 닐 조던이다. 그는 1982년 「천사(Angel)」에서 그랬던 것처럼 IRA 조직을 등장시킨 영화 「크라잉 게임」으로 예상 밖의 큰 성공을 거둔다. 그러나 「크라잉 게임」의 갈팡질팡 줄거리에서는 정치 의식이 전혀 보이지를 않는다.

무엇인가 멋진 문장을 하나 써 놓고 보면 어디에선가 이미 셰익스피어나 어떤 다른 유명한 작가가 써먹은 문장이기가 쉽고, 그래서 완전한 창조란 불가능하다면서 표절 행위를 정당화하는 사람들도 가끔 눈에 띄는데, 「크라잉 게임」은 이런 미묘한 문제에 대해서 생각해 볼 기회를 마련한다. 사람들은 어느 영화를 봐도 줄거리가 모두 비슷해서 그것이 그것이라는 얘기를 한다. 그리고 소설을 쓰려고 해도 남들이 써먹지 않은 주제와 내용과 상황이 남지 않아서 이제는, 무슨 뜻인지 정확히 모르겠지만, "포스트모더니즘밖에는 아무것도 못한다"는 소리도 들려온다. 하지만 「크라잉 게임」은 이런 모든 주장을 무색

「크라잉 게임」은 영화의 IRA 주제나 복장 성도착(transvestite) 따위의 소재 자체보다도 줄거리를 엮어 내는 묘기가 연구의 대상이다.

하게 만든다.

영화는 흑인 영국군 병사 조디가 에이레 공화군의 여성 테러리스트 주드의 유혹에 빠져 퍼거스 일당에게 납치되는 상황으로 시작된다. 그래서 흥미진진한 추적극이로구나 하는 생각이 들게 만들지만, 그러나 잠시 후에 분위기가 달라지면서 테러리스트 퍼거스와 납치된 흑인 병사 사이에서 벌어지는 심리극으로 바뀐다. 그래서 이것은 단순한 추리극이 아니라 깊이와 수준을 담은 작품이리라는 기대를 갖게 된다. 그리고 이런 기대감은 나를 죽이려면 죽여 보라고 장난스럽게 도망가는 흑인 병사와 테러리스트가 숲 속에서 벌이는 단거리 경주에서 절정에 오른다. 그리고는 그 단거리 경주에서 흑인 병사가 차에 치어 갑자기 죽어 버리는 순간, 겨우 30 분밖에 안 됐는데 영화가 끝나는 모양이로구나 해서 당혹감이 느껴진다.

하지만 영화는 계속된다. 퍼거스가 흑인 병사의 애인이었던 미용사를 찾아가고, 어떤 여자인지 종잡을 수 없는 그녀와 슬금슬금 사랑을 시작하기 때문이다. 아하, 이제는 말랑드라마로 넘어가는구나 하는 생각이 드는 순간이다. 그런데 나중에 퍼거스가 성관계를 하려고 옷을 벗겨 보니 딜이라는 이름의 미용사는 남자의 성기를 노출시킨다. 물론 갈등이 뒤따른다.

그리고 그들의 절름발이 사랑에 대한 고민에서 영화가 끝나느냐 하면, 그것도 역시 아니다. 영화 밖으로 한참 동안 사라졌던 테러리스트 주드가 퍼거스를 찾아와서 암살 계획에 가담하기를 요구하고, 여기에서 뒤늦게 주드와 퍼거스와 딜의 삼각관계가 이루어진다. 그리고도 더 계속해서 상황이 얽히고 설키며, 한없는 창의력이 펼쳐진다.

한 편의 작품이 아니라 마치 여기저기서 조금씩 잘 팔리는 내용을 모아서 잡탕을 끓여 내놓은 듯한 「크라잉 게임」에 대해서 보상이라도 하는 듯 아예 IRA 창시자라고 알려진 인물을 주인공으로 삼아서 닐 조던이 만들어낸 본격적인 정치 영화가 「마이클 콜린스」였다.

1916년 피의 부활절 봉기에서 시작하여, 마이클 콜린스(1890~1922)가 선동과 투쟁을 계속하다가 에이레의 분리 독립에 영국과 합의하게 되고, 그로 인해 IRA 내부에서 완전 독립을 원하는 강경파와 갈등이 시작되어 결국 암살을 당하게 된다는 내용의 이 영화는 그러나 감독의 '편파적인 시각'으로 인해 벨파스트에서 상영 저지 소동을 일으키는 등 다시 문제를 일으키기도 한다.

또 다른 에이레인 감독 짐 셰리단의 작품 「아버지의 이름으로」는 벨파스트의 좀도둑이 IRA 폭파범으로 오인받아 쫓기다가 영국으로 건너가지만, IRA의 식당 폭파 사건 범인으로 영국 경찰이 조작하는 바람에 속죄양으로 체포되고, 함께 투옥된 아버지와 갈등을 거친 다음 에이레인의 정체성을 찾는다는 내용이다. 제리 콜론(Gerry Colon)

닐 조던이 IRA를 일으킨 마이클 콜린스의 일대기를 그려
낸 전기 영화의 한 장면(아래)과 포스터(오른쪽)

이 자신의 경험을 담은 책(『Proven Innocent』)에 기초를 둔 실화 영화
이다.

짐 셰리단이 공동제작했으며 미국뿐 아니라 영국과 에이레가 사이
좋게 합작한 「어느 어머니의 아들」은 북 에이레에 대해서 대처 수상
이 강경책을 쓰던 당시 바비 샌즈(Bobby Sands)의 옥중 단식 투쟁에
참여한 두 IRA 요원의 어머니가 한 사람은 아들과 정치 의식을 같이
하여 아들이 죽음에 이르도록 내버려두고 다른 어머니는 모정에 이
끌려 아들을 살려낸다는 다른 선택을 보여 줌으로써 선택과 화해의
여지를 병치시킨 영화이다.

한때 우리나라 사람들은 한국인과 이탈리아인의 민족성이 비슷하
며, 「아일랜드의 연풍」에서 부각된 에이레 기질이 한국인의 기질과

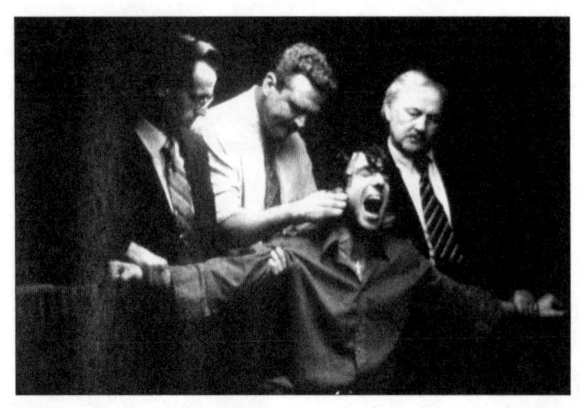

정치적인 대결에서 흔히 생겨나는 조작
사건을 다룬 IRA 영화 「아버지의 이름으
로」는 실화가 바탕이 되었다.

비슷하다는 좀 억지스러운 주장을 펴기도 했었는데, IRA 영화를 보
면 박정희나 전두환의 군사독재 하에서 우리가 겪었던 뼈아픈 인권
유린의 기억이 에이레의 정치 상황과 참으로 비슷했다는 생각이 들
고는 한다. 그리고 핍박의 시대에 항상 나타나는 로빈 후드는 IRA 영
화라고 해서 예외가 아니다.

짐 셰리단이 단역으로 출연한 존 부어맨의 1998년 영화 「각하」에
등장하는 주인공은 더블린에 실존했던 노동자 계급의 범죄자로서,
"각하(The General)"라는 별명이 따라다녔던 전설적인 도둑 마틴 카
힐이다. 여러 해 동안 경찰의 법망을 피해 다니며 크고 작은 갖가지
강도 사건을 배후에서 조종했던 그는 종교, 정부, 과격 단체 따위의
모든 권위를 인정하지 않고 나름대로의 윤리관을 수립하여 추종자들
로부터 존경을 받았고, 두 여자와 사랑을 나누는 전형적 현대판 '후
드(hood)'이다.

「폭파 사건의 내막」은 「아버지의 이름으로」에서 다룬 똑같은 사건,
그러니까 1974년 버밍햄의 술집 두 곳을 폭파한 IRA 사건에 연루되
었다고 지목을 받은 6명의 에이레인이 무죄임을 증명하기 위해 발벗
고 나선 텔레비전 기자들의 활약을 그린 박진감 넘치는 영화이다.

「헤네시」에 등장하는 에이레 남자는 벨파
스트의 폭력 사태로 인해서 목숨을 잃은 아
내와 자식의 복수를 위해 여왕의 일가가 참
석하는 국회 개원일에 의사당을 폭파하려는
계획을 세운다.

「아이들의 전쟁」은 한 가족을 통해서 북
에이레에서 벌어지는 광란의 분쟁을 추적하
는 텔레비전 영화이다.

1962년 IRA는 해체를 공식 선언했고, 그
러나 신교와 구교의 갈등은 1968년에 다시
악화한다. 「복서」는 IRA 행동대원으로서 14
년의 형기를 마치고 출옥한 에이레의 유명한

「복서」는 14 년의 투쟁을 거친 끝에 화해를 이루기
위한 체육관을 마련한다.

권투선수가 종교로 인해서 둘로 갈라진 벨파스트에서 화합을 도모하
기 위해 체육관을 연다는 내용의 실화 영화이다. 「심야의 탈주」에서
도 제임스 메이슨은 폭력이 아니라 평화를 추구하는 주인공이었는
데, 그것은 아무래도 영국 쪽의 시각이었다. 이제는 에이레 쪽(짐 셰
리단)에서도 화해의 시각을 표현하기에 이르렀고, 그렇게 되기까지는
피흘림이 너무나 많았다.

그밖의 IRA 영화를 찾아보면, 북 에이레에서 끝없이 계속되는 정
치 투쟁을 감동적으로 담은 기록영화 「상실감」, 영국의 발전소를 폭
파하려는 IRA의 계획이 흥미진진하게 펼쳐지는 「무서운 적」, 치밀한
계획하에 IRA 대원들이 은행을 터는 「잉글랜드 은행을 강탈하던 날」,
고국에서 투쟁을 벌이는 IRA를 위해 자금을 마련하느라고 금주령(the
Prohibition)이 내린 미국으로 럼주를 밀수하는 「에이레 위스키 반란」,
미국의 젊은이가 할아버지한테 에이레인들의 투쟁에 대한 이야기를
듣고는 IRA에 가담하러 갔다가 정치 선전에 이용을 당한다는 「외부

빅터 매클라글렌이 열연한 「밀고자」는 보상금을 위해 대의명분을 버리는 자의 갈등을 그린다.

인」이 눈에 띈다.

질투에 눈이 먼 IRA 대원이 친구를 경찰에 넘기는 내용의 리암 오플래어티 (Liam O'Flaherty) 소설을 영화로 만든 1929년 판 「밀고자」는 일부만 유성영화이고 일부는 무성영화인데, 무성영화 부분이 훨씬 핍진하다는 평을 들었다. 1935년에 다시 제작된 「밀고자」에서는 1922년 에이레 반란 당시에 보상금을 노리고 친구를 팔아먹는 내용으로서 남우주연(빅터 매클라글렌), 작곡, 감독, 각본(Dudley Nichols) 4개 부문에서 아카데미 상을 받았다. 1968년에는 흑인 혁명가들이 동지의 배반 때문에 곤경에 처한다는 내용으로 다시 바뀌어 「긴장」이라는 제목을 달고 한 번 더 영화가 되었다.

「보포르스의 조우(遭遇)」에서는 1950년대가 시대적인 배경으로서 주인공이 고향으로 돌아가기 전날 밤 반란에 가담한 에이레 포병대원과의 비극적인 만남이 이루어지고, 「밤의 투사들」에서는 원하지도 않았던 에이레 혁명에 주인공이 가담하고, 「선량한 건맨」은 에이레 혁명에서 애국심을 증명하려다가 오히려 화를 입고, 「사랑하는 나의 적」에서는 에이레 반란의 지도자를 영국 여인이 열렬히 사랑하여 갈등을 일으킨다.

「탈옥」에 이르면 에이레의 얘기가 미국으로 이어져서, IRA 테러리스트였던 주인공은 뜻하지 않게 벨파스트 탈옥 계획에 가담하게 된다. 미국으로 건너간 그는 뉴요크에서 살다가 옛날에 받은 특수 훈련을 동원하여 과테말라 이주민들을 돕는다. 「페이트리오트 게임스」에

「페이트리오트 게임스」에서도 IRA의 그늘에서 벌어지는 대립이 설정된다.

서도 미국인 주인공(Jack Ryan)이 에이레의 극렬분자 때문에 가족과 자신을 보호하고 국가를 돕기 위해 고군분투한다.

현장에서 한 발자국 물러나 에이레 정국을 다룬 영화로는 1920년대 이후 영국군과 IRA의 싸움을 수십 년 동안 겪어 가며 붕괴되는 어느 가족의 연대기를 그린 「운명의 어릿광대들」, 그리고 1920년 남부 에이레를 배경으로 삼았으며 제니퍼 존슨(Jennifer Johnson)의 여성적인 감각이 두드러진 소설("The Old Jest")이 원작인 「새벽의 비밀」이 나왔다. 한국 텔레비전에서 「새벽의 비밀」이라는 제목을 달았고 비디오는 다른 영화("The Accidental Tourist")의 한국 제목("우연한 방문객")을 차용한 이 영화의 본디 제목("The Dawning")은 "깨달음의 시작"이나 "각성"을 의미한다.

여주인공 낸시 걸리버(Nancy Gulliver)는 고모의 집에서 고아로 자란 열여덟 살의 처녀로서, 일기쓰기와 짝사랑이 인생의 무척 큰 부분을 차지하고, 바닷가의 빈 오두막에 책을 갖다 놓고 혼자만의 비밀

안식처로 삼는다. 그러던 어느 날 몰래 상륙한 남자가 오두막으로 찾아와서 거처로 삼는다. 40년 전에 이곳을 떠났다가 몰래 돌아온 남자 앵거스는 부유한 집안이었다가 몰락했으며, 오두막도 한때 그의 집 소유였다. 낸시와 앵거스는 조금씩 가까워지고, 앵거스가 피신 중인 혁명 투사라는 사실도 밝혀진다.

결국 낸시는 앵거스의 심부름으로 IRA 대원에게 편지를 전해 주고, 경마장에서 영국 장교 12명이 살해되는 장면을 목격한다. 그리고 영국군의 추격을 받은 앵거스가 바닷가에서 투항을 하는데도 영국군에게 무자비한 죽음을 당하는 현장도 목격한다. 낸시는 민족상잔의 현실에서 어느 편에 서야 하느냐는 갈등을 해야 하는 진통을 거치며 정신적인 성인식을 치른다.

「새벽의 비밀」에는 퍽 재미있는 장면이 하나 나온다. IRA 대원이 된 마을 청년들이 복면을 하고 작전에 사용할 자동차를 빼앗으려고 하지만, 아무리 얼굴을 가렸어도 한눈에 알아본 아주머니들에게 "누구 차를 내놓으라는 거냐?"고 야단을 맞고는 쩔쩔매면서 그냥 통과시킨다. 한국전쟁 당시 같은 동네에서 사는 사람들끼리 벌였던 골육상쟁을 씁쓸하게 연상시키는 대목이다.

찾아보기 ●--

- 「심야의 탈주(Odd Man Out, 1947, 영국, 115분)」, 감/Carol Reed, 출/James Mason, Robert Newton, Kathleen Ryan, Robert Beatty, Cyril Cusack, Dan O'Herlihy
- 「길잃은 사나이(The Lost Man, 1969, 미국, 122분)」, 감/Robert Alan Aurthur, 출/Sidney Poitier, Joanna Shimkus, Al Freeman, Jr., Michael Tolan
- 「칼(Cal, 1984, 영국, 102분)」, 감/Pat O'Connor, 출/Helen Mirren, John Lynch, Donal McCann, John Cavanagh, Ray McAnally, Steven Rimkus

▌「비밀 전략(Hidden Agenda, 1990, 영국, 108분)」, 감/Ken Loach, 출/Frances McDormand, Brian Cox, Brad Dourif, Mai Zetterling, Jim Norton, Maurice Roaves

▌「크라잉 게임(The Crying Game, 1992, 영국, 112분)」, 감/Neil Jordan, 출/Stephen Rea, Miranda Richardson, Forest Whitaker, Jim Broadbent

▌「마이클 콜린스(Michael Collins, 1996, 미국-에이레, 132분)」, 감/Neil Jordan, 출/Liam Neeson, Aidan Quinn, Julia Roberts, Stephen Rea, Alan Rickman

▌「아버지의 이름으로(In the Name of the Father, 1993, 미국-에이레, 127분)」, 감/Jim Sheridan, 출/Daniel Day-Lewis, Pete Postlethwaite, Emma Thompson, John Lynch, Corin Redgrave

▌「어느 어머니의 아들(Some Mother's Son, 1996, 미국-영국-에이레, 112분)」, 감/Terry George, 출/Helen Mirren, Fionnula Flanagan, Aidan Gillen, David O'Hara, John Lynch, Tim Woodward

▌「각하(The General, 1998, 에이레, 124분)」, 감/John Boorman, 출/Brendan Gleeson, Jon Voight, Adrian Dunbar, Sean McGinley, Maria Doyle Kennedy, Angeline Ball, (Jim Sheridan)

▌「폭파 사건의 내막(The Investigation : Inside a Terrorist Bombing, 1990, 영국, 115분)」, 감/Mike Beckham, 출/John Hurt, Martin Shaw, Roger Allan, Donal McCann, Peter Gowen, Niall Tolbin

▌「헤네시(Hennessy, 1975, 영국, 103분)」, 감/Don Sharp, 출/Rod Steiger, Lee Remick, Richard Johnson, Trevor Howard, Peter Egan, Eric Porter

▌「아이들의 전쟁(A War of Children, 1972, 미국, 73분)」, 감/George Schaefer, 출/Jenny Agutter, Vivien Merchant, John Ronane, Danny Figgis, Anthony Andrews, Aideen O'Kelly

▌「복서(The Boxer, 1997, 미국-에이레, 113분)」, 감/Jim Sheridan, 출/Daniel Day-Lewis, Emily Watson, Brian Cox, Ken Scott, Gerard McSorley

▌「상실감(A Sense of Loss, 1972, 미국-스위스, 135분)」, 감/Marcel Ophuls

▌「무서운 적(The Violent Enemy, 1968, 영국, 94분)」, 감/Don Sharp, 출/Tom Bell, Susan Hampshire, Ed Begley, Jon Laurimore, Michael Standing, Noel Purcell

▌「잉글랜드 은행을 강탈하던 날(The Day They Robbed the Bank of England,

1960, 영국, 85분)」, 감/John Guillermin, 출/Aldo Ray, Elizabeth Sellars, Peter O'Toole, Hugh Griffith, Kieron Moore, Albert Sharpe

▍「에이레 위스키 반란(Irish Whiskey Rebellion, 1972, 미국, 93분)」, 감/J. C. Works(Chester Erskine), 출/William Devane, Anne Meara, Richard Mulligan, David Groh, Judie Rolin, William Challee, Stephen Joyce

▍「외부인(The Outsider, 1979, 미국, 128분)」, 감/Tony Luraschi, 출/Craig Wasson, Patricia Quinn, Sterling Hayden, Niall Toibin, Elizabeth Begley, T. P. McKenna, Frank Grimes

▍「밀고자(The Informer, 1929, 영국, 82분)」, 감/Arthur Robison, 출/Lya de Putti, Lars Hanson, Warwick Ward, Carl Harbord, Dennis Wyndham

▍「밀고자(The Informer, 1935, 미국, 91분)」, 감/John Ford, 출/Victor McLaglen, Heather Angel, Preston Foster, Margot Grahame, Wallace Ford, Una O'Connor, J. M. Kerrigan, Joseph Sauers(Sawyer), Donald Meek

▍「긴장(Up Tight, 1968, 미국, 104분)」, 감/Jules Dassin, 출/Raymond St. Jacques, Ruby Dee, Frank Silvera, Julian Mayfield, Roscoe Lee Browne, Max Julien

▍「보포르스의 조우(The Bofors Gun, 1968, 미국, 106분)」, 감/Jack Gold, 출/Nicol Williamson, Ian Holm, David Warner, Peter Vaughn, John Thaw, Richard O'Callaghan, Barry Jackson, Donald Gee, Barbara Jefford

▍「밤의 투사들(The Night Fighters, 또는 A Terrible Beauty, 1960, 영국, 85분)」, 감/Tay Garnett, 출/Robert Mitchum, Anne Haywood, Dan O'Herlihy, Cyril Cusack, Richard Harris, Marianne Bennet

▍「선량한 건맨(The Gentle Gunman, 1952, 영국, 86분)」, 감/Basil Dearden, 출/Dirk Bogarde, John Mills, Elizabeth Sellars, Robert Beatty

▍「사랑하는 나의 적(Beloved Enemy, 1936, 미국, 86분)」, 감/D. H. C. Potter, 출/Merle Oberon, Brian Aherne, Karen Morley, Henry Stephenson, Jerome Cowan, David Niven, Donald Crisp

▍「탈옥(The Break, 1998, 영국-에이레-독일-일본, 96분)」, 감/Robert Dornhelm, 출/Stephen Rea, Alfred Molina, Rosana Pastor, Brendan Gleeson, Jorge Sanz, Pruitt Taylor Vince

▍「페이트리오트 게임스(Patriot Games, 1992, 미국, 116분)」, 감/Phillip Noyce, 출/Harrison Ford, Anne Archer, Patrick Bergin, Thora Birch, Sean Bean,

Richard Harris, James Earl Jones, James Fox, Samuel L. Jackson

▌「운명의 어릿광대들(Fools of Fortune, 1990, 영국, 109분)」, 감/Pat O'Connor, 출/Mary Elizabeth Mastrantonio, Iain Glen, Julie Christie, Michael Kitchen, Sean McClory, Frankie McCafferty

▌「새벽의 비밀(The Dawning, 1988, 영국, 97분)」, 감/Robert Knights, 출/Anthony Hopkins, Jean Simmons, Trevor Howard, Rebecca Pidgeon, Hugh Grant, Tara MacGowran

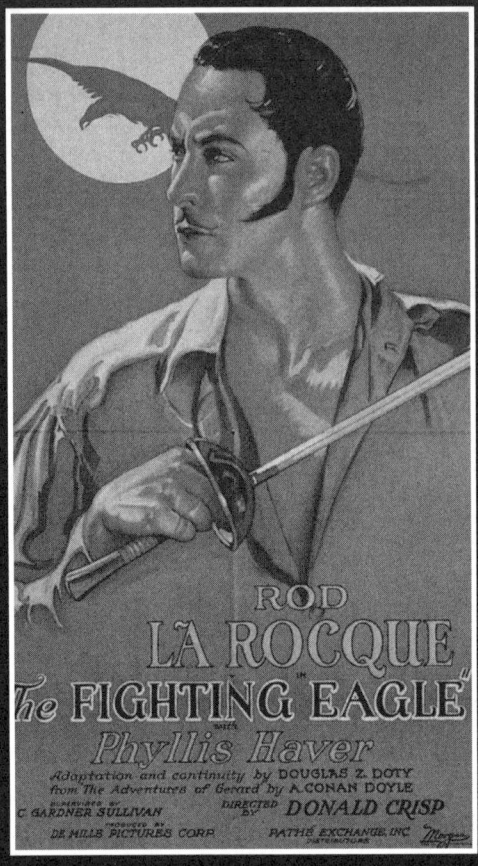

「싸우는 독수리(The Fighting Eagle, Pathe, 1927)」
나 마찬가지로 오락 활극은 정사(正史)보다 야담(野談)
에서 훨씬 더 많은 자료를 구한다.

영국의 오락 사극

헐리우드 영화를 많이 봤으니까 미국 문화를 잘 안다고 착각하는 사람들이 상상 외로 많다. 그것은 아마도 한국 영화가 가능하면 사회상이나 현실을 솔직하고 참되게 반영하려는 노력을 계속해 왔고, 그래서 외국 영화도 그러했으리라고 순진하게 믿었던 오해의 소산이리라. 하지만 공장에서 사탕을 대량 생산하여 판매 전략을 세우듯 '예술'을 상품화하는 헐리우드의 영화라면, 많은 경우에 미국의 문화나 생활을 참되게 반영한 작품이라고 하기는 어렵다.

진실의 가치관을 마음대로 왜곡시키는 전설의 시대를 거쳐 소설의 재미를 위해서는 역사적인 사실도 바꾸겠다고 천명한 월터 스코트의 세계까지도 우리는 살펴보았고, 미국의 서부극에도 벌써부터 수정주의(revisionism)가 대두했다. 그런데도 헐리우드 영화에서 미국 문화를 공부했다는 사람의 말은 우리나라의 궁중사극(宮中史劇)을 보고 대학 입시를 위한 국사 공부를 했다는 재수생의 억지만큼이나 미덥지가 않게 들린다.

역사를 바탕으로 삼았다고는 하지만 이렇게 정사(正史)와는 거리가 멀게 느껴지는 대표적인 '사극'이 이른바 '오락 활극' 계열의 영화이다. 물론 지금까지도 그런 사극을 많이 다루기는 했지만, 영국의 역사를 펑계로 삼은 오락 사극을 살펴보면 19세기 초에 에이레 자치권을 찾기 위한 독립 투쟁을 벌여 "왕관없는 에이레의 왕"이라는 칭호를 들었고, 토지법에 반대하는 투쟁에도 열심이었던 정치인 찰스 파넬(Charles Stewart Parnell, 1846~91, 로버트 도나트)까지 잠깐 등장시키며, 에이레의 농부들이 힘을 모아 지주들과 맞서 투쟁하는 내용을 담은 「보이코트 대위」가 머리에 떠오른다. 주인공 보이코트(Charles Cunningham Boycott, 1832~97)는 영국군 대위로, 토지 개혁을 방해하는 자들을 소외시킨 토지 연맹(the Irish Land League)의 탄압을 가장 먼저 당한 희생자였고, 지금 널리 쓰이는 단어 '보이코트(boycott)'는 그의 이름에서 유래한다.

「파넬」의 전기영화도 나오기는 했지만, 민족주의자로서의 활동보다는 간통사건이 들통나서 파멸을 당하는 쪽으로 관심을 기울이는 바람에 흥행에서 실패하여 1937년의 대표적인 "쫄딱 망한 영화"라는 오명을 얻었다.

활극성 에이레 배경 사극으로는 1800년대 "사랑과 음모의 칼쌈영화"「풍운의 오플린」과 로빈 우드(Robin Wood)의 평론 이후 지금은 통속극(melodrama)의 대표적인 감독처럼 알려진 더글라스 서크 감독이 19세기 에이레의 반란을 이끌었던 멋쟁이 영웅을 주인공으로 내세워서 만든 「자유의 기풍(氣風)」도 한국 관객을 즐겁게 해 주었지만, 에이레의 통일을 위해 투쟁하는 족장을 주인공으로 내세운 디즈니 제작 사극 「용감한 도네갈의 왕자」만큼 색채가 화려하고 줄거리 전개가 통쾌한 영화도 많지 않다.

「검객」은 에이레와 더불어 핍박을 받은 18세기 스코틀랜드를 배경으로 삼아 로미오와 줄리에트 주제를 담은 영화이다.

「풍운의 오플린」에서 더글라스 페어뱅크스 주니어와 함께 주연을 맡았던 영국 무대 출신의 배우 리처드 그린(1918~85)은 「자유의 기풍」에서 주연을 맡았던 록 허드슨과 마찬가지로 무작정 미남이기만 했지 개성이 별로 없어 보이던 배우로서 「풍운아」 같은 활극형 사극에 자주 얼굴을 보였고, 1950년대에는 텔레비전 연속물에서 오랫동안 로빈 후드 노릇을 했으며, 70년대에 에이레에 정착하여 말을 키우며 살았는데, 한국에서는 「로나 도온」으로 가장 널리 알려졌었다.

낭만적인 모험소설을 많이 쓴 영국 작가 리처드 블랙모어(Richard Doddridge Blackmore, 1825~1900) 원작인 『로나 도온(Lorna Doone, a Romance of Exmoor, 1869)』은 17세기 영국의 왕권다툼과 반란이 한창일 무렵 어린 주인공 존 리드(John Ridd)가 무법자 도온 일가의 손에 붙잡혔을 때 어린 소녀 로나가 목숨을 구해 주고, 성장한 다음 그녀를 다시 찾아나선 존은 아버지를 죽인 원수 도온 일가를 증오하면서도 그들의 딸 로나를 사랑하고 만다. 하지만 알고 보니 로나가 스

「로나 도온」은 활극성 역사물로서 여러 차례 영화로 선을 보였다. 이 사진들은 1990년 영국에서 제작한 영화이며, 우리나라에서는 리처드 그린이 주연했던 작품이 인기가 높았다.

코틀랜드의 귀족 집안 출신으로서 강제로 납치되어 도온 집안의 딸이 되었다는 사실이 밝혀져 두 사람이 결혼하기에 이른다는 전형적인 말랑드라마이다.

「로나 도온」은 영국에서 1935년과 1990년에도 영화로 만들어졌다.

악당의 딸 로나 도온을 사랑한 존 리드와는 반대로, 상놈에 대한 규수의 욕망을 주제로 삼아 17세기 찰스 2세 통치하의 영국을 무대로 해서 '공주와 도적의 사랑'이라는 신분 파괴 연애담 공식을 살린 낭만적 활극영화 「귀부인과 강탈자」는 여류 소설가 바바라 카틀랜드(Barbara Cartland)의 『뒤에 탄 큐피드(Cupid Rides Pillion)』가 원작이고, 이 작품은 1988년 영국에서 휴 그랜트, 올리버 리드, 마이클 요크, 클레어 블룸 주연으로 다시 영화가 나왔다.

무법자와 참한 아가씨의 사랑은 그밖에도 많아서, 해적영화에서는 바다에서 늘 짝이 지워지고는 했던 루이스 헤이워드와 패트리샤 메디나가, 「귀부인과 도적」에서는 육지에서 비슷한 관계를 맺는다.

1760년대 영국을 무대로 삼은 유명한 시를 영화로 만든 「복면의 투사」에서는 여인숙의 딸이 도적과 사랑을 하게 되는데, 알고 보니 강도의 진짜 신분은 핍박받는 자들을 위해 싸우는 귀족이었다면서 조로(Zorro) 식으로 「로나 도온」의 성 역할을 바꿔 놓는다.

내용이 지나치게 퇴폐적이라고 한때 물의를 일으켰던 캐틀린 윈저(Kathleen Winsor)의 소설을 영화로 만든 「영원한 앰버」는 국가에서 양성하는 '해적'을 평생 사랑하면서 자신의 신분 상승에도 집착하는 여인의 야망을 주제로 삼았으며, 화려한 의상과 서사적인 내용의 전개 등 전형적인 사극의 매력을 고루 갖춘 작품이었다. 그리고 앞으로 계속해서 관심을 갖고 살펴볼 "역사 속의 여인상"에 입각해서도 중요한 의미를 지닌 영화이다.

1644년, 찰스 1세의 압정에 크롬웰과 의회가 반기를 들었을 무렵,

누군가 남의 집 앞에 내다 버린 계집아이, 아기를 싸놓은 호박색
(amber) 담요에 박힌 글자 그대로 계집아이에게는 '앰버'라는 이름이
붙는다. 그리고 1660년, 통치자가 찰스 2세로 바뀌고 크롬웰은 죽었
어도 영국은 엄격한 청교도적 생활방식이 시골 구석구석까지 정착되
었고, 이제 '이팔청춘' 16살이 된 호박색 머리의 앰버는 양부모가 정
혼해 준 남자와 결혼하기를 거부한다. "돼지우리 같은 촌구석에서 평
생을 썩고 싶지 않다"는 분명한 이유 때문이다.

도회지 사교계의 '멋진 인생'을 꿈꾸고 그리워하던 앰버는 근처 여
관에 들른 군인들을 찾아가고, 그들의 지휘관 브루스 칼튼 경(Lord
Bruce Carlton)이 돈많은 남자라는 정보를 입수하고는 그에게 접근하
여 런던으로 데려가 달라고 간청한다. 한밤중에 침실로 쳐들어가기
까지 해도 뜻이 이루어지지를 않자 앰버는 무작정 런던으로 상경하

앰버는 찰스 2세(가운데)까지 이용해 가면서 사랑하던 남자의 아내를 궁지로 몰아넣으려는 계략을 꾸미지
만, 자신의 파멸만 재촉하는 결과를 가져온다. 「영원한 앰버」는 「크라잉 게임」과 더불어 연속방송극적인
방식으로 복잡한 줄거리를 엮어 나가는 대표적인 작품이다.

여 브루스의 거처로 밀고 들어간다. 사랑보다는 출세욕에 사로잡힌 앰버는 결국 브루스와의 동거에 성공하여 사치스러운 옷차림과 비싼 외식(外食) 정도의 신분상승을 달성한다.

그러다가 브루스는 찰스 2세가 내주는 배 두 척을 끌고 사략선장이 되어서 6개월 동안 신세계 아메리카로 떠나게 된다. 그러면, 앞에서 해적영화 부문에서도 소개한 바 있는 '사략선(私掠船, privateer)'이란 과연 무엇일까? 앰버에게서 이런 질문을 받고 브루스는 "공해(公海)에서 재물을 탈취하기(taking treasures from the high seas)"라고 설명한다. 앰버가 그렇다면 '해적질(piracy)' 아니냐고 묻자 브루스의 평생 친구인 해리 암스베리(Harry Almsbury)는 이렇게 설명한다. "해적질은 교수형감이고, 사략선은 이익금(profit)을 국가와 나눠 갖는다."

바로 이것이 대영제국의 윤리관이었다.

어쨌든 잠든 앰버를 깨워 작별인사를 하는 대신 2백 파운드의 돈을 남겨 두고 그냥 떠나려는 브루스에게 해리가 "그래도 저 여자는 자네를 사랑하잖아"라고 말하자 브루스는 두 사람의 관계를 이렇게 정의한다. "아냐. 저 여자는 (내가 아니라) 야망을 사랑하고, 나는 그 야망의 한 부분에 지나지 않아.(No. She's in love with ambition, and I'm only a part of it.)"

돈을 전해 주면서 해리는 앰버한테 올바르게, 인간답게, 그리고 여자답게 살아가라는 뜻으로 "인생이란 계단을 올라가듯 그렇게 한 걸음씩 신분상승이 되지는 않으니까" 이 험악한 세상에서는(in London full of rogues and adventurers) 조심해야 한다고 충고한다. 하지만 앰버는 "지위(title)와 부(fortune)를 모두 얻어 정상에 오르겠다"고 선언하고는, 미국산 모피나 향료(spice) 사업(venture)에 투자를 하면 떼돈을 벌게 되리라는 여관 주인의 사기에 걸려 알거지가 되고는, 사기꾼들의 농간에 넘어가 투옥까지 당한다.

이름도 불길한 블랙 잭 말라드(Black Jack Mallard)를 감옥에서 사귄 앰버는 브루스의 아기를 임신한 덕택에 출옥하게 되고, 블랙 잭의 집에서 아들을 낳고는 그와 함께 노상강도를 하다가 경찰에 쫓긴다. 이때 그녀를 숨겨 주고 배우로 무대에 서도록 도와 준 장교 렉스 모건(Rex Morgan)과 앰버는 헤픈 관계를 맺고, 모건은 그것이 결혼 약속이나 마찬가지라고 믿는다.

하지만 스페니시 메인에서 활약하던 브루스가 귀국하자 앰버는 그를 시골집으로 데리고 가서, 모건과의 관계는 숨긴 채로, 아들을 보여 주고 다시 '사랑'을 계속한다. 이런 사실을 알게 된 모건은 분노하고, 브루스와 결투를 벌여 목숨까지 잃는다.

앰버의 무분별한 처신에 분노한 브루스는 국가가 공인하는 해적질을 계속하러 떠나고, 앰버는 상처한 늙은 귀족(Earl of Radcliff)과 결혼하여 다시금 신분상승에 성공한다. 래드클리프 백작이 보증하는 사치스러운 삶과 그녀의 미모를 거래하면서 앰버는 해리에게 이런 설명을 한다. "백작은 젊은 아내를 원하고 나는 지위를 원하니까요.(He wants a young wife and I want a title.)"

그러나 결혼 피로연에서 앰버는 브루스가 귀국했다는 소식을 듣고는 남편에게 온다간다 말도 없이 마차를 몰고 그를 만나러 달려간다. 자신의 모든 행동을 대수롭지 않게 생각하며 그녀는 "브루스가 나의 유일한 사랑"이고 브루스 또한 오직 그녀만을 영원히 사랑하리라는 착각에 빠져 버린 것이다.

앰버가 결혼했다는 사실을 알지 못했던 브루스는 그녀가 외출한 사이에 백작이 들이닥치자 당황해서 다시 미국으로 떠난다. 역병이 도는 도시에서 브루스와 지내는 동안 패물을 훔치려는 노파를 목졸라 죽인 경력을 쌓은 앰버는 결국 백작 남편을 하인의 손에 죽게끔 하고는, 연극을 보러 와서 그녀에게 관심을 보이던 찰스 2세에게 적극적으로 접근하여 결국 궁정(White Hall)으로 들어가 그의 정부가 된다.

그래도 영화는 아직 끝나지를 않고, 브루스가 미국에서 결혼한 다음 아내와 함께 런던으로 찾아오자, "우리 사이에는 아무것도 변하지 않았다"며, 브루스가 왜 "돈도 없고 작위도 없는 여자와 결혼했는지" 전혀 이해를 못하면서, 자신처럼 사악하지 않은 여자가 한 명이라도 세상에 존재한다는 사실을 믿지 않으면서, '정숙한 아내'의 존재를 인정하지 않으면서, 브루스와 그의 아내를 갈라놓기 위해 찰스 2세까지 이용하여 훼방을 놓으려고 하지만, 결국 "당신은 아무도 사랑하지 않고, 어느 누구도 사랑해 본 적이 없다"는 판결을 내린 왕에게서 쫓겨나고, 아들도 잃고, 홀로 시골로 내려가는 신세가 된다.

영화가 끝날 때쯤에 앰버의 나이가 스물다섯이었으니, 그야말로 그녀는 「크라잉 게임」만큼이나 복잡하고 파란만장한 삶을 살았던 '풍운녀(風雲女)'라고 아니 할 수가 없겠다.

찾아보기 ●--

▌「보이코트 대위(Captain Boycott, 1947, 영국, 92분)」, 감/Frank Launder, 출/Stewart Granger, Cathleen Ryan, Cecil Parker, Mervyn Johns, Alastair Sim, Robert Donat

▌「파넬(Parnell, 1937, 미국, 119분)」, 감/John Stahl, 출/Clark Gable, Myrna Loy, Edna May Oliver, Edmund Gwenn, Alan Marshal, Donald Crisp, Billie Burke, Donald Meek

▌「풍운의 오플린(The Fighting O'Flynn, 1949, 미국, 82분)」, 감/Arthur Pierson, 출/Douglas Fairbanks, Jr., Richard Greene, Helena Carter, Patricia Medina

▌「자유의 기풍(Captain Lightfoot, 1955, 미국, 91분)」, 감/Douglas Sirk, 출/Rock Hudson, Barbara Rush, Jeff Morrow, Finlay Currie, Cathleen Ryan

▌「용감한 도네갈의 왕자(The Fighting Prince of Donegal, 1966, 미국, 112분)」, 감/Michael O'Herlihy, 출/Peter McEnery, Susan Hampshire, Tom Adams, Gordon Jackson, Andrew Keir, Donal McCann

▌「검객(Swordsman, 1948, 미국, 81분)」, 감/Joseph H. Lewis, 출/Larry Parks, Ellen Drew, George Macready, Edgar Buchanan

▌「풍운아(Captain Scarlett, 1953, 미국, 75분)」, 감/Thomas Carr, 출/Richard Greene, Leonora Amar, Nedrick Young, Edourado Noriega

▌「로나 도온(Lorna Doone, 1951, 미국, 88분)」, 감/Phil Karlson, 출/Barbara Hale, Richard Greene, Carl Benton Reid, William Bishop

▌「로나 도온(Lorna Doone, 1935, 영국, 88분)」, 감/Basil Dean, 출/John Loder, Margaret Lockwood, Victoria Hopper, Roy Emerson, Edward Rigby

▌「로나 도온(Lorna Doone, 1990, 영국, 90분)」, 감/Andrew Grieve, 출/Clive Owen, Sean Bean, Polly Walker, Billie Whitelaw, Miles Anderson

▌「귀부인과 강탈자(The Lady and the Highwayman, 1989, 미국, 100분)」, 감/John Hough, 출/Emma Samms, Oliver Reed, Claire Bloom, Christopher Cazenove, Hugh Grant, Michael York, John Mills, Ian Bannen, Robert Morley

▌「귀부인과 도적(The Lady and the Bandit, 1951, 미국, 79분)」, 감/Ralph Murphy, 출/Luois Hayward, Patricia Medina, Suzanne Dalbert, Tom Tully

▌「복면의 투사(The Highwayman, 1951, 미국, 82분)」, 감/Lesley Selander, 출/Charles Coburn, Wanda Hendrix, Philip Friend, Cecil Kellaway, Victor Jory

▌「영원한 앰버(Forever Amber, 1947, 미국, 140분)」, 감/Otto Preminger, 출/Linda Darnell, Cornel Wilde, Richard Greene, George Sanders, Jessica Tandy, Anne Revere, Leo G. Carroll, Robert Coote

영국의 역사적인 인물 가운데 헨리 8세만큼 영화에 자주 등장하는 사람도 드물다.

헨리 8세와 딸

에이레의 분쟁이 구교와 신교의 갈등 때문이라고 간단히 생각하는 사람이 많지만, 영국의 종교적인 문제는 좀 특수한 상황이고, 그 원인을 굳이 따지자면 헨리 8세도 어느 정도는 책임을 져야 한다. 영화나 연극에도 자주 등장할 만큼 '화제'를 많이 뿌린 유명한 인물 헨리 8세(Henry VIII, 1491~1547, 통치 기간 1509~47)는 튜더(Tudor) 왕조의 제2대 왕이며, 형 아더가 일찍 죽게 되자 형수 캐더린(Catherine of Aragon, 메어리 여왕의 어머니)과 결혼한다.

1513년 에스파냐를 도와 프랑스와 싸운 그는 동맹국 스코틀랜드와의 전쟁에서는 제임스 4세를 죽인다. 그는 마르틴 루터의 종교개혁에 반대하여 로마 교회를 지키기 위한 저서(『7대 성사(聖事)의 수호』 [Assertio Septem Sacramentorum])를 토마스 모어(Sir Thomas More, 1478~1535)의 도움을 받아 펴내어서 "신앙 옹호자(Fedei Defensor, Defender of the Faith)"라는 칭호를 받기도 하지만, 후계자(아들)를 생산하지 못한 캐더린과 이혼하기 위한 허락을 받아내지 못하자 교황

청과 대립하기에 이른다.

결국 헨리 8세는 1533년 1월 25일 앤 볼린(Anne Boleyn)과 비밀 결혼을 하고는, 이혼을 허락하거나 인정하지 않는 로마교회(가톨릭)로부터 파문을 당한다. 이듬해 그는 교회로부터의 분리를 선언하고 영국 국교(The Anglican Church, 성공회)의 수장이 되었다. 이러한 연유로 해서 성공회의 성직자는 결혼이 가능하고, 헨리 8세는 1536~9년에 수녀원 해산을 단행하기도 한다.

1536년 5월 19일에 헨리 8세는 그토록 우여곡절을 겪으며 재혼한 앤 볼린을 간통죄로 몰아 참수하고, 바로 이튿날 제인 씨모어(Jane Seymour, 에드워드 6세의 어머니)와 결혼한다. 제인 씨모어가 사망한 다음 헨리 8세는 앤(Anne of Cleves)과 1540년 1월에 결혼했다가 같은 해 이혼하고, 역시 같은 해 캐더린(Catherine Howard)과 또 결혼하지만 2년 후에 역시 간통죄로 몰아 목을 벤다.

마지막으로 그는 1543년 캐더린 파(Catherine Parr)와 결혼하는데, 이렇듯 복잡한 푸른수염적 사생활은 물론 좋은 영화거리가 되어, 무대 활동을 많이 한 영국 태생의 개성적인 배우 찰스 로톤이 아카데미 주연남우상을 타고 대표작으로 내세우게 된 「헨리 8세의 사생활」을 낳기도 했다.

우리나라에서 희곡으로도 공연되었던 「천일의 앤」에서 주인공이 된 앤 볼린은 캐더린 왕비의 궁녀로 일하다 헨리 8세의 눈에 들어 왕비가 되지만, 딸을 낳아 실망을 준 다음 유산과 사산을 거쳐 후계자를 생산하지 못하자 왕의 총애를 잃고는 결국 1천 일 동안의 '영광'에 종지부를 찍고, 그녀가 정을 통했다는 판결을 받은 다섯 명의 남자와 함께 처형되는 비운을 맞았다.

『천일의 앤』을 1948년에 발표한 미국의 극작가 맥스웰 앤더슨(Maxwell Anderson, 1888~1959)은 『스코틀랜드의 메어리(Mary of

개성파 연기자로서 바운티 호의 블라이 함장과 노트르담 성당의 꼽추에 이르기까지 많은 영화에서 명연기를 보였던 찰스 로톤은 헨리 8세 역을 도맡아 하다시피 했던 배우로도 유명하다. 「헨리 8세의 사생활」에 나오는 이 장면에서 그는 앤(Anne of Cleves) 역을 맡은 실제 부인(Elsa Lanchester)과 함께 출연 중이다.

Scotland, 1936)』와 『잔 다르크(Joan of Arc/Joan of Lorraine, 1948)』 그리고 앤 볼린과 헨리 8세의 딸인 엘리자베드 1세의 생애를 다룬 『엘리자베드와 에섹스(Elizabeth and Essex/Elizabeth the Queen, 1939)』와 같은 사극을 여러 편 썼다.

역시 희곡으로도 유명한 『사계절의 사나이』는 헨리 8세와 젊은 시절부터 친했던 정치가이며 철학자에 시인이었고, 그의 사회비평서를 통해 『유토피아(Utopia, 1516)』라는 말을 만들어 내기도 한 토마스 모어가 주인공이다. 하느님을 섬기기 위한 목숨이 하나뿐이었음을 개탄하는 유명한 말을 남긴 그는, 인간인 왕이 영국 교회(the Church of England)를 만들어 수위(首位, supremacy)에 오르는 행위를 인정하지 않으려고 침묵을 지켰다가, 헨리 8세의 미움을 사서 런던탑에 갇힌 다음 결국 참수를 당한다.

"유토피아"라는 단어를 만들어
낸 「사계절의 사나이」에서 주인
공으로 등장하는 토마스 모어
(위)가 딸과 함께 런던탑에서 처
형을 당하는 네 명의 승려를 지
켜보고 있다(왼쪽). 여기에서 그
는 자신의 처형을 당당하게 맞
을 용기를 얻었다고 한다

　아카데미 상을 여섯 부문에서 수상한 이 영화에서는 로버트 쇼가
헨리 8세의 역을 맡았고, 왕의 비위를 맞추기 위해서는 종교적인 원
칙을 버리는 울지(Wolsey) 추기경(오손 웰스), 개인적인 영달을 위해
서는 배반과 거짓말을 서슴지 않는 기회주의자 리처드(Richard Rich,
존 허트) 등 권력 주변의 다양한 인물상이 등장하여 정치 풍자극 분위
기를 풍기는데, 물론 가장 주목할 만한 인물은 토마스 모어의 후임으
로 대법관이 된 다음에, '동의하지 않는 침묵'으로 폐하의 심기를 불
편하게 만든 불경죄를 저지른 주인공을 참형에 처하는 토마스 크롬
웰(리오 매컨)이다.

　『사계절의 사나이』를 쓴 극작가 로버트 볼트(Robert Bolt)는 신념과
가치관이 다른 집단들의 충돌을 주제로 삼은 사극을 주로 집필해서,
엘리자베드 1세와 스코틀랜드의 메어리 여왕이 대결을 벌이는『여왕
폐하 만세(Vivat! Vivat! Regina, 1971)』그리고 러시아 혁명기 레닌과 스
탈린과 트로츠키 등의 갈등을 그린『혁명의 풍운(State of Revolution,

1977)』을 발표했으며 「의사 지바고(1962)」, 「아라비아의 로렌스 (1966)」, 「라이안의 처녀(Ryan's Daughter, 1970)」, 「바운티 호(The Bounty, 1984)」, 「미션(Mission, 1986)」 등 여러 영화의 뛰어난 각색으로도 유명하다.

「사계절의 사나이」를 텔레비전극으로 만들 때는 얼마 전 런던에서 이 작품이 무대에 올랐을 때 주연을 했던 찰튼 헤스톤이 감독과 주연을 맡았다. 영국에서는 엘리자베드 테일러의 「클레오파트라」를 비꼬는 「잘해 봐, 클리오(Carry On Cleo, 1965)」를 위시하여 "잘해 봐(Carry On)"라는 제목으로 일련의 풍자극을 만들어 내던 사람들이 「잘해 봐, 헨리 8세」를 내놓기도 했다.

「장미와 검(劍)」은 캐더린 왕비와 헨리 8세 사이에서 태어난 딸 메어리 튜더의 사랑 이야기를 주제로 한 『기사도가 꽃피던 시절(When Knighthood Was in Flower)』을 원작으로 삼았다. 메어리와 더불어 헨리 8세의 딸로서 여왕이 되었던 엘리자베드 1세(Elizabeth I, 1533~1603)를 주인공으로 삼은 영화도 많은데, 우리나라 사람들이 가장 기억을 많이 하는 작품은 찰스 로톤이 다시 헨리 8세의 역을 맡았던 「비련(悲戀)의 공주」이겠다. 헨리 8세를 "평생 외로웠던 왕"이라고 참으로 이상한 해석을 내린 이 사극은 엘 그레꼬의 그림처럼 청색 계통의 색채가 강했으며, 마거리트 어윈(Margaret Irwin)의 소설이 원작이었다.

의상과 색채뿐 아니라 여러 면에서 사극의 공식에 충실했던 「비련의 공주」에서는 헨리 8세가 목을 만져 주면 그 왕비는 곧 참수를 당한다거나, 왕비가 바뀔 때마다 궁에서 쫓겨나거나 하트필드(Hatfield) 저택으로 가는 똑같은 언덕길로 마차가 내려갔다가 환궁할 때는 같은 장소로 마차가 올라오는 장면처럼, 무성영화적 장치도 심심치 않다.

어려서부터 고집이 세고 개성이 강한 여성으로 재현되었던 엘리자

「비련의 공주」에서 젊은 시절의 엘리자베드 1세는 사랑하는 씨모어 제독과 함께 배를 타고 바다로 나가 영국의 해군력 증강을 위한 포부를 키운다.

베드는 아버지가 승하하는 자리에서도 "나는 검은 양(black sheep)"이라고 선언하기를 주저치 않고, 동생 에드워드가 어린 나이에 왕이 되어 섭정에게 시달리자 용감히 맞서도록 부추기는가 하면, 그녀를 제거하려는 모함에 빠져 추밀원에 끌려나가서도 채찍으로 섭정을 후려치는 도전성도 보인다. 「여인천하」의 강수연에게 참으로 잘 어울리는 역이겠다.

영화에서 엘리자베드는 섭정 '네드 아저씨'(Edward Seymour, 1506?~52)의 동생인 토마스 씨모어 제독을 짝사랑하는데, 제독(스튜어트 그레인저)은 헨리 8세의 마지막 아내였던 캐더린 파(데보라 커)와 몰래 사랑하던 사이인데다가 엘리자베드를 어린애로만 생각해서 그녀의 사랑을 받아 주지 않아 '비련'으로 끝난다는 설정이지만, 알려진 역사적 사실로는 씨모어 제독이 해적들과 뒷거래를 하며 엘리자베드와 결혼하여 왕위에 오를 계획을 세웠다가 엘리자베드에게서 청혼을 거절당하는가 하면 섭정에게는 모반죄로 체포되어 런던탑에 감금 후에 처형된다. 사극영화를 보고 역사 공부를 한다는 주장이 얼마나 위험한 행위인지를 잘 보여 주는 본보기이겠다. 그러나, 주연 남배우

스튜어트 그레인저는 본명이 제임스 스튜어트였지만, 같은 이름의 미국 배우가 이미 활동 중이었기 때문에 개명했다는 역사적인 사실만큼은 믿어도 되겠다.

아버지 헨리 8세에게나 마찬가지로 엘리자베드에게도 '사생활'이 있었다. 딸이라고 실망해서 헨리 8세가 잘 돌보지는 않았어도 가정교사들이 워낙 훌륭한데다가 공부를 퍽 좋아했던 그녀는 프랑스어, 이탈리아어, 그리스어, 라틴어에 능했으며, 여성답게 미모와 치장에 신경을 많이 썼고, 보석과 화려한 옷을 좋아하고, 특히 그녀의 우아한 손을 자랑으로 삼았다고 한다. 말투는 우아했지만 가끔은 폭발적인 성미에 험악한 말도 거침이 없었다고 한다. 심한 병을 앓고 나서 대머리가 되었다는 얘기도 전해진다.

맥스웰 앤더슨의 희곡을 영화로 만든 「엘리자베드와 에섹스의 사생활」에서는 베티 데이비스가 엘리자베드 역을 맡았다. 젊고 미남이었던 군인 에섹스 백작(Earl of Essex)은 통치 후반기에 월터 롤리 경과 더불어 여왕의 총애를 받았던 신하이지만, 나중에 반역을 꾀하다가 처형을 당하고 만다.

현재 영국을 통치하는 엘리자베드 2세와 마찬가지로 스물다섯 살이라는 나이에 엘리자베드 1세가 등극했을 무렵의 잉글랜드는 전쟁과 종교 분쟁으로 국력이 쇠약해져 프랑스와 에스파냐가 침략의 기회를 노렸지만, 엘리자베드는 강력한 남편을 얻는 대신 직접 나라를 챙기며 국력을 키워 30년 후에는 에스파냐의 무적함대를 무찌르기에 이른다. 청혼자가 많았음에도 불구하고 '백성과 결혼했다(wedded to the people)'고 천명한 그녀는 70이라는 나이에 승하할 때까지 '처녀 여왕(Virgin Queen)'의 몸으로 통치에 전념했다.

「처녀 여왕」에서 엘리자베드 1세의 역을 맡은 여배우도 역시 베티 데이비스였다. 이 영화에서는 여왕이 탐험가요 궁중 시인이었던 젊

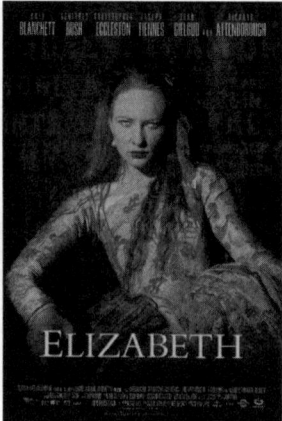

엘리자베드 1세는 강한 개성으로 인해서 그녀의 아버지인 헨리 8세만큼이나 자주 영화에 등장한다. 이탈리아 화가가 그린 엘리자베드 1세의 "무지개 초상화(rainbow portrait)"(오른쪽)에서는 여왕의 옷에 지혜를 상징하는 눈과 귀의 무늬를 그려 넣었고, 오른손으로는 무지개를 잡았으며, 손 위에는 라틴어로 "태양이 없이는 무지개도 없다(Non sine sole iris)"는 글이 적혔다. 왼쪽은 영국 영화 「엘리자베드」에서 재현된 모습이다. 포스터에 나온 모습(가운데)하고도 비교해 보기 바란다.

은 월터 롤리 경(Sir Walter Raleigh, 1552?~1618)과의 사이에서 겪는 갈등이 주제이다. 롤리는 아메리카 대륙을 탐험했으며, 담배를 유럽에 소개한 인물로도 알려졌다. 그는 엘리자베드의 궁녀를 유혹했다가 여왕의 미움을 받게 되었다고 하며, 제임스 1세의 통치하에서는 반역죄로 십여 년 옥살이를 한 다음 황금을 찾아 남 아메리카 탐험길에 나선다. 그러나 에스파냐를 상대로 해적질을 하지 말라는 경고를 무시한 죄로 잉글랜드로 돌아간 다음 처형을 당한다.

하지만 영화는 그런 역사적인 사실과는 물론 크게 다른 모양을 갖춘다. 기병 대위 롤리는 에이레에서 싸우고 돌아오는 길에, 같은 고향 사람의 연줄을 타고 여왕에게 접근하려는 목적으로, 비가 쏟아지는 속에서 진흙탕에 빠진 레스터 백작의 마차를 꺼내 주는 첫 장면에서부터, 노골적인 기회주의자로 재현된다. 여왕이 더러운 물을 발에 묻히지 않도록 망또를 벗어 깔아 주었다는 유명한 일화도 여기에서는 그런 성격을 부각하는 장치가 된다. 여왕으로부터 그가 침실에서 작위를 받고 나오자 선배 '애완견' 크리스토퍼 경에게서 '잔꾀'를 의심받고는 뺨을 맞기도 한다.

그런가 하면 여왕은 오만하고, 독선적이고, 표독스럽고, 신경질적이고, 독설이 심하고, 어찌나 노처녀의 변덕과 심통이 대단한지, 시녀 역을 맡은 조운 콜린스(Joan Collins)는 롤리를 애완동물처럼 옆에 두려는 엘리자베드를 이런 식으로 표현한다. "여왕은 화가 나면 이성을 잃어요. 하루 종일 잘 먹여 주고 자유롭게 풀어 주었다가는, 목을 베어 버리죠."

당연한 현상이지만 "미국 은막의 영부인(First Lady of the American Screen)"이라는 칭호를 받았던 베티 데이비스(Bette Davis, 1908~89, 본명 Ruth Elizabeth Davis)는 그녀가 맡았던 대부분의 역이나 마찬가지로 영화 밖에서도 개성이 매우 강한 여배우로 알려졌고, 마음에 안 드는 사람한테는 누구에게나 독설도 서슴지 않았다고 하는데, 아무리 그렇다고는 하더라도 화려한 사극에서 남녀 주인공이 모두 호감이 가지 않는「처녀 여왕」같은 영화라면 관객으로서는 자꾸 마음이 불편해지게 마련이다. 영화의 주인공이란 모름지기, 심지어는 깡패이건 조폭 마누라이건 떼강도 두목이건 바람둥이이건 하물며 노트르담의 꼽추까지도, 어딘가 매력이나 호감을 줘야 마땅하지 않을까 하는 생각이다. 그것도 아니라면 베티 데이비스가 말년에 만든 로버트 올드리치(Robert Aldrich) 감독의「베이비 제인은 도대체 어떻게 되었는가(What Ever Happened to Baby Jane?, 1962)」에서처럼 극적인 악마가 차라리 훨씬 더 사랑스럽겠다.

에스파냐와 잉글랜드의 분쟁을 줄거리로 잡은「잉글랜드의 정염」에서 엘리자베드 역을 맡은 플로라 롭슨은 여왕의 성격 가운데 지나치게 강인한 쪽만 염두에 둔 선택이 아니었나 싶다. 엘리자베드는, 비록 열병으로 대머리가 되었기는 하더라도, 미모가 상당했다고 알

BETTE DAVIS
ERROL FLYNN

THE PRIVATE LIVES OF
ELIZABETH and ESSEX
IN TECHNICOLOR

OLIVIA DE HAVILLAND
DONALD CRISP · ALAN HALE · VINCENT PRICE · HENRY STEPHENSON
Directed by Michael Curtiz
A WARNER BROS. PICTURE

베티 데이비스는 「처녀 여왕」(위)을 비롯한 여러 영화에서 독선적이고 오만한 엘리자베드 1세의 역을 해 냈으며, 이런 기질은 노년에 로버트 올드리치의 영화 「베이비 제인은 도대체 어떻게 되었는가(우리나라 비디오 제목 "제인의 말로")」에서도 아래 왼쪽 사진에서처럼 유감없이 발휘된다. 「엘리자베드와 에섹스의 사생활」(포스터) 역시 베티 데이비스가 주연했다.

려졌으니 말이다. 롭슨은 「시호크(The Sea Hawk, 1940)」에서도 같은 역을 되풀이한다.

「엘리자베드 여왕(Queen Elizabeth, 1912)」에서는 다리를 절단한 다음에도 연기를 계속했던 프랑스의 전설적인 무대 비극배우 사라 베른아르(Sarah Bernhardt, 본명 Rosalie Bernard, 1844~1923)가, 그리고 네덜란드계 미국인 언론인이며 역사가인 헨리크 반 룬(Henrik Willem Van Loon, 1882~1944) 원작인 「인류 이야기(The Story of Mankind)」에서는 아그네스 무어헤드(Agnes Moorehead)가, 역사에 등장하는 유명한 세 여인을 주인공으로 내세운 「운명의 딸」에서는 클로데트 콜베르가, 버지니아 울프 원작의 「오를란도(Orlando, 1992)」에서는 퀜틴 크리스프(Quentin Crisp)」가 엘리자베드 1세의 역을 해냈다.

가장 최근에 엘리자베드 1세를 주인공으로 삼은 영화는 제목부터가 그냥 「엘리자베드」로서, 그녀가 살았던 시대보다 훨씬 앞선 여인으로서, 남들의 이목이나 궁중 예절 따위를 위해서 사랑이나 사생활을 포기하지는 않았던 적극적인 여성으로서의 모습을 부각했다.

찾아보기

- 「헨리 8세의 사생활(The Private Life of Henry VIII, 1933, 영국, 97분)」, 감/Alexander Korda, 출/Charles Laughton, Binnie Barnes, Robert Donat, Elsa Lanchester, Merle Oberon, Miles Mander, Wendy Barrie, John Loder
- 「천일의 앤(Anne of the Thousand Days, 1969, 미국, 145분)」, 감/Charles Jarrott, 출/Richard Burton, Genevieve Bujold, Irene Papas, Anthony Quayle
- 「사계절의 사나이(A Man for All Seasons, 1966, 영국, 120분)」, 감/Fred Zinnemann, 출/Paul Scofield, Wendy Hiller, Leo McKern, Robert Shaw, Orson Welles, Susannah York, John Hurt, Nigel Davenport, Vanessa Redgrave
- 「사계절의 사나이(A Man for All Seasons, 1988, 미국, 150분)」, 감/Charlton

Heston, 출/Chearlton Heston, Vanessa Redgrave, John Gielgud, Richard Johnson, Roy Kinnear, Martin Chamberlain

▌「잘해 봐, 헨리 8세(Carry On Henry VIII, 1972, 영국, 90분)」, 감/Gerald Thomas, 출/Sidney James, Kenneth Williams, Joan Sims, Barbara Windsor

▌「장미와 검(The Sword and the Rose, 1953, 미국, 93분)」, 감/Ken Annakin, 출/Richard Todd, Glynis Johns, James Robertson Justice, Michael Gough

▌「비련의 공주(Young Bess, 1953, 미국, 112분)」, 감/George Sidney, 출/Jean Simmons, Stewart Granger, Charles Laughton, Deborah Kerr, Cecil Kellaway

▌「엘리자베드와 에섹스의 사생활(또는 "엘리자베드 여왕," The Private Lives of Elizabeth and Essex 또는 Elizabeth the Queen, 1939, 미국, 106분)」, 감/Michael Curtiz, 출/Bette Davis, Errol Flynn, Olivia de Havilland, Donald Crisp, Alan Hale, Vincent Price, Henry Stephenson

▌「처녀 여왕(The Virgin Queen, 1955, 미국, 92분)」, 감/Henry Koster, 출/Bette Davis, Richard Todd, Joan Collins, Herbert Marshall, Dan O'Herlihy, Jay Robinson, Rod Taylor

▌「잉글랜드의 정염(Fire Over England, 1937, 영국, 89분)」, 감/William K. Howard, 출/Laurence Olivier, Flora Robson, Leslie Banks, Raymond Massey, Vivien Leigh, Robert Newton, (James Mason)

▌「운명의 딸(Daughters of Destiny, 1954, 프랑스, 94분)」, 감/Marcel Pagliero, 출/Claudette Colbert, Michele Morgan, André Clement, Daniel Ivernel

▌「엘리자베드(Elizabeth, 1998, 영국, 123분)」, 감/Shekhar Kapur, 출/Cate Blanchett, Geoffrey Rush, Joseph Fiennes, Richard Attenborough, Christopher Ecceleston, Kathy Burke, John Gielgud, Edward Hardwicke

벤자민 웨스트(Benjamin West)가 그린 이 그림에서는 올리버
크롬웰이 1635년 병력을 이끌고 의회로 진입하여 하원의원들
을 몰아내고 실권을 장악한다. 우리나라의 최근 역사를 두 차례
나 더럽혔던 군사 쿠데타와 비슷한 사건이었다.

닮고 닮은 사람들

 「영원한 앰버」에서 '시대적인 배경(경직된 청교도 분위기)' 노릇을 했던 혁명 지도자 크롬웰은 1642년 찰스 1세와 의회 사이에서 무력 항쟁이 시작되자 청교도들을 모아 엄격한 훈련을 거쳐 승리를 이끌어 낸 다음 실권을 장악했다. 그리고 48년 국왕이 스코틀랜드와 밀약을 맺어 제2차 내란이 일어났을 때에도 크롬웰은 국왕군을 물리쳤으며, 50년에는 왕당파의 거점인 에이레의 반란을 진압한다. 이어서 크롬웰은 53년에 군대를 동원하여 의원들을 몰아내고 신앙이 두터운 자를 지명하여 '성자(聖者)의 정치'를 시도했다.

 어느 정도의 이상주의적인 기질을 갖추었으면서도 청교도적 가혹함으로 공포의 대상이었기 때문에 지금까지도 역사적인 평가가 쉽지 않은 올리버 크롬웰(Oliver Cromwell, 1599~1658)은 「사계절의 사나이」에서 토마스 모어 전직 대법관을 괴롭히는 현직 대법관 토마스 크롬웰(1485?~1540)의 집안이기는 해도, 사실 진골(眞骨) 크롬웰 가문은 아니었다. 토마스 크롬웰의 누이와 결혼한 그의 고조부는 이름이 모건 윌리엄스(Morgan Williams)라는 웨일스인이었는데도 불구하고 아들 리처드가 어머니의 성 크롬웰을 따랐기 때문이다.

올리버 크롬웰의 일대기를 그린 영화 「크롬웰」도 주인공에 대한 역사적인 평가가 애매하다는 평을 들었다. 폭군인 찰스 왕(알렉 기네스)보다도 크롬웰(리처드 해리스)을 더 냉혹한 인물로 묘사를 해 놓아서, 영화를 보고 나면 관객이 오히려 왕의 편을 들고 싶어할 지경이었다는 결론이다.

「꿈을 찾아서」는 찰스 스튜어트 왕을 위해 싸우는 추종자들이 주인공이어서, 크롬웰은 아예 처음부터 악역으로 설정되었고, 「기사당원(Cardboard Cavalier, 1949)」의 에드먼드 윌라드(Edmund Willard)와 「변절자(The Vicar of Bray, 1937)」의 조지 메리트(George Merritt) 역시 호감을 느끼기 어려운 크롬웰의 모습을 보여 주었다.

「붉은 칼날」은 크롬웰 내란 당시 양쪽의 남녀가 사랑을 나눈다는 로미오와 줄리에트 형 활극이고, 「마녀찾기 장군」은 크롬웰 시대에 실존했던 마녀 사냥꾼 매튜 홉킨스(Matthew Hopkins)가 주인공인 빈센트 프라이스 공포물로서, 꽤 잘 만든 영화이지만 크롬웰의 인기 관리에는 정말로 도움이 되지 않는다.

잉글랜드를 배경으로 삼은 다른 실명(實名) 사극으로서는 찰스 2세의 궁정에서 벌어지는 음모가 화려하게 펼쳐졌던 시네마스코프 의 상극 「영광의 기사」, 16세 어린 나이에 9 일 동안 잉글랜드 왕좌에 올랐던 슬픈 여인의 얘기가 담긴 「튜더가의 장미(Tudor Rose, 1936)」와 같은 내용을 다시 영화로 만든 「제인」, 1815년 잉글랜드와 프랑스 사이에서 벌어지는 국제 정치 음모의 한가운데 선 웰링턴 공(Duke of Wellington)에다 복수심에 불타는 마리 앙뜨와네뜨의 딸(Duchess of Angouleme, 글레이디스 쿠퍼)까지 등장하는 「불굴의 웰링턴 공(公)」, 그리고 웰링턴 공(Arthur Wellesley, "the Iron Duke")의 연합군이 나뽈레옹 보나빠르뜨를 물리친 1815년 「워털루 전투」, 제2차 세계대전 당시 영국인들의 사기를 진작하기 위해 나뽈레옹 시대의 젊은 수상을 주인공으로 내세워 만든 사극 「젊은 수상 피트」, 넬슨 제독과 에마 해밀턴(Emma Hamilton)의 비련을 다루었으며 윈스턴 처칠 수상이 가장 좋아했던 미국 영화라는 소문이 난 「해밀턴 부인」, 같은 내용을 영국에서 다시 영화로 만든 「넬슨의 사랑」, 공교롭게도 (아니면 의도적으로) 두 작품에서 모두 피터 오툴이 헨리 2세의 역을 맡았으며 유명한 희곡을 원작으로 삼은 「베케트(Becket, 1964)」와 「겨울 사자들(The Lion in Winter, 1968)」도 포함된다. 장 아누이(Jean Anouih, 1910~1987)의 희곡이 원작인 「베케트」, 그리고 「젊은 사자들」을 염두에 두어서였는지 국내 공연 당시 「겨울 사자들」이라는 제목을 붙였던 제임스 골드맨(James Goldman, 1927~1998)의 희곡은 셰익스피어 등 희곡을 다루는 대목에서 다시 살펴보겠다.

시에서 태어난 영화로는 1850년 계관 시인(poet laureate)의 칭호를 받은 빅토리아 왕조 영국의 알프레드 테니슨 경(Alfred Tennyson, 1809~92)의 대표작을 영상으로 옮긴 「창기병대의 돌격」이 유명하다.

넬슨 제독의 비련을 줄거리로 삼은 「해밀턴 부인」은 윈스턴 처칠이 가장 좋아했던 미국 영화로 유명하다.

영국, 프랑스, 오스트리아, 터키, 프로이센, 사르디니아 연합군과 러시아 사이에서 벌어진 크림 전쟁(Crimean War, 1853~56) 당시 크림반도 발라클라바(Balaclava)에서 1854년 10월 25일 잘못된 명령인 줄 알면서도 영국 제27 창기병대가 죽음의 계곡으로 돌진해 들어가 6백 명이 전멸 당했던 사건을 같은 해 테니슨 경이 시로 엮어 낸 이 작품은 「로빈 후드의 모험(The Adventures of Robin Hood, 1938)」에서 2 년 후에 다시 만나게 될 마이클 커티스 감독과 에롤 플린이 만든 영화가 미국에서 먼저 나왔고, 1968년에는 영국판이 선보인다.

제목도 비슷하고 역시 크림전쟁을 배경에 깔았지만 「창기병의 공격」은 2류 공포물로 명성을 얻은 윌리엄 캐슬 감독이 집시 여인 폴레트 고다르와 영국 장교 장-삐에르 오몽의 사랑을 가지고 엮은 영화이다.

시나 소설을 원작으로 삼은 영국의 시대물로 헐리우드 키드가 잊지 못할 영화는 소설가이며 극작가인 앤토니 호프(Sir Anthony Hope Hopkins, 1863~1933)의 대표작 『풍운의 젠다성』이다. 영화 관람이라는 청소년의 문화 활동을 범죄시하던 시절, 중학교 1학년이었던 필자

테니슨 경의 시를 원작으로 삼아서 만든 「창기병대의 돌격」은 에롤 플린 주연으로 미국에서도 만들었고 (오른쪽), 데이비드 헤밍스 주연으로 영국에서도 만들었다.

는 마포의 경보극장에서 이 영화 1952년 판을 보다가 적발되어 첫 정학을 받았기 때문이다.

「풍운의 젠다성」은 루리타니아(Ruritania)의 망나니 왕이 대관식을 앞두고 찬탈 음모에 빠져 납치되자 쌍둥이처럼 닮은 친척이 낚시를 하러 왔다가 왕의 대역을 시작하면서 벌어지는 낭만적인 모험을 그렸다. 루돌프 왕이 가짜인 줄 모르고 너무나 멋진 남자로 돌변한 그에게 왕비는 진짜 사랑에 빠지고, 결국 주인공은 진짜 왕이 포로로 간힌 젠다성으로 단신 침투하여 걸핏하면 사람을 치던 왕을 구조해 성격을 고쳐 놓고 사랑하는 왕비를 그에게 돌려 준 다음 사나이답게 홀연히 말타고 떠난다는 공식을 답습한 내용이다.

젠다성 얘기는 1914년에, 그리고 다시 1922년(Rex Ingram 감독, Lewis Stone, Ramon Novarro 주연)에 무성영화로 만들어졌지만, 결정판은 1937년 존 크롬웰 감독이 로날드 콜맨과 더글라스 페어뱅크스 주니어를 맞붙이며 호화 배역진을 동원한 작품이었다. 악역(루퍼크 공)을 맡은 페어뱅크스와 화려한 무도회와 검술이 볼 만하다. 그리고 주인공이 말하고 떠나는 마지막 장면은 그대로 빼다 박은 「론 레인저」이다.

1952년 리처드 도프 감독의 「젠다성」에는 1922년 무성영화에서 주연이었던 루이스 스톤이 단역을 맡았는데, 역시 검술과 기나긴 계단을 두 주인공이 내려오는 화려한 장면이 인상적이었다. 1979년에는 리처드 콰인 감독이 피터 셀러스와 엘키 솜머를 주연시켜 코미디로 만들었지만, 큰 성공을 거두지는 못했다.

「풍운의 젠다성」이 코미디로 성공한 것은 1993년 케빈 클라인과 시고니 위버가 주연한 표절 작품 「데이브」이다. 미국 대통령이 몰래 바람을 피우다 심장마비를 일으켜 혼수상태에 빠지자 대통령과 똑같이 생긴 배우를 데려다 대역을 시키면서 벌어지는 사건을 다룬다. 미

여러 번 영화로 만들어진 「풍운의 젠다성」 가운데 존 크롬웰 감독의 작품(오른쪽)이 대표적인 고전으로 꼽힌다. 「데이브」(왼쪽 포스터)는 「풍운의 젠다성」을 뻔뻔스럽게 표절한 영화이다.

국의 오닐 상원의원(Thomas P. "Tip" O'Neil)을 위시한 여러 유명 정치인, 래리 킹(Larry King)이나 「투나이트 쇼」의 사회자 제이 레노(Jay Leno) 같은 방송인, 백악관 출입 기자로 명성을 날리다가 통일교에서 그녀의 소속사인 UPI 통신을 인수하자 은퇴해 버린 헬렌 토마스(Helen Thomas)와 존 매클로린(John McLaughlin) 같은 쟁쟁한 언론인, 아놀드 슈워츠네거와 올리버 스톤 같은 영화인 등 수많은 유명인이 특별 출연을 하지만, 이토록 노골적인 표절 작품이 흥행에 성공한다는 일은 별로 재미있거나 웃을 만한 일이 아니다.

　직접 본 적이 없기 때문에 「데이브」처럼 노골적인 표절을 저질렀는지 어쨌는지는 알 길이 없지만, 골동품적인 가치를 지닌 영화 「유령대통령」에서도 대권에 도전하는 입후보자와 똑같이 생긴 연예인이 후보자의 애인과 연애를 한다. "골동품적 가치"란 리처드 로저스와 로렌쯔 하트(Lorenz Hart)가 공동 작업을 한 음악보다는 콜베르와 듀란테에다 톨러에 이르기까지의 출연진을 두고 한 말이며, 특히 영화

「양키 두들 댄디(Yankee Doodle Dandy)」의 주인공으로 등장하는 조지 M. 코핸이 주연을 맡았다는 사실이다.

「30 일간의 황녀」에서는 미국으로부터 차관을 얻어내기 위해 뉴요크를 방문 중인 까떼리나 황녀(Princess Catterina)가 유행성 이하선염이 걸려 갑자기 거동이 불편해지자, 일거리가 별로 없던 여배우 낸씨 레인(Nancy Lane)이 비슷한 용모를 이용하여 대역을 해낸다.

다프네 뒤 모리에의 소설을 고어 비돌(Gore Vidal)이 각색한 영화 「속죄의 희생자」에서는 아내와 똑같이 생긴 영국 여자 베티 데이비스를 동원하여 마누라 죽이기를 하려는 프랑스 남자의 얘기가 나온다.

「로나 도온」의 필 칼슨 감독이 이듬해 만든 「도적」 또한 왕과 닮은 주인공이 왕궁의 음모에 끼어든다는 줄거리인데, 주연배우 앤토니 덱스터는 루돌프 발렌티노와 닮은 얼굴 덕택에 처음 영화에 주연했었다. 참으로 닮고 닮은 얘기이다.

찾아보기 ●---

■ 「불굴의 웰링턴 공(The Iron Duke, 1935, 영국, 88분)」, 감/Victor Saville, 출 /George Arliss, Gladys Cooper, Ellaline Terriss, A. E. Matthews

■ 「워털루 전투(Waterloo, 1971, 이탈리아-소련, 123분)」, 감/Sergei Bondarchuk, 출/Rod Steiger, Christopher Plummer, Orson Welles, Jack Hawkins, Virginia McKenna, Dan O' Herlihy, Michael Wilding

■ 「젊은 수상 피트(The Young Mr. Pitt, 1942, 영국, 118분)」, 감/Carol Reed, 출 /Robert Donat, Robert Morley, Phyllis Calvert, John Mills, Max Adrian

■ 「해밀턴 부인(That Hamilton Woman 또는 Lady Hamilton, 1941, 미국, 128분)」, 감/Alexander Korda, 출/Vivien Leigh, Laurence Olivier, Alan Mowbray, Sara Allgood, Gladys Cooper, Henry Wilcoxon, Heather Angel

■ 「넬슨의 사랑(A Bequest to the Nation, 미국 제목 The Nelson Affair, 1973, 영 국, 118분)」, 감/James Cellan Jones, 출/Glenda Jackson, Peter Finch, Michael Jayston, Anthony Quayle, Margaret Leighton, Dominic Guard

■ 「창기병대의 돌격(The Charge of the Light Brigade, 1936, 미국, 116분)」, 감 /Michael Curtiz, 출/Errol Flynn, Olivia de Havilland, Patric Knowles, Henry Stephenson, Nigel Bruce, Donald Crisp, David Niven, J. Carrol Naish

■ 「창기병대의 돌격(The Charge of the Light Brigade, 1968, 영국, 130분)」, 감 /Tony Richardson, 출/David Hemmings, Vanessa Redgrave, John Gielgud, Harry Andrews, Trevor Howard, Jill Bennett

■ 「창기병의 공격(Charge of the Lancers, 1954, 미국, 74분)」, 감/William Castle, 출/Paulette Goddard, Jean-Pierre Aumont, Richard Stapley, Karin Booth, Charles Irwin

■ 「풍운의 젠다성(The Prisoner of Zenda, 1952, 미국, 101분)」, 감/Richard Thorpe, 출/Stewart Granger, Deborah Kerr, Jane Greer, Louis Calhurn, Lewis Stone, James Mason, Robert Douglas, Robert Coote

■ 「풍운의 젠다성(The Prisoner of Zenda, 1937, 미국, 101분)」, 감/John Cromwell, 출/Ronald Colman, Madeleine Carroll, Douglas Fiarbanks, Jr., C. Aubrey Smith, Raymond Massey, Mary Astor, David Niven, Montagu Love, Alexander D' Arcy

■ 「풍운의 젠다성(The Prisoner of Zenda, 1979, 미국, 108분)」, 감/Richard Quine, 출/Peter Sellers, Lynne Frederick, Lionel Jeffries, Elke Sommer

■ 「데이브(Dave, 1993, 미국, 105분)」, 감/Ivan Reitman, 출/Kevin Kline, Sigourney

Weaver, Frank Langella, Ben Kingsley, Kevin Dunn, (Oliver Stone, Jay Leno,
Arnold Schwarzenegger)

▌「유령 대통령(The Phantom President, 1932, 미국, 80분)」, 감/Norman Taurog,
출/George M. Cohan, Claudette Colbert, Jimmy Durante, Sidney Toler

▌「30 일간의 황녀(Thirty Day Princess, 1934, 미국, 75분)」, 감/Marlon Gering, 출
/Sylvia Sidney, Cary Grant, Edward Arnold, Vince Barnett, Lucien Littlefield

▌「속죄의 희생자(The Scapegoat, 1959, 영국, 92분)」, 감/Robert Hamer, 출/Alec
Guinness, Bette Davis, Nicole Maurey, Irene Worth, Peter Bull, Pamela
Brown, Geoffrey Keen

▌「도적(The Brigand, 1952, 미국, 94분)」, 감/Phil Karlson, 출/Anthony Dexter,
Anthony Quinn, Gale Robbins, Jody Lawrence

영국의 헨리 8세나 엘리자베드 1세보
다는 프랑스의 나뽈레옹이 훨씬 더
자주 영화에서 얼굴을 보인다.

나뽈레옹사(史)

나뽈레옹은 이름 자체가 역사이다.

"내 사전에 불가능이란 단어는 없다"고 했다지만, 따지고 보면 그의 생애에서 가능했던 일이 무엇이었는지 알 길이 없고, 기껏 수많은 사람을 고생시키면서 그가 성공하거나 달성한 바가 별로 없어 보이는 인물이기는 해도, 그는 전쟁과 파괴와 정치로 인해서 역사에 큰 자취를 남겼고, 그래서 영국의 크롬웰 시대보다도 훨씬 더 심한 격동의 세월을 휘저어 놓은 장본인으로서, 문맹이 아니라면 그의 이름을 모르는 사람이 별로 없게 되었다.

젓가락은 시선의 각도에 따라 옆에서 보면 길기도 하고, 위에서 보면 동그랗거나 타원이거나 사각형이다. 그리고 역사도 보는 각도에 따라서 다르고, 그래서 아무리 나뽈레옹이 주인공으로서 원인을 제공한 사건이기는 해도 워털루 전투에 대해서는 승리자인 영국이 더할 말이 많으며, 그래서 앞에 나온 "닮고 닮은 사람들" 항에서 우리는 이미 영국의 시각에서 자랑삼아 나뽈레옹의 패배를 담은 여러 영화를 살펴보았다.

웰링턴 공과 워털루 전투, 그리고 앞에서 이미 살펴본 「함장 호레이쇼」말고도 나뽈레옹 전쟁을 배경으로 한 영화는 많아서, 영국 전함의 활약을 대단히 열심히 고증해 가면서 만들었다는 「대항하는 자에게 저주를!」, 1803년 나뽈레옹의 선발 상륙 선단을 막아내는 선장의 활약을 그린 「바다의 폭군」, 밀수에 바쁘던 록 허드슨이 아름다운 영국 첩자를 도와 주기 위해 발벗고 나서는 「바다의 사나이」, 그리고 심지어는 러시아 문학과 유럽 영화를 조롱하기 위해 순진한 겁쟁이가 나뽈레옹 전쟁에서 싸우는 모습을 보여 준 우디 앨런의 「사랑과 죽음」에 이르기까지 참으로 다양하다.

그러나 나뽈레옹 영화의 대표작은 물론 두말할 나위도 없이 아벨 강쓰의 여섯 시간짜리 기념비적인 무성영화이다. 나뽈레옹 역을 맡

대표적인 나뽈레옹 영화로 꼽히는 아벨 강쓰의 작품에서는 주연을 맡은 알베르 디외도네의 연기도 압도적이었다는 평을 들었다.

은 알베르 디외도네의 연기, 눈싸움 장면, 공포정치(la Terreur), 세 개의 화면을 동원한 폴리비전(Polyvision) 화면은 이제 전설이 되었다. 그가 구사한 세 화면 접속(triptych) 기법은 훨씬 나중에 등장한 씨네라마(Cinerama)와 흡사하다. 아벨 강쓰는 여러 차례 이 영화를 짧게 편집했었지만, 1981년 영화사가(映畫史家) 케빈 브라운로우(Kevin Brownlow, 1938~)가 각고 끝에 본디 모습을 복원해 놓았다.

아벨 강쓰는 1960년 나뽈레옹이 유럽을 지배하게끔 도와 준 결정적인 전투를 중심으로 삼은 두 번째 나뽈레옹 영화 「아우스텔리츠」도 만들었는데, 여러 낯익은 배우들의 얼굴이 스쳐 지나가고 넬슨 제독, 피트 수상, 로버트 풀턴, 딸레랑 같은 수많은 역사적인 인물의 이름

강쓰의 「나뽈레옹」은 세 대의 촬영기를 동원하여 160도의 다각 화면(多角畫面, Polyvision)을 구사하는 실험도 감행했다.

도 등장하지만, 감동은 별로 없다.

헨리 8세나 마찬가지로, 나뽈레옹은 "아들을 낳지 못한다"는 이유로 조세핀과 이혼하고 오스트리아의 마리 루이스(Marie Louise)와 재혼한 이외에도 영화에서 여러 여자와 사랑을 나누는데, 「정복」은 폴란드의 발레브스카(Walewska) 여백작과의 얘기이고, 「데지레」는 나뽈레옹이 끝내 이루지 못해서 "내 사전에 불가능이란 없다"던 호언장담을 반증한 사랑 이야기이다.

「정복」의 샤를 부아이에나 마찬가지로, 「데지레」에 나오는 정말 심각하고 철학적인 말론 브란도 역시, 나뽈레옹 역으로는 어울리지 않는 인상이었다. 「젊은 수상 피트」와 「전쟁과 평화」에서 나뽈레옹 역을 맡았던 허버트 롬(Herbert Lom)의 인상만큼은 우리들이 기억하는 실물 나뽈레옹의 모습과 가장 비슷하지 않았나 생각된다.

「새장 속의 독수리」는 제목에서 잘 나타나듯이 세인트 헬레나로 쫓겨간 나뽈레옹의 이야기이고, 장 들라누아 감독이 만든 「황실의 비너스」는 방탕함과 권력욕에서 보나빠르뜨와 쌍벽을 이루었던 여동생 빠올리나(Paolina)가 주인공이다.

우리나라에는 사샤 기트리(Sacha Guitry, 1885~1957)의 「영웅 나뽈레옹(Napoleon, 1955)」도 수입이 되었으나 크게 주목을 받지는 못했다. 사극에서는 주인공이 지나치게 유명한 실존 인물이어서, 어쩐지 줄거리를 다 아는 영화를 볼 때처럼, 그리고 지나치게 원작에 충실한 영화를 접할 때처럼, 손해를 보는 듯한 기분이 들게 만드는 영화의 대표적인 예가 「영웅 나뽈레옹」이었다.

지나치게 유명한 인물에 관한 전기가 자칫하면 재미없게 느껴지는 까닭은 아마도 주인공에 관해서 우리가 너무 많이 알기 때문에 신비감이나 매력이나 관심이 그만큼 줄어들기 때문이리라는 생각이 든다. 죽어라고 사랑한 듯싶은데, 결혼해서 시간이 좀 지나 서로 상대방에 대해 너무 많이 알고 나면 권태기를 맞는 것과 같은 이치에서 말이다. 톰 크루즈 같은 배우들이 그가 출연한 영화를 홍보하기 위해 찾아와서, 영화에서만큼 영웅적이지 않고 신비하지 못한 모습을 너무 많이 보여 주어 영화 자체의 맛을 자꾸만 떨어뜨리는 행위를 그래서 헐리우드 키드는 잘 이해가 가지 않는다. 은막에서 영웅으로 비쳐지던 배우가 돈벌이를 위한 선전도구 노릇을 하러 우리들의 눈앞에 자꾸 나타나야 하는 상업적인 현상은 영화가 지닌 신비감을 지워 버리기만 할 따름이다.

그런가 하면 지나치게 사실에 충실하기는커녕 「데지레」처럼 나뽈레옹의 이름을 읽어먹는 가짜 사극 같은 인상을 주는 영화도 나왔는데, 앙드레 까스펠로(André Castelot)의 소설(『L'aiglon』)을 원작으로 삼아서 만든 프랑스 영화 「나뽈레옹 2세」가 그런 계열에 속한다. 나뽈레옹의 아들이 오스트리아에서 볼모 생활을 하다가 젊은 나이에 병으로 죽는다는 "비운의 왕자" 주제를 담았는데, 무엇인가 얘기를 하려다 만 듯싶은 내용이었다.

서양 배우 톰 크루즈(왼쪽)는 영화 선전을 위해 서울을 찾아오고, 동양의 성룡은 런던으로 가서 무술 시범(오른쪽)을 보이며 홍보 활동에 적극적으로 나섰다. 영화는 누가 뭐라고 해도 "돈벌이"임을 증명하는 현상이다.

난세(亂世)에 영웅이 난다고 하는 우리 속담이 정말 영락없이 적용되는 「꼬마 병사(le Petit Caporal)」라는 영화를 보면, 나뽈레옹이 프랑스 혁명에 가담해서, 로베스삐에르(Robespierre)의 몰락 이후(1794) 옥살이도 하지만, 또 다른 세계 정복(천년 제국)을 훗날 꿈꾸었던 히틀러와 비슷한 역정을 거쳐, 격랑의 시대 속에서 승승장구 신분 상승을 한다. 이렇듯 프랑스 혁명과 나뽈레옹이 얽힌 시대적 배경을 담고, 적과 아군 양쪽에게 다같이 귀중한 일기장을 차지하기 위해 암투를 벌이는 내용을 담은 영화가 「검은 수첩」이다.

「당똥」은 프랑스 혁명의 소용돌이 한가운데 섰다가 보다 과격한 로베스삐에르와 그의 추종자들에게 밀려난 다음 결국 단두대에서 파란만장한 인생을 마감했던 조르주 당똥(Georges Jacques Danton, 1759~94)의 삶을 현대 폴란드의 정치 상황이라는 독특한 시각에서 조명한 고급 영화이다.

1931년 폴란드의 희곡을 원작으로 삼은 이 영화에서 혁명의 소용돌이를 타고 패권다툼을 벌이던 끝에 당똥을 제거한 로베스삐에르 역시 3개월 후에는 단두대로 끌려가 목이 잘린다. 프랑스 혁명이 일어나던 1789년 신속하고 효과적인 처형을 위해 단두대(guillotine)를 발명한 의사 기요면(Joseph Ignace Guillotin, 1738~1814)도 훗날 그의 이름을 붙인 기계로 끌려가 목이 잘려야 하는 운명을 맞는다.

프랑스 혁명과 관련된 사람들 가운데에서도 유난히 극적인 인물은 마라(Jean Paul Marat, 1743~93)이다. 스위스 태생으로 의학을 공부한 그는 혁명 이전부터 『민중의 친구(L'Ami du Peuple)』를 통해 폭력을 동원하도록 사람들을 선동했으며, 산악당(山岳黨, Montagnards)의 당수로서 당똥과 로베스삐에르하고 손을 잡고는 지롱드당(Girondists)을 몰아내느라고 애썼으나, 결국 지롱드당의 신봉자인 샬로뜨 꼬르데(Marie Anne Charlotte Corday d'Armont, 1768~93)에게 암살을 당한

프랑스 영화 「당똥」에서 주인공은 그가 앞장을 섰던 혁명의 소용돌이에 휘말려 끝내 단두대로 끌려간다. 그리고 단두대를 발명한 의사 기요띤을 위시하여 수많은 사람들이 같은 운명을 맞는다.

다. 프랑스 혁명 정신을 믿었던 그녀는 공포정치에 경악했으며, 피부병 치료를 위해 목욕 중인 마라를 칼로 찔러 죽인 다음 역시 단두대로 끌려갔다.

꼬르데의 암살 장면은 회화로도 사람들에게 널리 알려졌지만, 피터 와이쓰(Peter Weiss)의 희곡을 영화로 만든 「마라와 사드」로도 유명하다. 19세기 빅토리아 왕조의 영국 소설 제목처럼 길다란 원제가 붙은 「마라와 사드」에서는 마르끼 드 사드의 연출에 따라 프랑스의 정신병원에서 마라에 대한 박해와 처형 과정을 공연하는 형식을 취했는데, 참으로 오싹한 분위기이다. 19세기 런던에서는 정신병원 구경이 인기있는 관광 품목이었다고 한다.

혁명에 앞장선 사람치고 평범한 인물이야 없겠으나, 딸레랑(Charles Maurice de Talleyrand-Périgord, 1754~1838) 또한 대단히 극적인 삶을 살아서, 신학을 공부하고 브루고뉴 오떵(Autun)의 주교가 되었으나, 정치에 뛰어들어 1789년 교회 재산을 국유화하자는 제안을 내고 이듬해 국민의회 의장이 되었지만, 교황으로부터 파문도 당한다. 그러나 그는 교수대로 가지 않고 92년 영국 사절로 간 김에 망명하여 미국에 머물렀으며, 96년 귀국하여 3 년 동안 외무장관을 지냈고, 99년에는 18 일의 쿠데타에 가담하여 다시 새로운 정부의 외무 장관이 되었다. 1804년 제정이 설립되자 이번에는 나뽈레옹의 시종 장이 되었으며, 나뽈레옹이 몰락한 후에는 1830년 7월 혁명에서 루이 필리프의 즉위에 공헌하여 이번에는 영국 대사로서 또 다른 지배자의 녹을 먹는다.

우리나라 정치인 중에서는 그 파란만장한 영욕의 과정이 어딘가 김종필을 연상시키는 딸레랑을 주인공으로 삼은 영화가 프랑스 혁명 2백 주년 기념 작품인 "프랑스 혁명과 연인들" 가운데 하나인 「딸레랑(Talleyrand, 90분, 감/뱅쌍 드 브뤼스)」이다. 우리나라에 출시된 비디오 영화를 안내하는 책 『열려라 비디오』는 이 영화에서 재현된 딸레랑을 "순수한 혁명가라기보다는 상황을 잘 탄 출세주의자"이며, "복수의 일념으로 종교와 여인들을 발판으로 삼아 집요하게 출세를 추구"한 인물이라고 소개했다.

위에 소개한 안내서에는 역시 "프랑스 혁명과 연인들" 가운데 한 작품인 「마담 딸리앙(Madame Tallien, 80분, 감/디디에 그로세트, 출/캐더린 윌케닝, 장 끌로드 에델린)」에 관해서 "평범한 시민 딸리앙은 금욕주의적 권력자 로베스삐에르에게 공포감을 느끼지만 테레사의 유혹을 이겨내지 못한다"라고 줄거리가 소개되었다. 잔느 딸리앙(Jeanne Marie Ignace Thérésa Tallien, 1773~1835)은 까바루스(Conde de Cabarrús) 집안 태생으로, 남편(Jean Lambert Tallien)을 통해 혁명기 정치에 많은 영향력을 행사한 프랑스판 '치맛바람'의 대표적인 인물이었다.

「위기의 도망자」에서는 루이 주르당이 영국 아가씨의 도움을 받아가며 프랑스 혁명 당시 처형을 받게 된 왕족을 구해 주는 스칼레트 핌퍼넬 식의 활약을 벌인다. 「복면의 기사」에서도 역시 나뽈레옹 시대인 1803년 귀족이 복면을 하고 스칼레트 핌퍼넬처럼 통쾌한 활극을 보여 준다.

「싸우는 프랑스인」은 프랑스 혁명 이전에 핍박받는 백성이 폭정에 항거하기 위해 봉기하는 투쟁의 영화이며, 알렉상드르 뒤마의 소설이 원작이다.

찾아보기 ●--

■ 「대항하는 자에게 저주를!(Damn the Defiant, 1962, 영국, 101분)」, 감/Lewis Gilbert, 출/Alec Guinness, Dirk Bogarde, Maurice Denham, Nigel Stock, Richard Carpenter, Anthony Quayle

■ 「바다의 폭군(Tyrant of the Sea, 1950, 미국, 70분)」, 감/Lew Landers, 출/Rhys Williams, Ron Randell, Valentine Perkins, Terry Kilburn

■ 「바다의 사나이(Sea Devils, 1953, 미국, 91분)」, 감/Raoul Walsh, 출/Yvonne De Carlo, Rock Hudson, Maxwell Reed, Denis O' Dea, Bryan Forbes

■ 「사랑과 죽음(Love and Death, 1975, 미국, 82분)」, 감/Woody Allen, 출/Woody Allen, Diane Keaton, Harold Gould, Alfred Lutter, Olga Georges-Picot, Zvee Scooler

■ 「나뽈레옹(Napoleon, 1927, 프랑스, 235분)」, 감/Abel Gance, 출/Albert Dieudonné, Antonin Artaud, Pierre Batcheff, Armand Bernard, Harry Krimer, Albert Bras, (Abel Gance)

■ 「아우스텔리츠(Austerlitz, 영어 제목 The Battle of Austerlitz, 1960, 프랑스-이탈리아, 유고슬라비아, 리히텐시타인, 123분)」, 감/Abel Gance, 출/Pierre Mondy, Claudia Cardinale, Martine Carol, Leslie Caron, Vittorio De Sica, Jean Marais, Ettore Manni, Jack Palance, Orson Welles, Rossano Brazzi

■ 「정복(Conquest, 1937, 미국, 112분)」, 감/Clarence Brown, 출/Greta Garbo, Charles Boyer, Reginald Owen, Alan Marshal, Leif Erickson, Henry Stephenson, Dame May Whitty

■ 「데지레(Desiree, 1954, 미국, 110분)」, 감/Henry Koster, 출/Marlon Brando, Jean Simmons, Merle Oberon, Michael Rennie, Cameron Mitchell, Elizabeth Sellars, Cathleen Nesbitt, Carolyn Jones

■ 「새장 속의 독수리(Eagle in a Cage, 1971, 영국, 98분)」, 감/Fielder Cook, 출/John Gielgud, Ralph Richardson, Billie Whitelaw, Kenneth Haigh

▌「황실의 비너스(Imperial Venus, 1962, 프랑스-이탈리아, 120분)」, 감/Jean Delannoy, 출/Gina Lollobrigida, Stephen Boyd, Raymond Pellegrin, Micheline Presle, Gabriele Ferzetti

▌「나뽈레옹 2세(Napoleon Deux, L'aiglon, 1974, 프랑스, 101분)」, 감/Claude Boissol, 출/Jean Pierre Cassel, René Dary, Daniele Guabert, Jean Marais, Georges Marchal, Lilian Patrick, Marianne Koch, Jean-Marc Thibault

▌「검은 수첩(Black Book, 또는 Reign of Terror, 1949, 미국, 89분)」, 감/Anthony Mann, 출/Robert Cummings, Arlene Dahl, Richard Hart, Richard Basehart, Arnold Moss

▌「당똥(Danton, 1982, 폴란드-프랑스, 136분)」, 감/Andrej Wajda, 출/Gerard Depardieu, Wojciech Pszoniak, Patrice Chereau, Angela Winkler, Boguslaw Linda

▌「마라와 사드(Mara/Sade(The Persecution and Assassination of Jean-Paul Marat as Performed by the Inmates of the Asylum at Charenton Under the Direction of the Marqui de Sade), 1966, 영국, 115분)」, 감/Peter Brook, 출/Patrick Magee, Clifford Rose, Glenda Jackson, Ian Richardson, Brenda Kempner, Ruth Baker, Michael Williams, Freddie Jones

▌「위기의 도망자(Dangerous Exile, 1958, 영국, 90분)」, 감/Brian Desmond Hurst, 출/Louis Jourdan, Belinda Lee, Keith Michell, Richard O'Sullivan

▌「복면의 기사(The Purple Mask, 1955, 미국, 82분)」, 감/H. Bruce Humberstone, 출/Tony Curtis, Gene Barry, Angela Lansbury, Colleen Miller, Dan O'Herlihy

▌「싸우는 프랑스인(Fighting Guardsman, 1945, 미국, 84분)」, 감/Henry Levin, 출/Willard Parker, Anita Luoise, Janis Carter, John Loder, Edgar Buchanan, George Macready

알렉상드르 뒤마의 세계는 역사적인 사실보다 작가의 상상력이 훨씬 더 강력하게 지배했고, 그래서 영화를 만드는 사람들은 그만큼 상상력의 부담을 덜 느끼게 된다.

알렉상드르 뒤마의 세계

　검객이 맹활약을 벌이는 역사소설 분야에서 영국의 월터 스코트와 쌍벽을 이룬 프랑스 작가는 알렉상드르 뒤마(Alexandre Dumas)였다. 뒤마는 아버지와 아들이 이름도 같고 둘 다 유명한 작가여서 '아버지 뒤마(Duma père)'와 '아들 뒤마(Dumas fils)'로 구별하는데, 우선 아버지부터 살펴보기로 하자.

　아버지 뒤마(1802~1870)는 2백 5 권의 소설과 희곡 25 편을 남긴 다작(Prolific)의 작가로서, 돈을 많이 벌기도 했지만 사생활이 호방하여 쓰기도 열심히 썼다. 뒤마가 그토록 많은 작품을 남기기가 가능했었던 까닭은 오귀스뜨 마께(Auguste Maquet)를 비롯한 조수를 많이 두었기 때문이었다고 한다. 뒤마가 '공장'이라고 불렀던 조수들의 집단은 기록과 자료를 수집하고, 줄거리를 꾸미고, 직접 집필까지 했으며, 이렇게 해서 일차 완성된 소설을 뒤마가 읽고는 주인공을 바꾸고, 문장을 다듬는 등 공동 작업을 했다.

　월터 스코트나 마찬가지로 그는 과거의 사실을 충실하게 재현하기

보다는 왕성한 상상력에 의해서 역사적인 사실을 허구의 소설로 엮어 생생하고 파란만장한 사건으로 전개시키는 작업에 열중해서, 당연한 결과였겠지만 그의 소설들은 표절이 심하고, 고증이 소홀하고, 무성의한 방법으로 집필되었다는 비난을 자주 받았으며, 그래서 결국 그는 평생 소망이었던 프랑스 예술원의 회원이 되지 못하고 세상을 떠났다.

뒤마 뻬르의 대표작이라면 『삼총사(三銃士, Les Trois Mousquetaires, 1844)』, 『몽뜨 크리스또 백작(Le Comte de Monte-Cristo, 1844)』, 그리고 『철가면(鐵假面)』으로서, 헐리우드 키드 세대에게는 어려서부터 소설이나 영화뿐 아니라 만화로도 모두 눈과 귀에 익은 작품들이다.

『삼총사』는 실존인물 샤를 다르따냥(Charles de Baatz d'Artagnan)의 회고록을 바탕으로 삼아서 쓴 소설인데, 촌뜨기 다르따냥이 빠리에 가서 루이 13세의 근위병이 되기 위해 역시 실존 인물인 세 명의 총사 아또스(Athos), 뽀르또스(Porthos), 아라미스(Aramis)와 차례로 결투를 벌여 친구가 된 다음 갖가지 모험을 벌인다는 줄거리이다.

검술활극(swashbuckler)의 소재로서는 세계 최고임을 아무도 의심하지 않았던 「삼총사」는 1911년에 이미 토마스 에디슨이 가장 원시적인 상태로 영화를 만들었고, 1913년에는 에드워드 로리야드(Edward Laurillard)가 그리고 1914년에도 C. V. 하인켈(Heinkel)이 역시 무성영화로 선보였다. 더글라스 페어뱅크스의 영화(1921년)는 「쾌걸 조로(1920)」, 「벤허(1927)」, 「춘희(1927)」 등의 명작을 남긴 프레드 니블로(Fred Niblo, 1874~1948, 본명 Federico Nibile) 감독의 손에 만들어졌다.

1935년 로울랜드 리 감독의 「삼총사」에서는 월터 에이블과 폴 루카스가 주연을 맡았고, 1939년에는 앨런 드완 감독의 뮤지컬 「삼총사」가 나타났다. 「노래하는 총사(The Singing Musketeers)」라고도 알려진 이 영화에서는 먼 훗날 「코쿤(Cocoon, 1985)」에서 늙은 모습을 보여 준 돈 아미치가 다르따냥으로, 그리고 나이트클럽 코미디언으로 명성을 얻어 1930년대 음악극에 가끔 얼굴을 보였던 릿츠 형제들이 총사로 출연한다.

10 년 후 조지 시드니 감독의 영화에서는 뮤지컬 단골 배우 진 켈리가 다르따냥 역을 맡아 대단한 발놀림과 칼놀림을 보여 주었는데, 노래는 세 곡("Viola", "My Lady", "Song of the Musketeers")이 나오기는 하지만 전혀 음악극이 아니고, 출연진은 단역의 파트리샤 메디나에 이르기까지 초호화판이었다.

드윈터 부인(Milady Countess DeWinter, 라나 터너)과 버킹엄 공(Duke of Buckingham)의 명예를 지켜주기 위한 목걸이 주제 따위의 오락적인 면에 치중한 헐리우드 제품말고도 우리나라에 수입되었던 다르따냥 영화들을 살펴보면, 「대삼총사(Les Trois Mousquetaires)」를 위시하여 유럽에서도 워낙 많은 영화가 우리들 눈앞을 지나갔다.

"노래하는 삼총사"로 알려졌던 돈 아미치 주연 영화의 포스터▶

조지 시드니의 「삼총사」에서는 진 켈리의 춤솜씨가 칼솜씨로 경쾌하게 바뀌어 관객을 즐겁게 해 주었다. 색채 또한 화려하기 짝이 없었다.▼

진 켈리 영화에서 공포물 단골의 빈센트 프라이스(Vincent Price)가 맡았던 리실리외 추기경의 악역이 1974년 영국판 「삼총사」에서는 중후한 찰톤 헤스톤의 몫으로 돌아갔다. 스티븐 헤리크 감독의 1993년 판에서는 팀 커리가 연기한 리실리외 추기경의 막연하고 시대착오적인 해석이 오히려 예상밖의 묘미로 작용했다. 그런가 하면 일찍이 1935년에는 원작에서 루이 13세의 배후 조종 인물로 큰 비중을 차지하는 무자비한 「리실리외 추기경」이라는 영화가 같은 해 「삼총사」도 만들었던 로울랜드 리 감독의 손을 거쳐 나왔다.

영국에서는 폴 캐바노(Paul Cavanagh)가 「다르따냥의 검(Sword of D'Artagnan)」에서 그리고 「붉은 옷의 성직자」에서는 레이몬드 매씨가 잔혹한 리실리외 추기경으로 나와 프랑스의 위그노(Huguenot) 신교도를 탄압한다. 앤토니 퍼킨스의 아버지 오스구드 퍼킨스(Osgood Perkins)가 리실리외 추기경으로 출연했던 시대극 「뒤바리 부인」과 옷벗기로 당대를 풍미했던 여배우 마르틴 캐롤 얘기는 아들 뒤마의 『춘희』와 함께 엮겠다.

리처드 레스터 감독은 「삼총사」를 촬영하던 당시인 1973년에 올리버 리드, 라켈 웰치, 리처드 체임벌린, 마이클 요크, 크리스토퍼 리, 제랄딘 채플린, 페이 더나웨이, 찰톤 헤스톤이라는 배역진을 그대로 동원해서 「4총사(The Four Musketeeers)」를 만들어 1975년에 내놓았는데, 뒤마의 원작에 대한 감독의 개인적인 해석이 강한 작품으로 평가받았다.

위 두 작품과 거의 동시에 만든 「4총사」의 속편 「돌아온 4총사(The Return of the Musketeers)」는 배역진에 찰톤 헤스톤 대신 마자랭(Mazarin) 추기경 역의 필리프 느와레를 포진시켜 영국, 프랑스, 에스파냐 합작으로 만든 영화이다. 드원터 백작부인이 죽은 지 20 년 후, 다르따냥은 마자랭 추기경의 계략에서 앤 왕비를 구해 내기 위해 옛

리처드 레스터 감독의 「삼총사」는 희극적인 전통에 충실하다.

동지들의 규합에 나서는데, 물론 뒤마가 『삼총사』의 속편으로 1845
년에 발표한 『20년 후(Vingt Ans Après)』가 원작이다. 리처드 레스터
의 총사 영화 세 편에서 쁠랑셰(Planchet) 역을 맡았던 로이 키니어가
촬영 도중 말에서 떨어져 사고로 목숨을 잃는 불상사도 생겼다.

검술 사극의 단골 배우였던 코넬 와일드와 모린 오하라는 「칼끝에
서」 테크니칼라 삼총사 활극을 벌이고, 1954년에는 프랑스에서 다르
따냥이 루이 14세의 부패한 정권과 투쟁하는 내용을 담아 「최후의 총
사」라는 영화를 만들었는데, 나중에 "브라즐로느 백작"이라고 제목
을 바꾸었다.

『브라즐로느 자작(Dix ans plus tard, ou le vicomte de Bragelonne,
1848~50)』은 리실리외 시대의 『삼총사』 그리고 『20년 후』와 더불어
11 권으로 된 3부작을 이루며, 「철가면」은 『브라즐로느 자작』에 나오
는 내용이다. 프랑스 총사 영화로는 사샤 기트리가 초호화판으로 만

들고 자신이 루이 14세로 출연까지 했던 「베르사이유의 정사」도 선을 보였으며, 여기에는 다르따냥과 더불어 머리 모양(hair style)으로 유명했던 드 뽕빠두르 부인(Mme. de Pompadour), 희극을 주로 쓴 극작가 몰리에르(Moliere, 1622~73, 본명 Jean Baptiste Poqueline), 그리고 마리 앙뜨와네뜨 같은 당대의 유명인들도 등장한다.

이탈리아에서는 루이 13세와 리실리외 추기경과 맞서 싸우는 「다르따냥의 비밀」이 나왔고, 1979년 켄 아나킨 감독은 요란한 배역진으로 오스트리아에서 『철가면』을 원작으로 삼은 「제5의 총사」를 만들었다.

프랑스 혁명 당시 시민들이 바스띠유 감옥으로 쳐들어갔을 때 발견했다는 기록 "수인 번호 64389000, 철(鐵)로 만든 가면을 쓴 사나이(l'homme au masque de fer)"는 실존 인물인지 상상의 산물인지조차도 확실히 밝혀지지 않은 남자인데, 루이 14세 통치하에서 1666년 삐녜롤(Pignerol) 감옥에 수감되어 1703년 11월 19일 바스띠유에서 사망할

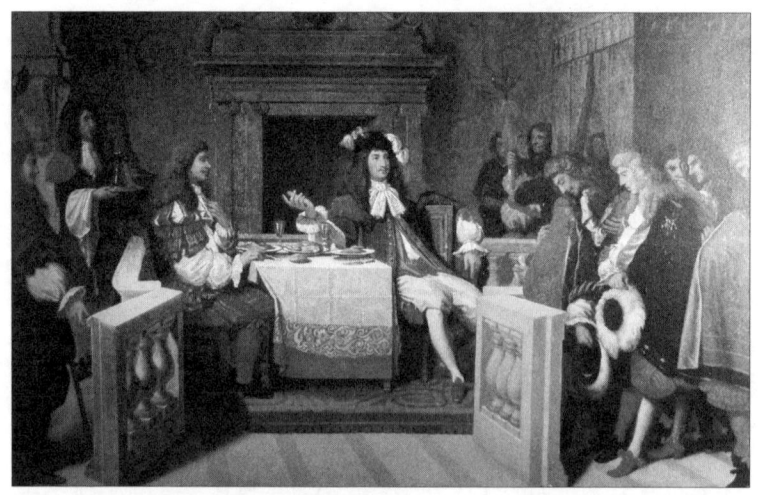

루이 14세는 「최후의 총사」와 「철가면」에서 으뜸 악역으로 등장한다. 이 그림은 앵그르(1780~1867) 작품으로, 당대 낭만주의 작품과 대조를 이룬 신고전주의 회화법이 잘 살아 있다.

때까지 40년 동안 죄수 생활을 했다고 전해진다. 얼굴에 철가면을 썼다고 하지만, 사실은 벨베트 가면이었다는 주장도 있다. 루이 14세의 쌍둥이 형제라고도 하고, 버킹엄 공이나 마자랭 대주교에게서 태어난 사생아로서 루이 14세의 이복 동생이라느니, 명령 불복종으로 수감된 뒤 불롱드(du Bulonde) 장군이라는 주장도 나오고, 이탈리아의 외교관이었다는 등 수많은 추측도 나돌았지만, 뒤마는 첫 번째 설을 소설에 사용했다.

더글라스 페어뱅크스가 뒤마 영화에서 빠질 리는 없다. 「철가면」 포스터의 광고문에서는 "삼총사의 또 다른 모험"을 선전한다.

1929년 판 '원조' 「철가면」은 쌍둥이 형제의 왕위 쟁탈전을 벌이는 로시포르(Rochefort)의 음모로부터 다르따냥(더글라스 페어뱅크스)이 태어난 후부터 돌보아 온 루이 14세를 보호한다는 내용이다. 부분적으로 발성(發聲)이 들어갔지만 지금은 무성영화 형태로 남았으며, 1940년 주연 배우의 아들인 더글라스 페어뱅크스 주니어가 해설을 넣어 다시 내놓았다.

1939년 「철가면」은 한 사람이 왕위에 오르고 한 사람은 다르따냥과 삼총사의 손에 호탕한 사내로 자라는 쌍둥이 형제에 얽힌 루이스 헤이워드의 활극인데, 흑백 화면의 긴장감, 특히 지하 감옥으로 내려가는 돌층계의 어두운 장면이 아직도 기억에 생생하다.

1952년에는 랠프 머피가 루이스 헤이워드와 파트리샤 메디나 주연으로 줄거리를 조금 바꾸기는 했지만 삼총사의 활약은 여전했던 「철가면 여인」을 내놓았고 1977년에는 역사극 연속물을 독식하다시피 하던 리처드 체임벌린의 텔레비전 영화가 나왔는데, 철가면 영화 가운데 가장 훌륭하다는 평을 들었다.

1962년 이탈리아에서 만든 「철가면」에는 다르따냥과 삼총사가 아예 자취를 감춘다. 왕위다툼도 내용이 달라져서, 모반이 탄로난 못된 백작이 적을 제거하려는 이야기로 바뀐다.

최근(1998)에 나온 「철가면」 영화는 예술(문학)이 필요에 따라 역사적인 사실을 의도적으로 왜곡하는 행위를 용납받아야 한다는 월터 스코트 경의 주장을 조금 지나치게 활용한 듯싶은 인상이다.

다르따냥이 왕후와 사랑하는 사이이며, 루이 14세와 그의 쌍둥이 동생이 알고 보면 다르따냥의 사생아라는 설정부터가 어쩐지 좀 심하다는 느낌이다. 아토스의 아들 라울과 사랑하던 여자가 "야, 타" 식의 유혹 같지도 않은 유혹을 받은 지 몇 분 만에 비열하고 냉혹한 왕루이의 침대에 발가벗은 채로 눕고는, 다시 몇 분 후에 악어 눈물 식의 가책을 느끼며 그래도 자신이 도덕적이고 정숙한 여자라고 착각하는 장면은 정말로 설득력이 모자란다. 그리고 황실 근위대장이 된 다르따냥과 은퇴 생활을 하던 삼총사가 처음에는 극단적으로 대립하다가 우물쭈물 화해하는 과정도 지나치게 작위적이고, 영화가 한 시간 반이나 지난 다음에야 전통적인 「삼총사」 분위기가 처음 전개되는 답답함 또한 연기자가 아닌 인형 같은 주연배우(Leonardo DiCaprio)를 지켜봐야 하는 고역만큼이나 부담스럽다. 빤닥종이로 포장한 사탕 같은 이런 영화를 보면 원작자가 불쌍해진다.

그래도 아버지 뒤마의 상상력으로 분장한 주인공들은 자꾸만 화면으로 돌아왔고, 21세기로 들어선 다음 우리나라에서는 「머스킷티어(The Musketeer)」라는 영화를 수입하면서 제목보다도 더 큼직하게 이런 선전을 앞세웠다. "최후까지 지켜야 하는 명예…… 「전설의 기사」가 온다! All for one! One for all!"

아무리 봐도 'Musketeer'가 '(전설의) 기사'라는 주장이다. 그러나 옛 로마시대의 '검투사(gladiator)'와, 아직 총이 발명되기 이전에 활약했던 '기사(knight)'나 '검호(swordsman)'는 '총사(머스킷티어)'가 아니다. 그나마도 일본에서 수입한 단어이기는 하겠지만, '총사(銃士)'는 구식 장총(mousquet, 영어로는 musket)으로 무장한 근위병을 뜻하며, "전설의 시대"에 소개한 '기사(騎士)'하고는 크게 차이가 난다. 아마도 요즘 사람들은 우리말에서의 이런 기초적인 차이를 분간하기가 쉽지 않기 때문에 "머스킷티어"라는 식으로 번역조차 하지 않은 이상한 국적불명의 제목을 붙이는지도 모를 일이다.

'머스킷티어'는 '기사'가 아니라 '총사'이다.

어쨌든 '삼총사'는 미국으로까지 건너가 서부영화에서도 활약을 벌였다. 헐리우드에서 한 달에 영화 두어 편씩을 만들어내던 시절, 모노그람(Monogram)과 더불어 B 영화만 전문으로 제작하던 리퍼블릭(Republic) 영화사에서는 'musket'과 발음이 비슷한 'mesquit(미국 남부에서 자라는 콩과의 관목)'이라는 단어를 동원하여 '삼청사'쯤 되는 연속물(The Three Mesquiteers)을 찍어 30년대와 40년대에 크게 재미를 보았다.

주인공 삼청사의 이름도 장난스럽기 짝이 없어 투손 스미드(Tucson Smith), '돌강(Stony Brooke, 石江)', '자장가 조슬린(Lullaby Joslin)'이었던 이 영화에서 '돌강' 역으로 1938~9년 사이 여덟 편에 출연한 존 웨인은 1938년 「역마차」의 링고 키드 역을 맡아 B 영화 배우에서 일약 전진 배치된다.

▮「베르사이유의 정사(Versailles, 영어 제목 Royal Affairs in Versailles 또는 Affairs in Versailles, 1954, 프랑스, 152분)」, 감/Sacha Guitry, 출/Claudette Colbert, Orson Welles, Jean-Pierre Aumont, Edith Piaf, Gerard Philipe, Jean Marais, (Sacha Guitry)

▮「다르따냥의 비밀(The Secret Mark of D'Artagnan, 1962, 이탈리아, 91분)」, 감/Siro Marcellini, 출/George Nader, Mario Petri, Magali Noel, Georges Marchal

▮「철가면(The Iron Mask, 1929, 미국, 87분)」, 감/Allan Dwan, 출/Douglas Fairbanks, Belle Bennett, Marguerite De La Motte, Dorothy Revier, Vera Lewis

▮「철가면(The Man in the Iron Mask, 1939, 미국, 110분)」, 감/James Whale, 출/Louis Hayward, Joan Bennett, Warren William, Joseph Schidkraut, Alan Hale, Walter Kingsford

▮「철가면 여인(Lady in the Iron Mask, 1952, 미국, 78분)」, 감/Ralph Murphy, 출/Louis Hayward, Patricia Medina, Alan Hale, John Sutton

▮「철가면(The Man in the Iron Mask, 1977, 미국, 100분)」, 감/Mike Newell, 출/Richard Chamberlain, Patrick McGoohan, Louis Jourdan, Jenny Agutter, Vivien Merchant, Ian Holm, Ralph Richardson

▮「철가면(The Prisoner of the Iron Mask, 1962, 이탈리아, 80분)」, 감/Francesco De Feo, 출/Michael Lemoine, Wandisa Guida, Andrea Bosic

▮「아이언 마스크(The Man in the Iron Mask, 1998, 미국, 122분)」, 감/Randall Wallace, 출/Leonardo DiCaprio, Jeremy Irons, John Malkovich, Gérard Depardieu, Gabriel Byrne, Anne Parillaud

「몽뜨 크리스또 백작」은 다수에 대한 복수가 차례차례 진행되기 때문에 독자와 관객으로 하여금 그만큼 많은 쾌감을 느끼게 만들고, 그래서 여러 차례 만들어진 영화를 모두 보더라도 「춘향전」처럼 여전히 재미있다는 생각이 든다.

술집 장면은 로버트 도나트가 주연한 미국 영화이고, 포스터는 각각 미국과 한국의 극장에 내걸렸던 것이다.

계속되는 뒤마의 "역사"

　『콜시카의 형제』도 『철가면』처럼 쌍둥이 형제를 주인공으로 삼은 뒤마의 원작으로서, 몸은 떨어져 있어도 한 명이 고통을 받으면 다른 사람도 같이 아픔을 느끼는 두 형제의 격동적인 생애가 기둥줄거리이다. 1941년 영화에서는 1인 2역을 맡은 더글라스 페어뱅크스 주니어가 화면상에서 서로 엇갈려 지나가거나, 심지어는 어깨동무까지 해서, 당시로서는 상상하기 힘들 만큼 경이적인 특수효과를 자랑했었다. 1인 2역이라면 화면을 둘로 잘라 촬영한 다음 이어붙이기를 했던 시절이니, 곶감과 호랑이 시절에는 대단한 화젯거리가 될 만도 했다.

　「콜시카의 형제」는 1985년에 꽤 쓸 만한 텔레비전 영화로도 나왔지만, 그보다 한 해 전에는 치치와 총(Cheech & Chong)에게 수모를 당하기도 한다. 캐나다의 기타 연주자인 토마스 총은 미국 배우 리처드 마린과 짝을 지어 마약을 즐기는 히피 연주자들을 주인공으로 내세운 지저분한 취향의 영화를 여러 편 만들었는데, 그 가운데서도 특히 콜시카의 형제 얘기가 역겹기로는 가장 유명하다. 아버지가 다르고 수염까지 잔뜩 자란 어른으로 태어난 쌍둥이 형제를 주인공으로 내놓은 치치와 총의 장난은 희작(戲作, parody)이라는 이름으로 서투르게 베껴먹기를 저지른 범죄 행위에 가깝고, 속어로 남자의 '성기'를 뜻하는 '칼(sword)'에 대한 남녀간의 엇갈리는 대화(double talk) 장면에 이르면, 예술을 빙자해서 외설 쓰레기 문학과 영화를 만들어내는 수많은 사람들이 생각나게 한다.

「콜시카의 도적」은 뒤마의 원작과는 아무런 관계가 없는 줄거리로서, 연기력보다는 용모가 밑천이었던 리처드 그린의 전형적인 활극이다.

뒤마 뻬르의 작품 가운데 극적인 구성이 단연 뛰어난 소설은 아무래도 『몽뜨 크리스또 백작』이겠다. 장래가 유망한 선장으로서의 삶을 앞두고 결혼식을 올리던 중에, 엘바 섬에서 나뽈레옹의 부관으로부터 받은 익명의 편지가 화근이 되어, 빌포르 검사 일당의 모략에 빠져 체포된 다음, 이프 섬의 암굴에 갇혀 14 년 동안 감옥 생활을 하다가, 파리아 신부의 시체와 바꿔치기를 해서 탈출하여, 몽뜨 크리스또 섬의 동굴에서 보물을 찾아내어 고향으로 돌아와 원수들에게 차례로 통쾌한 복수를 하는 주인공 에드몽 당떼스(Edmond Dantès)의 얘기는 어딘가 우리나라의 『춘향전』과 몇 가지 공통된 면이 엿보인다.

줄거리를 훤히 다 아는데도 아무리 보고 또 봐도 재미가 있다는 이유가 그런 공통점 가운데 하나이다. 한 많은 삶을 살아온 조선의 여인들이 오랜 세월 동안 질곡을 거친 다음 귀신이 되어 복수를 한다거나 아니면 하늘의 도움으로 부귀영화를 누리게 된다는 위문용(慰問用) 줄거리의 흐름이 『춘향전』과 『몽뜨 크리스또 백작』에서는 공통적으로 발견된다. 그것은 고난 끝에 통쾌하게 자행하는 복수의 형태를 취한다.

복수란, 죽이지 않고 살려 두면서 고통에 시달리는 모습을 지켜보겠다는 여러 영화적 상황에서 확인이 가능하듯, 다분히 가학적인 행위이고, 그래서 요즈음 흔히 말하는 '스트레스 해소'의 대리적 행위가 된다. 물론 요즈음 폭력적인 영화를 보면 고난을 참고 견디는 피가학적 과정을 잘라먹고 곧장 단맛으로 들어가기가 보통이지만, 춘향의 옥살이나 에드몽 당떼스의 옥살이가 고통스러운 만큼, 거기에 비례해서 달콤한 보복(sweet revenge)의 쾌감은 더욱 독자를 사로잡는다.

『몽뜨 크리스또 백작』은 변학도 한 사람만을 악역으로 내놓은 『춘향전』보다 보복의 즐거움이 훨씬 크다. "전설의 시대"에서 지적했듯이 이도령으로 하여금 마지막으로 춘향을 시험하게 만들었던 관객의 못된 심리처럼 에드몽이 메르쎄데스한테까지도 과연 그렇게 냉혹해야만 했느냐 하는 의문이 들기는 한다. 그렇지만 어쨌든 메르쎄데스의 남편 알베르뿐 아니라 빌포르, 당글라르 남작, 까드루스에 이르기까지 복수를 해야 할 대상이 여럿이기 때문에 쾌감이 중첩되는 효과가 생겨나고, 몽뜨 크리스또 백작이 다양한 보복을 실천하는 과정에서 독자는 여러 차례의 정신적인 오르가즘에 빠진다.

이러한 전형적인 복수극은 극장에서 관객이 흥에 겨워 걸핏하면 신나게 박수를 쳐대던 시절에는 영화가 성공하기 위한 대표적인 공식이었고, 그래서 뒤마 뻬르의 복수극은 가장 자주 영화화되는 작품 가운데 하나로 자리를 굳혀서, 1934년에는 미국에서, 1954년과 1961년에는 프랑스에서 영화가 나왔고, 1975년에는 다시 미국에서 리처드 체임벌린의 텔레비전 영화가 등장했다.

그뿐이 아니다. 우리나라에서는 『몽뜨 크리스또 백작』이 오랫동안 『암굴왕(暗窟王)』이라는 일본 제목으로 알려졌었는데, 이 제목으로 라운규가 1932년에 희곡화하여 극단 신무대(新舞臺) 대원들과 함께 1권짜리 '연쇄활극물' 무성영화로 만들었으며, 1968년에 다시 세기

우리나라에서는 라운규(아래)가 무성 영화 「암굴왕」을 만들었고, 김내성 (위)의 『진주탑』 역시 몽뜨 크리스또 소설의 번안물이다.

상사에서 「암굴왕」을 내놓았다. 두 번째 「암굴왕」은 모함에 빠져 애인을 빼앗기고 살인범이라는 죄명까지 쓴 주인공이 20 년 옥살이를 하다가 탈출, 같은 감방에 갇혔던 우월대사로부터 보물이 묻힌 장소를 알아내 백만장자가 되어 사교계에 나타나서, 백진주라는 가명으로 차례차례 복수를 한다는 번안 '추리물'이다.

백진주의 복수 이야기는 본디 일본 와세다 대학에서 독문학을 공부하고 일어로 첫 작품을 발표한 이후 『백가면(白假面)』, 『마술의 문』 등으로 한국 유일의 탐정소설 작가로 활약한 '귀재(鬼才)' 김내성(金來成, 1909~58)의 번안 추리소설 『진주탑(眞珠塔)』을, 1960 년에 이봉래 각본으로 윤봉춘이 제작했던 작품을 다시 영화로 만든 것이었다.

손님이 잘 드는 유명한 영화에는 아류가 따르게 마련이고, 몽뜨 크리스또 백작 얘기도 예외는 아니었다. 미국에서 1949년에 만든 「몽뜨 크리스또의 보물」은 유산이 탐나서 몽뜨 크리스토 백작의 후손과 결혼한 여자가 나중에는 진짜로 남자를 사랑하게 된다는 얘기이고, 1960년에 영국에서 똑같은 제목으로 만들어진 영화는 보물찾기 얘기이며, 1946년에 나온 「몽뜨 크리스또의 아내」는 의료계의 부패상이 끼어든 싸구려 활극이다.

루이스 헤이워드가 주연한 1940년 「몽뜨 크리스또의 아들」은 제목 그대로 아들이 벌이는 활극이고, 1946년에 역시 루이스 헤이워드가 주연한 「돌아온 몽뜨 크리스또」는 백작의 젊은 후손이 유산을 놓고 비열한 악당과 싸운다는 내용이고, 1951년 「몽뜨 크리스또의 검」은 한 술 더 떠서 보물이 숨겨진 위치가 새겨진 몽뜨 크리스또의 전설적인 검을 손에 넣은 여자가 군인의 도움을 받아가며 수상과 싸우는 모험담이며, 「몽뜨 크리스또 백작부인」은 왕족 행세를 하는 두 여자가 벌이는 희극이고, 「복수의 가면」은 몽뜨 크리스또 행세를 하는 남자가 벌이는 활극이다.

뒤마의 소설을 원작으로 삼아서 만든 영화 가운데 활극의 차원을 넘어 프랑스의 종교적인 갈등을 생생하게 그려낸 진정한 사극을 꼽는다면 1572년 바돌로뮤 축성일의 대학살을 추적한 「마르고 왕비」이다. 1845년에 발표한 이 소설의 배경은 샤를 9세에 영향력을 행사하던 위그노(huguenot) 신교도의 지도자 드 꼴리니 제독(Amiral de Coligny)을 제거하기 위해 왕의 어머니가 배후에서 조종했다는 유명한 학살 사건인데, 피해자 쪽에서는 7만, 가해자인 가톨릭 쪽의 집계로는 2천 명의 희생자가 생겼다고 한다.

영화에서는 마르고(이사벨 아자니)와 앙리 드 나바르(Henri de Navarre)의 결혼을 통해 신교와 구교를 결합시키려던 시도가 궁정 안팎의 유혈 사태로 뒤바뀌는 과정을 그리는데, 줄거리 구성이 복잡한 반면 음모와 욕정이 뒤엉킨 궁중사극답게 눈요기도 가끔 곁들인다. 또한 주인공 마르고 왕비의 재현 방법도 흥미거리이다. 정략 결혼에 반발하여 남편인 왕에게는 잠자리를 같이 하지 않겠다고 선언한 다음 마르고는 가면으로 얼굴을 가리고 밤거리로 나가 나바르의 신교도 라몰에게 접근하고는 창녀인 체하면서 "돈이 없으면 공짜로 해주겠다"며 관계를 맺는다. 그리고는 이렇게 욕정을 해소하는 상대로 삼은 남자와 열렬한 사랑에 빠진다. 아무리 생각해도 '여왕'은커녕 왕비나 공주답지 않은 행동이다.

EBS에서는 이 영화를 방영하면서 제목을 "여왕 마고"라고 붙였는데, 대부분의 기록에서 그런 제목으로 알려졌기 때문에 그대로 받아 쓴 모양이지만, 잘못이다. 마르고는 프랑스의 공주로서, 학살을 위해 신교도 지도자들을 빠리로 모아들이려는 빌미로 까뜨린(Catherine de Médicis, 비르나 리지) 모후의 책략에 의해 앙리와 결혼식을 올리고, 결국 나바르의 왕비가 된다. 통치자의 아내인 왕비(queen)와 통치권자인 여왕(queen)은 영어로만 같은 단어이지, 우리말에서는 엄청난 차이가 난다. 그리고 섭정을 하는 모후도 EBS에서는 "까뜨린 여왕은 자넬 너무나 사랑해"라고 자막에 번역해 놓았다. 당시 프랑스의 왕은 샤를 9세였는데, 거기다 여왕까지 나서서 둘씩이나 함께 통치했다면 참으로 정신없는 나라였으리라는 생각이 든다.

섭정을 하던 까뜨린은 영화에서 조연밖에 안 되는 역이었지만, 비르나 리지는 깐느 영화제에서 주연여우상을 받았다. (앞이마를 홀랑 벗겨놓은) 분장과 성격 묘사가 베티 데이비스의 엘리자베드 여왕을 연상시키기도 하지만, 독약을 섞은 립스틱이나 「장미의 이름」에서처럼 책에 발라 놓은 비소 따위의 온갖 음모와 계략이 까뜨린이라는 인물을 돋보이게 했기 때문이 아닌가 싶다.

우리나라 텔레비전에서 방영한 「여왕 마고」는 여왕이 아니라 왕비였다.

이 영화는 잔느 모로 주연으로 이미 프랑스에서 선을 보였던 작품("La Reign Margot," 1954, 감/Jean Dréville)이다.

크리스띠앙-자끄(Christian-Jacques 본명 Christian-Jaudet, 1904~94)가 1963년에 만든 프랑스 영화 「흑튤립」도 뒤마의 소설(『La Tulipe noire, 1850』)이 원작이다.

찾아보기 ●--

- 「콜시카의 형제(The Corsican Brothers, 1941, 미국, 112분)」, 감/Gregory Ratoff, 출/Douglas Fairbanks, Jr., Ruth Warrick, Akim Tamiroff, J. Carrol Naish, H. B. Warner, Henry Wilcoxon

- 「콜시카의 형제(The Corsican Brothers, 1985, 미국, 100분)」, 감/Ian Sharp, 출/Trevor Eve, Geraldine Chaplin, Olivia Hussey, Donald Pleasence

- 「치치와 총의 콜시카 형제(Cheech & Chong's The Corsican Brothers, 1984, 미국, 90분)」, 감/Thomas Chong, 출/Cheech Marin, Thomas Chong, Roy Dotrice, Shelby Fiddis, Rikki Marin, Rae Dawn Chong, Robbi Chong

- 「콜시카의 도적(The Bandits of Corsica, 1953, 미국, 81분)」, 감/Ray Nazarro, 출/Richard Greene, Paula Raymond, Raymond Burr, Lee Van Cleef

- 「몽뜨 크리스또 백작(The Count of Monte Cristo, 1934, 미국, 119분)」, 감/Rowland V. Lee, 출/Robert Donat, Elissa Landi, Louis Calhern, Sidney Blackmer, Raymond Walburn

- 「몽뜨 크리스또 백작(Le Comte de Monte-Cristo, 1954, 프랑스, 97분)」, 감/Robert Vernay, 출/Jean Marais, Lia Amanda, Roger Piquat

- 「몽뜨 크리스또 백작(Le Comte de Monte-Cristo, 1961, 프랑스, 90분 또는 120분)」, 감/Claude Autant-Lara, 출/Louis Jourdan, Yvonne Furneaux, Pierre Mondy, Bernard Dheran

- 「몽뜨 크리스또 백작(The Count of Monte Cristo, 1975, 미국, 100분)」, 감/David Greene, 출/Richard Chamberlain, Tony Curtis, Trevor Howard, Louis Jourdan, Donald Pleasence, Taryn Power

- 「암굴왕(1932, 한국, 1권)」, 감/라운규, 출/라운규, 극단 신무대 대원 일동

▌「암굴왕(1968, 한국, 9권)」, 감/崔寅炫, 출/남궁원, 김지미, 허장강

▌「진주탑(1960, 한국, 10권)」, 감/金默, 출/김진규, 조미령, 황해

▌「몽뜨 크리스또의 보물」(Treasure of Monte Cristo, 1949, 미국, 79분)」, 감/William Berke, 출/Glenn Langan, Adele Jergens, Steve Brodie, Robert Jordan

▌「몽뜨 크리스또의 보물(The Treasure of Monte Cristo, 1960, 영국, 95분)」, 감/Robert S. Baker, 출/Monty Berman, Rory Calhoun, Patricia Bredin, Peter Arne, Gianna Maria Canale

▌「몽뜨 크리스또의 아내」(The Wife of Monte Cristo, 1946, 미국, 80분)」, 감/Edgar G. Ulmer, 출/John Loder, Lenore Aubert, Charles Dingle, Eduardo Ciannelli, Eva Gabor, Martin Kosleck

▌「몽뜨 크리스또의 아들(The Son of Monte Cristo, 1940, 미국, 102분)」, 감/Rowland V. Lee, 출/Louis Hayward, Joan Bennett, George Sanders

▌「돌아온 몽뜨 크리스또(The Return of Monte Cristo, 1946, 미국, 91분)」, 감/Henry Levin, 출/Louis Hayward, Barbara Britton, George Macready, Una O'Connor, Henry Stephenson

▌「몽뜨 크리스또의 검(The Sword of Monte Cristo, 1951, 미국, 80분)」, 감/Maurice Geraghty, 출/George Montgomery, Paula Corday, Barry Kroeger, William Conrad, Steve Brodie

▌「몽뜨 크리스또 백작부인(The Countess of Monte Cristo, 1948, 미국, 77분)」, 감/Frederick de Cordova, 출/Sonja Henie, Olga San Juan, Dorothy Hart

▌「복수의 가면(Mask of the Avenger, 1951, 미국, 83분)」, 감/Phil Karlson, 출/John Derek, Anthony Quinn, Jody Lawrance, Arnold Moss

▌「마르고 왕비(La Reine Margot, 영어 제목 Queen Margot, 1994, 프랑스-독일-이탈리아, 166분 또는 143분)」, 감/Patrice Chéreau, 출/Isabelle Adjani, Daniel Auteil, Jean-Hugues Anglade, Vincent Perez, Virna Lisi, Jean-Claude Brialy, Dominique Blanc, Pascal Greggory, Claudio Amendola, Asia Argento

위 그림은 십자군 전쟁에 나갔다가 이집
트에서 사라센인들에게 포로로 잡힌 루
이 9세의 당당한 모습이며, 병약하고 추
하게 생겼던 루이 11세(아래)는 권모술수
가 뛰어난 인물이었다. 같은 이름의 왕은
다른 나라에도 많았다.

루이라는 이름의 왕들

프랑스가 배경인 사극을 보면 '루이'라는 이름의 왕이 꽤 많이 등장한다. 「철가면」에서는 진짜인지 가짜인지도 모르겠는 루이 14세가 주인공이고, 수많은 소설과 영화의 배경을 이루는 혁명은 루이 16세 때 일어난 역사적인 사건이다. 루이라고 하면 루이스에서 루이즈까지, 로마와 독일과 폴투갈에 이르기까지, 똑같은 통치자의 이름이 워낙 많아서 헷갈리기가 쉽다. 그러나 그들 모두의 족보를 따지고 정리할 시간이나 지면이 없기 때문에 여기에서는 영화에 자주 등장하는 프랑스의 국왕 몇 명만 살펴보기로 하자.

루이 9세(Saint Louis, 1214~70, 통치 기간 1226~70)는 평화를 바탕으로 한 정책을 펴서, 동양식 표현을 빌자면 '태평성대(太平聖代)'를 이루었고, 59년에는 영국의 헨리 3세와 빠리 조약을 맺어 오랫동안 계속되어온 양국간의 분쟁을 해결하는 치적을 쌓았다.

발루아 왕조 제6대 왕인 루이 11세(Louis XI, 1423~83, 통치 기간 1461~8)는 전권을 휘두르다가 동생을 포함한 제후들의 반란을 촉발하여 만년을 뚜르의 저택에서 외롭게 보낸 반면에, 루이 12세(1462~1515, 통치 기간 1498~1515)는 오를레앙 공(公) 샤를의 아들로, 샤를 8세에 반역하여 한때 투옥되기도 했으며, 농민을 보호하고 조세 경감 정책을 쓰는 등 내치에 성공했을 뿐 아니라, 악예를 보호하고 르네상스를 꽃피게 하여 "국민의 아버지(Père du Peuple)"라는 칭송을 받았다.

부르봉 왕조의 제2대 왕인 루이 13세(1601~43, 통치 기간 1610~43)는 아홉 살에 즉위하여 모후(Marie de Médicis)가 섭정을 하는 동안 정치에서 소외를 당했으며, 모후의 세력을 몰아내느라고 동원했던 측근 세력(Richelieu)이 권력을 남용하는 바람에 다시 갖가지 음모에 휩싸인다. 30년 전쟁에도 개입했던 그는 에스파냐의 펠리페 3세의 딸과 결혼하여, 1998년 판 미국 영화 「철가면」에서는 다르따냥이 낳았다고 주장하는, 루이 14세를 낳았다.

루이 14세(1638~1715)는 부르봉 왕조 전성기의 왕으로 '대왕(le Grand Monarque)' 또는 '태양왕(le Roi Soleil, 영어로는 the Sun King)'이라는 칭호를 듣게 되지만, 다섯 살 때 즉위하여 모후(Anne of Austria)의 섭정을 받았기 때문에 초기에는 파란이 많았다. 열 살이 되던 해에는 고등법원의 저항으로 발생한 프롱드(the Fronde) 난(亂, 1648~53)으로 빠리를 탈출하여 국내를 전전했으며, 어린 시절의 이런 불안과 공포에 대한 기억은 그의 성격 형성에 커다란 영향을 끼쳐서, 인간에 대한 불신감이 강해졌다고 한다. 그는 특정한 자에게 정치를 일임

"태양왕"이라는 칭호를 들었던 루이 14세는 「삼총사」의 주인공 다르따냥의 사생아라는 주장이 알렉상드르 뒤마 영화 「철가면」에서 대두되었다.

하지 않았고, 명문 귀족을 멀리하고 서로 견제케 하여 강력한 실권자의 출현을 막았다. 군부에서 자신을 타도할 실력자가 나오지 못하도록 신경을 썼던 박정희 컴플렉스를 연상시킨다. "짐은 곧 국가다"라면서 친정을 강화했던 그는 54년 통치 기간 가운데 31년 동안 전쟁을 해서, "나는 전쟁을 좋아한다"는 또 다른 유명한 그의 말을 행동으로 증명했다.

루이 14세의 증손인 15세(Louis XV, 별칭 "le Bien-Aimé," 영어로는 "the Well-Beloved," 1710~74, 통치 기간 1715~74) 역시 다섯 살에 즉위하여 오를레앙 공 필리프 2세(Philippe II, Duc d'Orléans)의 섭정을 받았는데, 26년 왕의 친정이 시작된 다음에도 엄격한 의식이나 정치를 싫어하여 재상 플뢰리(Cardinal Fleury)에게 정사를 맡겼다. 43년 플뢰리가 죽은 다음 친정을 맡기는 했지만, 56년부터의 7년 전쟁에 패하고, 베르사이유 조약으로 인도와 캐나다의 영토도 잃었다. 계몽사상은 그의 통치하에서 형성되었으며, 『레 미제라블』에서 알 수 있듯이, 몽테스키외와 볼테르 등이 정부와 체제에 대한 공격의 선봉장이 되었다.

루이 15세의 손자인 16세(1754~93, 통치 기간 1774~93)는 성격이 우유부단했고, 사냥과 자물쇠 만들기를 정치나 통치보다 훨씬 즐겼던 왕이며, 미국의 독립전쟁에 끼어들어 국가 재정을 낭비하기도 했다. 그의 아내 마리 앙뜨와네뜨와 더불어 백성의 원성을 너무나 많이 샀던 관계로 바스띠유 공격이 촉발되었고, 그는 결국 시민의 봉기에 굴복한다.

루이 15세의 손자이며 16세의 아우인 루이 18세(Louis XVIII, Louis Xavier Stanislas 또는 Louis le Désiré, 1755~1824, 통치 기간 1814~24)는 두 명의 루이 선왕들과는 달리 총명하고 관용도 두드러졌지만, 혁명에 적의를 품은 측근 귀족 세력 때문에 입헌정치를 펴지 못했다. 나뽈레옹의 백일천하 동안 벨기에로 망명했다 돌아와서 다시 왕위에

루이 15세(오른쪽)는 정치를 싫어했고, 그의 손자 16세 또한 정치보다는 자물쇠 만들기를 더 좋아했다고 한다.

오르기도 했다.

그러면 루이 왕들은 영화에서 어떤 모습을 보였을까?

장 들라누아 감독이 만든 영화 「노트르담의 꼽추」에서는, 암행(暗行) 길에 나선 프랑스의 왕 루이 11세를 알아보지 못한 끌로드 프롤로(Claude Frollo) 부주교가, 연금술로 황금을 많이 만들면 "왕위에 오르기도 어렵지 않다"는 야망을 털어놓는 장면이 나온다.

루이 11세는 노트르담 성당의 연금술사 성직자에게 왕위를 빼앗기지는 않았지만, 「사랑스러운 악당」에서는 다시 시인에게서 도전을 받는다.

"사랑스러운 악당"은 중세 말기 최고의 시인이며 그야말로 파란만장한 생애를 보낸 프랑수아 비용(François Villon, 본명 François de Montcorbier 또는 François de Loges, 1431~?)으로서, 일찍이 아버지를 여의고 사제에게 양육되어, 스물한 살도 되기 전에 소르본느에서

학위를 받았고, 1455년에는 성직자를 죽이고 빠리를 떠났는가 하면, 신학교의 금화 절도 사건에 가담했다가 투옥되기도 한다. 석방된 다음에는 잃어버린 청춘에 대한 뉘우침과 빈병노사(貧病老死)에 대한 공포감을 애절하게 읊은 『유언시집(遺言詩集, Le Testament)』을 발표했다. 그러나 1463년 다시 폭력 사건에 얽혀든 그는 교수형의 선고를 받고, 상고한 결과 10 년 간 빠리 추방령이 내려진 직후 종적을 감추었다. 참으로 영화의 주인공이 되고도 남을 만한 인물이다.

「내가 왕이었다면」에서는 파란만장한 생애를 보낸 시인 비용과 루이 11세가 대결을 벌인다.

루이 11세와 시인 비용의 얘기는 10 년 후 로널드 콜맨과 배질 래트본이 맞대결을 벌이는 「내가 왕이었다면」으로 부활한다.

루이 14세의 얘기는 로베르또 롯셀리니가, 늘 그렇듯이 약간은 현학적이고 기록영화 냄새를 매혹적으로 풍겨가면서, 프랑스 텔레비전을 위해서 만든 「루이 14세의 등극」으로 담아냈고, 「조롱」은 습지에 배수 관리를 위해 필요한 돈을 얻어내기 위해 루이 14세를 알현하려고 애쓰는 젊은 지주에 관한 특이하고도 독창력이 번득이는 영화이다.

루이 15세 시절 7년 전쟁을 배경으로 한 『팡팡』은 언론인 출신 크리스띠앙-자끄 감독의 해학적인 발랄함이 묘미이다.

"전쟁은 왕들의 유일한 오락거리였다."

"전쟁터는 후손들에게 무용담을 물려주려고 일하는 장소이다."

"사람들은 고상하고 아름답게 서로를 죽였다."

프랑스 영화 「팡팡」에서는 전쟁이 "왕들의 유일한 오락거리"여서, "고상하고 아름답게 서로를 죽였다."

이런 식으로 경쾌한 풍자적 해설을 섞어가며 펼쳐내는 명랑활극의 주인공 '튤립 팡팡'은 왕들이 돈까지 내면서 즐기는 오락거리 전쟁에 썩 잘 어울리는 영웅으로서, 여자를 범하고는 도망치다 붙잡혀 강제 결혼의 운명을 맞는 바람둥이 검객이며, 전쟁과 죽음을 장난으로 여기는 이런 인물형을 우리는 카사노바와 돈 후앙에서부터, 조세프 헬러(Joseph Heller)가 각본 집필에 참여한 프랭크 시나트라의 서부극 「지저분한 딩거스 매기(Dirty Dingus Magee, 1970)」를 거쳐, 007 제임스 본드로 전통이 이어진다.

「팡팡」은 「역마차」의 야키마 카누트 못지않은 스턴트 연출이 볼 만하고, 육감적인 입술을 자랑하는 주느비에브 빠즈가 뽕빠두르 부인 역을 맡아 출연한다.

크리스띠앙-자끄가 역시 희극적인 해설을 곁들이며 제목에 똑같은 꽃 이름을 사용한 「흑튤립」은 1789년 프랑스 혁명 한 달 전, 귀족의 신분이면서 조로(Zorro)처럼 검정 가면을 쓰고 못된 귀족들의 재물을 빼앗는 로빈 후드 같은 의적 기욤이 주인공인데, 여자라면 귀족 부인에서 하녀에 이르기까지 그냥 내버려 두지를 않는 바람둥이다.

중국 영화 「해당화」의 주인공이 범행 현장에 해당화를 한 송이씩 남겨두고, 그리고 '쾌걸 핌퍼넬'이 별봄맞이꽃(pimpernel) 그림(seal)을 남겨두듯, 기욤은 검은 튤립 한 송이를 현장에 남겨두기도 하는데, 애마(愛馬)의 이름이 '실버(Silver)'가 아니라 '볼테르'일 따름이지, 활약상은 가히 서부의 영웅 론 레인저(The Lone Ranger)를 연상시키고, 쌍둥이처럼 빼닮은 동생 쥘리앙을 대신 작전에 투입하는 대목에 이르면 「콜시카의 형제」를 닮아가고, '새로운 인간'이 된 주인공에 대해서 여자가 감동한다는 내용에서는 「풍운의 젠다성」까지도 엿보인다.

　루이 15세 시대는 제3권 "정복의 길"에서 뒤 바리 부인 영화를 다룰 때 살펴보겠고, 루이 16세의 시절에 이르면 혁명이 일어난다.

　『흑튤립』과 『레 미제라블』 그리고 다른 수많은 영화의 배경으로 등장하는 프랑스 혁명을 가장 진지하게 본격적으로 다룬 영화는 장 르누아르의 「라 마르세예즈」로, 1790년대의 서류에 기록된 내용에서 발췌한 내용을 기초로 삼은 이 영화는 바스띠유가 함락되었다는 소식이 루이 16세에게 전해지는 장면에서 시작하여, 프랑스 혁명군 마리세이유 부대가 뚈르리 궁을 공격하고 발미(Valmy)로 진군하는 데서 끝난다. 르누아르는 대작 사극의 가식적인 장엄함을 피하고 인간적인 접근법을 의도적으로 선택했다고 한다.

　프랑스 혁명이라고 하면 열다섯 살 때 루이 16세와 결혼한 왕비 마리 앙뜨와네뜨(1755~1793) 얘기도 빼놓을 수가 없다. 백성들이 "빵을 달라!"고 절규한다는 소리를 듣고는 "빵이 없으면 사과하고 계란

"빵이 없으면 사과와 계란을 먹으면 되지 않느냐"던 「마리 앙뜨와네뜨」의 얘기는 MGM 전문인 대작 사극으로도 선을 보였다.

을 먹으면 되지 않느냐"고 했을 정도로 세상 물정에 어두웠던 그녀는 어리석고 사치스러운 성격으로 인해 백성뿐 아니라 궁정에서도 인기를 잃었고, 1791년에는 루이 16세를 설득해 프랑스로부터 탈출하려다가 반역죄로 투옥된다. 1793년 단두대에서 생애를 끝낸 마리 앙뜨와네뜨를 주인공으로 삼은 영화는 1938년 대작 사극을 많이 만든 헐리우드의 MGM에서, 그리고 1955년에는 프랑스에서 장 들라누아의 손에 제작되었다.

찾아보기 ●--

George, Anita Louise

▌「마리 앙뜨와네뜨(Marie Antoinette, 1955, 프랑스, 108분)」, 감/Jean Delannoy, 출
/Michele Morgan, Richard Todd, Jean Morel

베르뜨랑드는 고향으로 돌아온 '마르땡
게르'를 반갑게, 그리고 대단히 행복하게
침대에서 받아들이고, 그래서 부부로서의
수상한 관계가 시작된다.

위험한 관계의 여러 형태

정복의 역사에서는 '유일한 오락거리'로 전쟁을 벌이는 왕들 못지 않게 싸움터의 군인들이 중요한 주인공이고, 문학과 영화 또한 싸우는 사람들에 관한 무용담이나 슬픈 얘기를 많이 담았다.

갖가지 사업에서 실패하여 평생 빚에 쪼들리며 살았어도 무려 90권으로 이루어진 『인간극장(La Comédie humaine)』을 남긴 문호 발자끄(Honoré de Balzac, 1799~1850)의 소설을 원작으로 삼은 「샤베르 대령」은 슬픈 군인의 이야기에 속한다. 나뽈레옹 전쟁에서 죽었다고 잘못 알려진 장교가 뒤늦게 고향으로 돌아가서 보니 아내는 그의 재산으로 두 번째 남편의 출세를 위한 뒷바라지에 열심이다.

샤베르 대령 역을 맡았던 제라르 드빠르되는 십여 년 전에도 「마르땡 게르의 귀향」에서 비슷한 역을 했었다.

프랑스 왕정시대 흙과 미신 속에서 살아가는 어느 시골 아르띠가(Artigat)에서 십대의 어린 남녀가 결혼식을 올리는데, 촌장은 신랑 마르땡에게서 저주를 쫓아낸다면서 의식을 치르고, 마을 사람들은 무자비하게 거세하는 시늉을 내기도 한다. 이런 미신적인 과정을 거치며 점점 더 주눅이 들린 신랑은 제대로 남자 구실을 못하며 결혼생활을 시작하고, 나중에 성기능을 겨우 회복한 다음에는 온다간다 말도 없이 마을에서 자취를 감추어 버린다.

마르땡이 돌아오기를 기다리다가 부모는 슬픔 속에서 둘 다 세상을 떠나고, 젊고 아름다운 아내 베르뜨랑드(Bertrande)는 끝까지 남편이 돌아오기를 기다리면서, 농사를 짓고 아들을 키우며, 외롭고도 슬픈 나날을 보낸다. 그리고는 9년 후에 마침내 고향으로 돌아온 마르땡은 소심하고 조용한 청년이 아니라, 모든 마을 사람들로부터 존경을 받을 만큼 총명하고, 활달하고, 우람한 남자로 변모한 다음이었으며, 글을 읽고 쓸 줄도 안다. 아내 베르뜨랑드는 그가 잠자리에서도 뜨겁게 사랑하는 남편이 되었음을 알고는 기뻐한 나머지, 수상한 부부의 관계를 거침없이 받아들인다.

그러던 어느날, 뜨내기 방랑자들이 마을에 들러 마르땡이 가짜라는 말을 퍼뜨리고, 며칠 후 마르땡이 그가 없는 사이에 팔아먹은 토지에 대한 땅값을 내놓으라고 하자 숙부는 그를 사기꾼으로 몰아붙인다. 하지만 베르뜨랑드는 마르땡이 그녀의 남편이라고 주장하며 나선다. 결국 사기죄로 법정에 선 마르땡이 거의 승소할 즈음에 실종되었던 진짜 남편이 나타나고, 사기행각도 들통이 난다.

예술 전용관에서 대성공을 거둔 이 영화는 16세기에 있었던 실화를 바탕으로 삼았으며, 부부의 참된 사랑이 무엇인지를 감동적으로 보여준 마르땡 게르의 이야기는 아카데미 외국어 영화상을 받은 다음, 헐리우드에서 남북전쟁을 시대적인 배경으로 삼아 「서머스비」로 다시 태어난다.

미국 영화에서는 '진짜'가 나중에 나타나서 사태를 뒤엎지 못하도록 아예 첫 장면에서 땅에 묻어버리고, 서머스비(Jack Sommersby=마

진짜로 결혼한 부부로서 영화가 시작되는 마르땡 게르의 이야기 (오른쪽)와 가짜 부부로서 관계가 시작되는 미국 영화 「서머스 비」(왼쪽)

르땡 게르)와 4 년 동안 감옥에서 같이 지낸 사기꾼 호레이스 타운젠트가 남북전쟁이 끝난 다음 테네시 주의 작은 마을로 '아내' 로렐(Laurel)을 찾아오면서 얘기가 시작된다. "너무 좋은 방향으로 달라져서 두려울 정도"가 된 남자를 맞은 로렐은 그가 남편이 아닌 줄 알면서도 위험한 관계를 계속하여 함께 지내며 아이까지 낳지만, 다른 마을에서 진짜 서머스비가 도박을 하다가 저지른 살인사건 때문에 주인공은 체포되어 재판을 받는다.

아들에게는 자상한 아빠요, 마을 사람들에게는 담배 경작으로 돈을 벌게 해 준 구세주요, 자신에게는 정력적인 남편 노릇을 하는 호레이스를 잃고 싶지가 않았던 로렐은 지금의 남편이 사실은 진짜 남편이 아니기 때문에 살인죄를 저지르지 않았다고 법정에서 주장하지만, 주인공은 자신이 서머스비라고 우기면서 교수형을 자청한다. 학교 건물을 짓는다며 돈을 챙겨 도망치고, 군대에서는 탈영을 하고,

여기저기서 여자들을 임신시키고는 종적을 감추는 등 온갖 못된 짓을 하며 살아온 사기꾼 호레이스라는 인물로 되돌아가 자유의 몸으로 풀려나느니보다는, 모처럼 참된 사랑을 찾은 마을에서 명예로운 인간으로 죽기 위해서였다.

우리나라 영화평론가들 사이에서는 프랑스 이름 '마르땡 게르'를 영어식으로 표기하거나 읽어가면서 '마틴 기어의 귀향'이라는 주제가 마치 어떤 일종의 '원조'처럼 얘기하는 경우가 적지 않지만, 서양에서는 이런 구조를 '이노크 아든 구성(Enoch Arden plot)'이라고 이름까지 붙여 주고, 오래 전부터 아예 하나의 문예 유형으로 만들어 놓았다. 그래서인지 헐리우드판 「서머스비」는 원작(Story by)을 프랑스 작품이라고 밝히거나 인정하지 않고, 극작가 앤토니 셰퍼(Anthony Shaffer, 『블랙 코미디』를 쓴 Peter Shaffer와 쌍둥이 형제)의 작품이라고 당당하게 주장한다.

영국의 빅토리아 왕조를 대표하는 계관 시인 테니슨(Alfred Tennyson)이 1864년에 전설을 장시(narrative poem)로 만들어 발표한 『이노크 아든』에서는 신혼 중 뱃길에 나선 이노크가 파선을 당하고, 아내 애니(Annie)는 기다리다 못해 어린 시절의 친구와 재혼하는데,

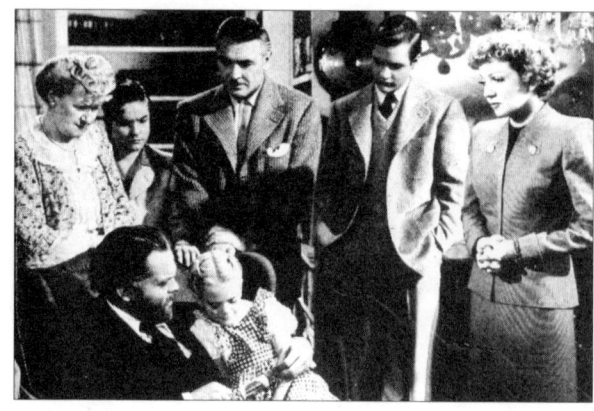

「내일은 영원히」도 "이노크 아든 주제"를 담았다.

천신만고 끝에 고향으로 돌아온 이노크는 두 사람의 행복을 위해 신분을 감춘 채로 고향을 떠나 슬픔 속에서 죽는다.

「내일은 영원히」도 전쟁터에서 죽었다고 알려진 남편이 새 얼굴로 돌아와 보니 아내는 이미 다른 남자의 여자가 되었더라는 이노크 아든 주제를 기둥줄거리로 삼은 영화였다.

역시 군인을 주인공으로 삼았으며 '마르땡 게르' 드빠르되가 깜짝 출연을 하는 프랑스 영화 「지붕 위의 기병」은 장 지오노(Jean Giono)의 1951년 소설이 원작으로서, 오스트리아에 나라를 빼앗긴 이탈리아의 기병대 대령이 독립 투쟁을 하는 밀라노의 동지들에게 군자금을 전하기 위해 콜레라가 창궐하는 프랑스를 횡단하는 내용이다. 오스트리아 비밀경찰에 쫓긴다는 시대추리극적인 설정이지만, "적이나 친구를 가리지 않고 죽이는" 콜레라와 공포에 쫓기는 군중의 광란, 그리고 프로방스의 아름다운 시골 풍경이 실질적인 주인공 노릇을 한다.

보이또(Camillo Boito)의 중편소설을 원작으로 삼아 비스꼰띠 감독

「지붕 위의 기병」에서는 "역질(疫疾)의 공포"라는 중세적 분위기 속에서도 어둡고 황량한 방에서 사랑이 이루어진다.

이 초기의 신사실주의와 후기의 화려한 낭만주의 중간쯤 되는 시기에 만든 「센소」의 주인공 프란츠 중위는 지붕 위의 기병과 반대편에 포진한 오스트리아 장교로서, 이탈리아 베네치아의 독립을 위해 투쟁하는 동생을 둔 백작부인과 불륜의 정을 통한다. 귀족 여인을 상대로 '적과의 동침'을 하기 위해 젊은 장교는 시를 읊어 가며 유혹하고, 영어 제목 그대로 '바람난 백작부인'이 된 여주인공은 남자가 변심하자 이성을 잃고 장교 숙소까지 찾아가며 정신없이 총각 장교를 쫓아다닌다. 아무리 장 르누아르 밑에서 조감독 훈련을 받은 이탈리아 감독이 연출을 맡았으며, 미국 남자배우(Farley Granger)와 이탈리아 여배우(Alida Valli)를 주연시켰고, 영어와 프랑스어로 제작하면서 테네시 윌리엄스가 영어판 대사를 맡았고, 도입부 오페라 공연 장면에 분명히 그의 솜씨가 담겼음직한 프랑코 제피렐리가 조연출을 맡은 다국적 영화라고는 하지만, 참으로 한국의 신소설 수준의 줄거리처럼만 느껴진다.

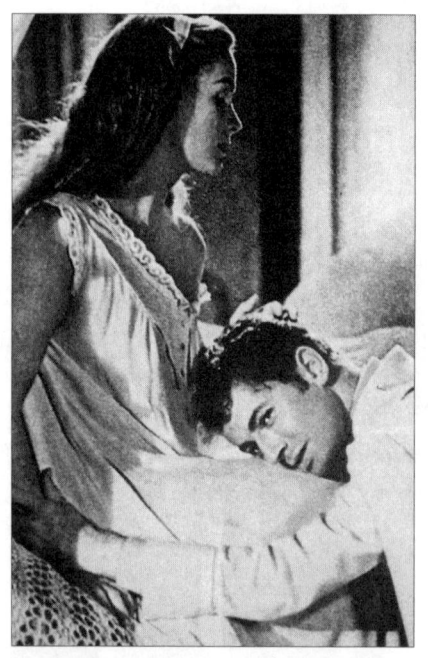

「센소」의 프란츠 중위는 귀족 유부녀를 시(詩)로 유혹하여 불륜의 관계를 맺은 다음 등쳐먹기를 하다가 스스로 파멸한다.

제복에 대한 환상이 깨져 뇌물을 써서라도 군대에서 빠져 나오고 싶었던 「센소」의 주인공 프란츠는 그만큼 괴롭히고도 모자란다는 듯, 상사병을 치유할 겸 독립군의 군자금을 전달하는 일을 맡아 베네치아를 떠난 여주인공 리비아(Valli)를 찾아가서, 온갖 감언이설로 재차 유혹해서는 돈을 가로채 도망간다. 그리고 그는 군위관에게 돈을 주고 가짜 진단서를 만들어 군대를 빠져 나온 다음 다른 여자와 살림까지 차린다. 한없이 이용만 당하다가 리비아는 뒤늦게 화가 나서 마침내 그들의 관계를 청산하기 위해 프란츠를 고발하고, 사랑을 빙자하여 여자를 등쳐먹던 비열한 남자는 쥘리앙 소렐처럼 끝내 처형을 당한다.

사랑하는 장교가 냉담해지는 바람에 백작부인이 파멸에 빠진다는 똑같은 주제는 「최후의 일격」에서도 발견된다.

「센소」의 프란츠 중위와 여러 면에서 비슷한 주인공인 쥘리앙 소렐(Julien Sorel)을 창조한 스땅달은 영국 월터 스코트의 맥을 이어받은 프랑스 문학의 거인이다.

인간의 본성에 대한 탐구를 특징으로 삼는 프랑스 문학은 12세기부터 정리되고 자리를 잡아나가다가, 봉건주의 전성기에 본격적으로 발달한다. 9세기 『롤랑의 노래(Chanson de Roland)』와 12세기 아더왕과 원탁의 기사 얘기를 거치며 중세에는 로망스, 탄식의 노래, 새벽시(aube), 목가(pastourelle), 연애시(chansons)가 유행했다. 그러다가, 12세기에서 14세기에 걸쳐 봉건 귀족에 대한 반항 의식이 담긴 서민 문학 『여우 이야기(Roman de Renart)』가 나오고, 17세기에는 사교계를 무대로 한 문학 작품이 많았으며, 장미 소설(Roman de la rose)과 연결되는 방대한 모험소설도 등장했다.

사교 문학에 반발한 현실주의의 출현과 더불어 18세기에는 고전 비극을 파괴하기 위한 소설과 풍속 희극이 나타나기도 한다. 그리고 는 19세기로 들어서서 월터 스코트에게서 영향을 받은 역사소설이 홍수를 이루더니, 드디어 발자끄와 스땅달이라는 두 거인이 나타난다. 이어서 메리메, 상드, 플로베르, 졸라, 모파상, 보들레르, 베를렌느, 말라르메, 랭보, 뒤마, 롤랑, 프루스트, 지드가 줄을 지어 현대 문학으로 넘어간다.

스땅달(Stendhal)은 마리 앙리 베일(Marie Henri Beyle, 1783~1842)

의 필명이며, 낭만주의와 사실주의 중간쯤 되는 심리 소설을 잘 썼고, 나뽈레옹과 바이런의 숭배자로서 나뽈레옹을 따라 이탈리아의 밀라노와 러시아의 모스크바 원정에 참여했고, 『나뽈레옹의 생애(1876)』를 집필하기도 했다. 그리고 자서전적인 작품을 많이 쓴 그의 대표작 『적과 흑(Le Rouge et le noir, 1830)』에 등장하는 주인공이 유명한 쥘리앙 소렐이다.

소설의 제목에 나오는 적(赤)은 군복의 색깔이고 흑(黑)은 승복을 상징하는데, 미천한 목수의 아들인 주인공 쥘리앙 소렐이 출세의 방편으로 여긴 두 가지 직업을 의미한다. 성직까지도 영혼의 구제와는 아무런 상관을 짓지 않고 그냥 사회적인 성공을 위한 수단으로만 생각했던 청년 쥘리앙은 군인으로서도 공훈이 아닌 다른 방법으로 남들보다 앞설 계산만 하고, 귀족집에 라틴어 가정교사로 들어가서는 유부녀인 르날 부인을 유혹하는가 하면, 다시 라 몰 후작의 집에 비서로 들어가서는 딸 마띨드를 유혹하지만, 결국 주인공의 복잡한 여

스땅달의 『적과 흑』은 쥘리앙 소렐의 악한적인 생애를 그려낸다.

성 관계에 대해서 환멸을 느낀 르날 부인의 폭로에 의해 단두대로 끌려간다. 성직자들의 세계에서도 위선과 아첨이 지배한다는 현실에 대해서 나름대로의 환멸을 느껴 주변의 모든 사람을 경멸하는 쥘리앙은 그러나 자신의 욕망을 위해서는 타인의 파멸을 당연하다고 믿는 이기적인 남자로서, 우리는 훗날 「산장의 밤(Room at the Top, 1959)」에서 그런 주인공을 다시 만난다.

권력과 금력과 출세를 위해서는 수단과 방법을 가리지 않는 주인공의 심리 연구가 매우 뛰어나 프랑스 현대 소설의 발전에 크게 기여한 작품으로 꼽히는 『적과 흑』이 영화로 만들어진 것은 1954년으로서, 프랑스와 이탈리아 합작으로 끌로드 오땅-라라 감독에 제라르 필리프가 쥘리앙 소렐 역을 맡았다.

프랑스 문학에서 쥘리앙 소렐보다도 더 사악한 남자 주인공을 찾아본다면 귀족 집안 출신 포병 장교로 프랑스 혁명에서 중요한 군사 임무를 담당했던 작가 삐에르 라끌로(Pierre Ambroise François Choderlos de Laclos, 1741~1803)의 서간체 소설 『위험한 관계(Les Liaisons dangereuses, 1782)』의 주인공 발몽 자작을 꼽겠다.

십여 명이 주고받는 175 통의 편지를 통해서 18세기 상류 사교계의 퇴폐상을 그린 심리 풍속소설 『위험한 관계』는 마리보(Pierre Carlet de Chamblain de Marivaux, 1688~1763)의 11 권짜리 대하소설 『마리안느의 일생(La Vie de Marianne, 1731~42)』과 더불어 18세기 프랑스의 대표적인 소설이며, 심리소설로는 라 파예뜨 부인(Comtesse de La Fayette, Marie Madeleine Pioche de la Vergne, 1634~93)의 『끌레브 공작 부인(La Princesse de Clèves)』을 『적과 흑』으로 연결하는 중요한 작품이다. 앙드레 말로는 이 소설이 "목적 개념에 도달하기 위한 의지와 행동력을 갖춘 인물을 처음으로 창조해냈다"고 했으며, 이런 의미에서 발몽과 그의 연인 메르띠유 후작 부인은 스땅달의 쥘리앙 소렐,

발자끄의 보트랑, 도스또예프스끼의 라스콜리니코프에 앞선 원형(原型, prototype)이라고 하겠다.

영국의 극작가 크리스토퍼 햄튼(Christopher Hampton, 1946~)이 희곡으로 개작한 작품을 영화로 만든 1988년 판「위험한 관계」는 무거운 코와 턱 때문에 이상하게 중성적인 인상을 주는 글렌 클로스(메르띠유)와 역시 특이한 얼굴에 냉혹한 눈초리의 존 말코비치(발몽)가 전쟁터로 가는 군인이 무장을 하듯 예식화한 사랑의 놀이를 위한 몸가꾸기를 하는 장면으로 시작된다.

인생 전체가 주변 사람들을 타락시키는 사랑놀이에 집중된 그들 두 사람은 계략과 함정과 유혹을 통한 정복의 내기에 열중한다. 수녀원에서 교육을 받은 정숙한 처녀 쎄실 볼랑주(Cecile Volanges)를 음란한 여자로 길들이고, 유부녀 마담 뚜르벨(미셸 파이퍼)로 하여금 거짓된 사랑을 위해 모든 것을 포기하게 만든 다음, 정복의 묘미가 사라지자 낡은 여자를 내버리는 과정은 가히 예술적인 죄악의 취미라

글렌 클로스와 존 말코비치는 「위험한 관계」에서 악역을 맡은 남녀 주인공이다. 그러나 중성적인 얼굴의 여배우와 악마적인 시선을 갖춘 남배우는 대단한 긴장감을 자아내면서, 매혹적인 남녀만이 영화의 주인공 자격을 갖춘다는 편견을 무너뜨린다.

「발몽」(오른쪽)과 「위험한 관계」는 같은 인물을 주인공으로 삼은 시대극이다.

고 하겠다.

교묘하고도 화려한 감정의 잔혹함은, 영어를 이해하는 관객에게라면, 아카데미 각본상을 받은 대사에서도 번득인다. 사랑의 유희를 '천직(my profession)'으로 삼고 '사랑과 복수라는 두 가지 즐거움(love and revenge, your two favorites)'을 위해 '기만에 항상 충실한' 발몽은 격정과 정열과 아름다움을 모두 가짜로 연출해 내고, "남자를 정복하고 여자에게는 보복을 하는 것이 인생의 목적"인 메르띠유는 조작된 사랑의 '전문가요 수집가(virtuoso)'임을 자처하는데, 그들을 지켜보는 시간은 노골적으로 나쁜 사람의 매력이 무엇인지를 탐구하는 특이한 영화 체험이 된다.

빠리와 알프스의 스키장이 지리적인 배경이요 시간적으로는 미래에다 배치한 로제 바댕의 1959년 작 「위험한 관계 1960」은 유혹과 부도덕의 '무용담'을 만들어가는 두 공범자(accomplice)를 서로 솔직히 보고하고 자랑해 가면서 바람을 피우는 부부로 설정함으로써, 영화가 제작된 시기와 비슷한 시대에 부도덕한 하나의 사회 풍속으로 부상했던 개방된 부부생활(Open Marriage)의 분위기를 갖추었다.

그러나 "원하면 가진 다음 버린다"는 원칙 아래 "남들을 타락시키는 일이 유일한 취미"인 두 사람의 행각은 원작에 역시 충실하고, 결혼을 약속한 젊은 남녀 당스니와 쎄실을 둘이서 하나씩 가로채어 결국 공모자가 적으로 바뀌면서 '전쟁'을 시작하는 기둥줄거리도 변함이 없다. 다만, 매춘이 사랑으로 변해 창녀와 결혼하는 남자의 운명처럼, 무책임한 놀이에 사랑과 질투라는 '순수한' 감정이 개입되어 파멸을 가져온다는 결론만큼은 당시 대부분의 권선징악 영화나 마찬가지로 상투적인 감상주의를 곁들인 인상이다. 이 영화는 1961년 미국판에 붙인 바댕 감독의 프롤로그가 유명하지만, 우리나라에서는 볼 기회가 없었다.

같은 원작으로 만든 프랑스와 영국의 합작 영화 「발몽」은 출연진이 젊어서 성인들의 유희적인 사악함이 통렬함을 잃었고, 현대로 무대를 옮긴 최근판인 「잔인한 의도」에서는 처녀를 무너뜨리는 내기를 거는 주인공들이 아예 십대여서, 불결하다는 기분까지 들게 만든다.

이렇듯 19세기 유럽의 규방(閨房)까지 찾아온 우리는 신화와 역사의 건널목을 지나 제3권 "정복의 길"에서는 시대극과 의상극 따위의 다양한 역사물을 문학의 눈으로 좀더 살펴보고, 유럽을 떠나 다른 대륙에서 벌어지는 사건과 인물, 그리고 그들의 삶에 대해서 생각해 보도록 하겠다.

찾아보기 ●--

▌「샤베르 대령(Colonel Chabert, 1994, 프랑스, 110분)」, 감/Yves Angelou, 출/Gérard Depardieu, Fanny Ardant, Andre Dussollier, Fabrice Luchini, Daniel Prevost, Olivier Saladin, Claude Rich, Albert Delpy

▌「마르땡 게르의 귀향(Le Retour de Martin Guerre, 영어 제목 The Return of Martin Guerre, 1982, 프랑스, 123분 또는 111분)」, 감/Daniel Vigne, 출/Gérard Depardieu, Nathalie Baye, Roger Planchon, Maurice Jacquermont, Bernard Pierre Donnadieu

▌「서머스비(Sommersby, 1993, 미국-프랑스, 113분)」, 감/Jon Amiel, 출/Richard

Gere, Jodie Foster, Bill Pullman, James Earl Jones, William Windom, Brett Kelley, Richard Hamilton

- ▌「내일은 영원히(Tomorrow Is Forever, 1946, 미국, 105분)」, 감/Irving Pichel, 출/Claudette Colbert, Orson Welles, George Brent, Natalie Wood, Richard Long, Lucile Watson

- ▌「지붕 위의 기병(Le Hussard sur le toit, 영어 제목 The Horseman on the Roof, 1995, 프랑스, 122분)」, 감/Jean-Paul Rappennau, 출/Juliette Binochet, Olivier Martinez, Pierre Arditi, François Arditi, (Gérard Depardieu)

- ▌「센소("관능" 또는 "애증", Senso, 영어 제목 The Wanton Countess 또는 Wanton Contessa, 1954, 이탈리아, 115분)」, 감/Luchino Visconti, 출/Alida Valli, Farley Granger, Massimo Girotti, Heinz Moog, Christian Marquand

- ▌「최후의 일격(Der Fangschuss, 영어 제목 Coup de Grace, 1976, 프랑스-독일, 96분)」, 감/Volker Schlöndorff, 출/Margarethe von Trotta, Matthias Habich, Rudiger Kirschstein, Valeska Gert

- ▌「적과 흑(Le Rouge et le noir, 영어 제목 The Red and the Black, 1954, 프랑스-이탈리아, 170분, 영어판 145분)」, 감/Claude Autant-Lara, 출/Gerard Philipe, Danielle Darrieux, Antonella Lualdi, Jean Martinelli

- ▌「위험한 관계(Dangerous Liaisons, 1988, 미국, 120분)」, 감/Stephen Frears, 출/Glenn Close, John Malkovich, Michelle Pfeiffer, Swoosie Kurtz, Keanu Reeves, Mildred Natwick, Uma Thurman, Peter Capaldi

- ▌「위험한 관계 1960(Les Liaisons dangereuses 1960, 1959, 프랑스, 106분)」, 감/Roger Vadim, 출/Gérard Philipe, Jeanne Moreau, Jeanne Valérie, Annette (Stroyberg) Vadim, Simone Renant, Jean-Luois Trintignant

- ▌「발몽(Valmont, 1989, 프랑스-영국, 137분)」, 감/Milos Forman, 출/Colin Firth, Annette Bening, Meg Tilly, Fairuza Balk, Sian Phillips, Jeffrey Jones, Henry Thomas, Fabia Drake

- ▌「잔인한 의도(Cruel Intentions, 1999, 미국, 97분)」, 감/Roger Kumble, 출/Ryan Phillippe, Sarah Michelle Gellar, Reese Witherspoon, Selma Blair